Das Vermächtnis von Thoughts Hall

von Melanie Schürle
und Michael Schürle

Zum Inhalt

Clare Island 1575:
Nach der gewaltsamen Zerstörung ihrer Heimat gelingt der jungen Gail die Flucht, die sie bis nach Indien führt. An ihrem Körper trägt sie ein Herz aus Rosenquarz, dessen Geheimnis Chris O'Sullivan fast 500 Jahre später auf die Spur kommt. Er sieht sich mit der Chance konfrontiert, die Menschheit zurück ins Paradies zu führen. Ergreift er sie, wird diese Entscheidung Opfer fordern. Doch eine Rückkehr in sein beschauliches Leben scheint nicht mehr möglich, denn plötzlich beginnt sich die Geschichte von damals zu wiederholen.

Impressum:
Thoughts Hall GbR
Donauschwabenstr. 19
89555 Steinheim

Druck: Druckerei Bairle, Dischingen
Umschlaggestaltung: Dreamland, Heidenheim

www.thoughtshall.com
info@thoughtshall.com

ISBN 978-3-9824102-0-3

Für die Menschheit und den Planeten Erde

Thoughts Hall ist mehr als ein Roman, starte mit uns Deine Reise zu Dir selbst und werde Teil unserer Community!

Hier Deine Reise starten:
www.thoughtshall.com

Zusätzlich findest Du dort eine Übersicht zu den Charakteren des Buches und nähere Infos zu den Autoren.

Dieses Buch ist auch als eBook erhältlich.

Überall auf der Welt warten die Menschen auf
Deine Botschaft, also werde sichtbar
und nehme Deinen Platz ein!

Charles L. Dickensen,
Aşgabat, anno 1576

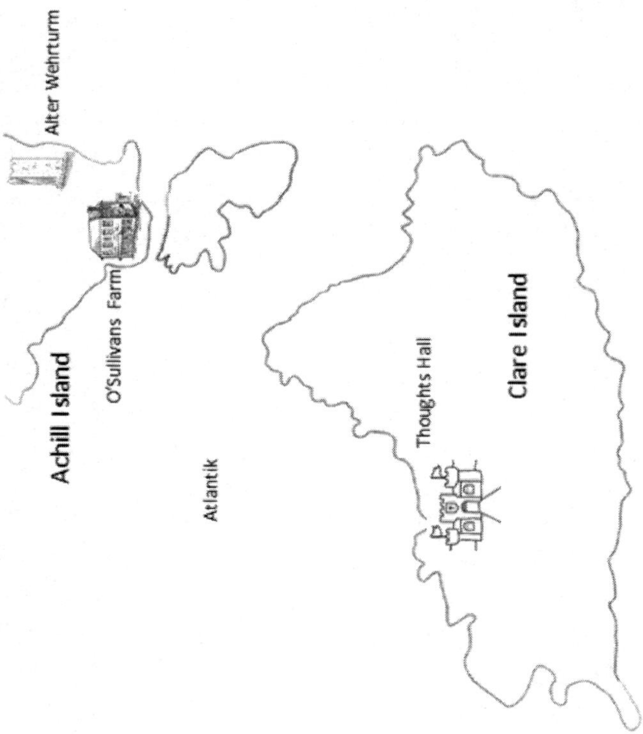
Alter Wehrturm
Achill Island
O'Sullivans Farm
Atlantik
Thoughts Hall
Clare Island

Das neue Zeitalter beginnt, wenn das Licht in Dir Deine Schatten umarmt und Dein Mut der Angst die Hand reicht.

Wenn die Liebe in Deiner Seele der Wut freundlich zulächelt und sie einlädt, sich mit ihr zu verbinden.

Dann wird ein goldener Fluss entstehen, der durch jede Zelle des Lebendigen fließt und ein leuchtendes Band der Herzenswärme um unseren Planeten spannt.

Es ist der Moment, an dem Licht und Liebe erstrahlen und zusammen die Kraft des Unendlichen erreichen.

Quintus Aurelius,
Clare Island, anno 1551

Prolog – 65 Millionen Jahre zuvor

Der Donner grollte am Ende eines schwülen Tages und die aufziehenden Wolken schluckten den letzten Lichtstrahl, wodurch die farbige Vielfalt der Pflanzen grauer Düsternis wich. Eine bedrohliche Kälte kroch durch das Tal und verwandelte Gaias Paradies in einen unwirtlichen Ort. Selbst die mächtigen Dinosaurier suchten Schutz in den Höhlen des Quiantana-Gebirges. Voller Furcht drängten sich die eindrucksvollen Riesen aneinander und hielten ihre Nasen in die Luft, um zu wittern. Alles lauerte auf das Unfassbare.

Es war nichts Ungewöhnliches, dass die Kräfte des Universums ganze Landstriche verwüsteten, um etwas zu beenden, was seinen Höhepunkt überschritten oder sich in eine falsche Richtung entwickelt hatte. Damit entsprachen sie dem Willen der Schöpfung und schufen Platz für Neues.

Diesmal allerdings war es anders. Eine Macht, deren grenzenlose Gier schon einmal zur Vernichtung einer Zivilisation geführt hatte, würde einen Wandel auf der Erde herbeiführen, der ihr Ende bedeuten könnte.

Wie aus dem Nichts erhellten glühend weiße Lichter den Horizont und ein Orkan fegte über das Land, dessen Sog den Tod mit sich führte. Gaia spürte die Angst der Tiere. Sie verstanden nicht, dass es keinen Ausweg gab.

Für den unmerklichen Bruchteil einer Sekunde hörte

die Welt auf, sich zu drehen. Unzählige Felsbrocken sausten auf die Erde nieder und schlugen eine breite Schneise der Verwüstung durch das fruchtbare Land, das die Menschen später einmal Nordamerika nennen würden. Doch es waren erst die Vorboten der drohenden Katastrophe. Der größte Teil der kosmischen Geschosse jagte noch immer durchs finstere All. Sie verpassten den Jupiter, samt seiner Monde, nur knapp. Doch diese hatten von Anfang an nichts zu befürchten, denn das Ziel war ein anderes.

Ein gewaltiger Schatten legte sich über den Himmel und mit ihm gipfelte das anfängliche Grollen in einem ohrenbetäubenden Lärm. Mit unbändiger Wucht erschütterte der Einschlag des gigantischen Asteroiden die Erde. Lawinen aus Geröll verschlangen Pflanzen und Tiere bis schließlich alles Leben unter der Flut des einströmenden Meerwassers ertrank. Aufgewirbelter Staub verdunkelte die Sonne, deren Strahlen fortan den Boden nicht mehr erwärmen konnten.

Gaias Augen ruhten auf dem Trümmerfeld. Dort, unter dem Rauch des Feuers, lag Hobans Erbe: Schwarz, glänzend, lauernd. Bereit zu zerstören, um selbst zu leben.

500 Jahre zuvor

1. Clare Island, 1547 – Joseph Melone

Joseph Melone war 11 Jahre alt, als er zum ersten Mal die dunklen Mauern des Klosters auf Clare Island sah. Es war ein kalter Novemberabend, an dem der Westwind wieder einmal mit voller Wucht auf die Küste Irlands prallte und eisigen Regen über die Insel trieb. Ein alter, gebeugter Mann übernahm den Jungen am Haupttor aus der Obhut des Knechtes seiner Eltern und brachte ihn hinüber in das Refektorium, den Speisesaal der Mönche. Joseph bekam einen Platz an einem Tisch mit lauter jungen Buben und war froh, dass hinter ihm ein großes Feuer im offenen Kamin brannte. Am liebsten hätte er sich umgedreht und seine Hände gewärmt, aber das traute er sich nicht. Stattdessen legte er sie um die warme Schüssel, die sein Nebensitzer gerade eben mit dampfender Suppe gefüllt hatte.

„Ich heiße Hieronymus“, stellte dieser sich vor. Hieronymus hatte Sommersprossen und viele Zahnlücken und war der erste Mensch, der ihm seit langem wieder einmal ein Lächeln schenkte. „Warum bist du nicht wie üblich, in einer großen Zeremonie mit Geschenken von deinen Eltern, dem Kloster übergeben worden?“

Bei den Erinnerungen an die jüngsten Ereignisse schnürte es Joseph den Hals zu. „Meine Eltern wurden von den Engländern gefangen genommen“, antwortete er knapp.

Hieronymus schaute ihn mitfühlend an, als einer der Mönche ihnen bedeutete, schweigend zu essen. Schnell wandten sie sich wieder ihrer Suppe zu und Joseph war dankbar, dass niemand mehr das Wort an ihn richtete.

Nach dem Essen wurde ein gemeinsames Gebet gesprochen, dann war Schlafenszeit. Die Buben machten sich auf den Weg ins Dormitorium. Nur wenige Fackeln erleuchteten die dunklen Gänge und ihre Flammen warfen gespenstige Schatten an die Wände. Joseph entspannte sich ein wenig, als er entdeckte, dass sein Bett neben dem von Hieronymus stand. Der Junge strahlte etwas Wohlwollendes aus, etwas, das ihm Sicherheit vermittelte.

„Dich bekomme ich wohl nicht mehr los“, versuchte Hieronymus dem schmächtigen Jungen ein Lächeln zu entlocken, als er mit gesenktem Blick vor seinem Bett auftauchte. Doch Joseph ging nicht darauf ein. Ihm war kalt und sein Herz fühlte sich vor Einsamkeit ganz finster an. Schweigend legte er sich unter die dünne Decke seines Bettes, ohne dass er in den Schlaf fand. Zu viele Gedanken kreisten in seinem Kopf.

Wie es seinen Eltern wohl ginge? So gerne würde er jetzt im Arm seiner Mutter liegen. Robert, der Knecht, wusste mehr, als er zugab, doch so sehr er ihn auch angefleht hatte, ihm alles zu erzählen, er war stumm geblieben.

Als ihn am nächsten Morgen Hieronymus am Arm rüttelte, hätte er sich am liebsten die Decke über den Kopf gezogen. Er fühlte sich alles andere als ausgeruht.

„Joseph! Wenn wir keinen Ärger mit Pater Dominus bekommen wollen, sollten wir uns beeilen! Bevor das Morgengebet beginnt, müssen wir die Tiere versorgt und uns gewaschen haben. Also steh auf!“

Joseph stöhnte, als Hieronymus ihn erneut am Arm zerrte. Seufzend schlug er die Decke zurück und quälte sich aus dem Bett. Rasch griff er nach seinem Umhang und eilte Hieronymus hinterher. Es war noch dunkel, als sie über den Hof zu den Ställen liefen. Neben Dutzenden Hühnern lebten noch vier Schweine, fünf Ziegen, sieben Kühe und zwei Hunde auf dem Gelände. Außerdem streunten unzählige Katzen umher, die die Aufgabe hatten, die Mäuseplage so gering wie möglich zu halten.

„Wie lange bist du schon hier?“, wollte Joseph wissen, während er einen Sack Futter zum Trog schleppte.

„Seit ich sieben bin.“

„Haben sie seitdem schon einmal über Adam und Eva gesprochen?“

Hieronymus hielt inne. „Schon einige Male. Warum fragst du?“

Joseph schüttete eine Kelle voll Körner in den Trog. „Meine Mutter hat mir die Geschichte oft erzählt. Doch irgendetwas daran kann nicht stimmen. Wenn die Menschen wegen der Sünde Evas aus dem Paradies vertrieben wurden, Jesus uns jedoch alle Sünden vergeben hat, warum dürfen wir dann nicht wieder zurückkehren?“

Hieronymus blickte überrascht auf. Das war der längste zusammenhängende Satz, den der Neue, seit seiner Ankunft gestern Abend gesprochen hatte. „Keine Ahnung. Ist das denn wichtig?“

Joseph bückte sich nach einem Ei, das aus dem Stroh hervorblitzte. „Für mich schon.“

Hieronymus zuckte mit den Schultern. „Frag Pater Quintus, wenn es dich so sehr interessiert. Er hat auf alles eine Antwort.“

Als sie schließlich alle Eier aufgesammelt und in einen Korb gelegt hatten, traten sie zurück ins Freie. „Etwas Zeit haben wir noch. Komm, ich zeige dir das Gelände“, bot Hieronymus an. „Schlaf- und Speisesaal kennst du ja bereits. Dahinter liegt der Friedhof und da drüben ein Garten mit Kräuter- und Gemüsebeeten. Hier im Kapitelsaal ist das Armarium, in dem sich die Bücher des Klosters befinden. Dort würde ich gerne mal einen Tag verbringen und in den Schriften stöbern.“

Joseph sagte nichts. Falls Quintus keine Antwort auf seine Frage hatte, konnte er immer noch versuchen, sich selbst Zutritt ins Armarium zu verschaffen. Vielleicht würde er dort etwas finden, was ihn der Lösung näher brachte.

Unterdessen fuhr Hieronymus mit seinen Ausführungen unbeirrt fort. „Außen, den Hang hinunter, befindet sich die Mühle, die von einem Bach angetrieben wird, und da drüben siehst du das Backhaus und das Cellarium.“

„Cellarium?“

„Der Vorratskeller des Klosters. Der zweite Ort, in den sie mich gerne einmal einsperren könnten“, grinste Hieronymus frech.

Die beiden lieferten die Eier in der Küche ab und begaben sich an der Apotheke und dem Hospital vorbei zum Waschraum.

Noch am selben Tag stellte er Pater Quintus seine Frage. Joseph bemerkte, wie sich die Augen des Paters verfinsterten. „Wenn die Zeit dafür gekommen ist, wirst du deine Antwort erhalten.“ Ohne ein weiteres Wort ließ Pater Quintus den Jungen stehen und schloss sich einem mürrisch dreinblickenden Novizen an, der ohne Jospeh eines Blickes zu würdigen, den dunklen Gang entlang eilte.

Joseph gewöhnte sich rasch an die Abläufe im Kloster. Jeden Morgen zu Beginn der Dämmerung rief die Glocke zur Laudes und die Jungen samt ihren Lehrmönchen sangen Lobpreisungen für den beginnenden Tag. Danach fand ein gemeinsames Frühstück statt und anschließend begann der Unterricht. Die Novizen wurden nicht nach Alter getrennt unterrichtet, sondern versammelten sich alle in einem großen Lehrsaal, der trotz der kalten Jahreszeit nur spärlich beheizt wurde. Deshalb freuten sie sich jedes Mal, wenn Pater Quintus die Klasse betrat, da dieser stets ein zusätzliches Holzscheit auflegte.

Sie wurden in Psalter und Gesang, in der Heiligen Schrift, im kanonischen Recht und in den sieben freien

Künsten, den Artes liberales, unterrichtet, die sich aus den Fächern Grammatik, Rhetorik, Dialektik, Arithmetik, Geometrie, Musik und Astronomie zusammensetzten.

Dank Hieronymus Hilfe wurde Joseph schnell einer der besten Schüler und vor allem Pater Quintus trat im Lesesaal der Bibliothek immer wieder zu ihnen, um sie mit interessanten Lektüren zu versorgen, doch die Antwort auf Josephs Frage blieb er ihm schuldig.

Fast fünf Jahre waren seit der Ankunft von Joseph vergangen. Den ganzen Tag über hatte es geregnet und er sehnte sich nach einer wärmenden Tasse Tee. Die Lernzeit zur Vorbereitung auf die Abschlusszeremonie des Klosterversprechens, die er zusammen mit Hieronymus wahrnahm, schien an diesem Abend kein Ende zu nehmen. Als die Turmuhr der Kirche endlich die neunte Stunde ankündigte, atmete er erleichtert auf und begann seine Schreibutensilien zusammenzupacken. Da öffnete sich plötzlich die Tür des Lernzimmers und Pater Quintus schlüpfte eilig herein.

„Morgen Vormittag seit ihr beide zum Kräutersammeln für die Kloster-Apotheke eingeteilt. Geht hoch zu den Klippen, dort werde ich euch erwarten.“ Quintus warf den beiden einen vielsagenden Blick zu, dann war er auch schon wieder verschwunden.

Am nächsten Morgen liefen Joseph und Hieronymus gleich nach dem Frühstück durch die Pforte auf der Rückseite des Klosters. Die Behältnisse, in die sie die gefundenen Kräuter füllen würden, trugen sie um ihre Schultern.

Sie folgten dem Pfad, der hoch in die Steilklippen führte, während tief unter ihnen die Brandung gegen das Ufer rollte. In seiner knappen freien Zeit, die ihm der Klosteralltag ließ, setzte sich Joseph ab und zu auf einen dieser Felsen und blickte über die unendlichen Weiten des Ozeans. Sein Vater hatte das Meer geliebt und das Rauschen der Wellen erinnerte Joseph jedes Mal an ihn.

In einer Senke pflückten sie Kamille und Bärlauch, doch fiel es ihnen schwer, sich auf ihre Aufgabe zu konzentrieren. In Gedanken warteten sie nur darauf, bis der Pater endlich auftauchte.

Als Joseph schon nicht mehr daran glaubte, erschien Quintus hinter den Felsen an der Spitze des Hügels, den sie zuvor hinabgestiegen waren. Zusammen schlugen sie einen Pfad ein, der sie von der Küste weg, zu einer massiven Felswand führte, in der sich ein verborgener Höhleneingang abzeichnete. Der Wind frischte auf und Joseph zog sich seine Kapuze über den Kopf. Obwohl er noch nie zuvor hier oben gewesen war, wusste er, dass sie vor der heiligen Quelle von Clare Island standen. Seine Mutter hatte ihm davon in den allabendlichen Geschichten erzählt, wenn er wieder einmal nicht einschlafen konnte. Das Lächeln, das sie dabei auf ihren Lippen trug, erwärmte sein Herz noch heute. Joseph fragte sich, ob Isleen R. Melone diesen Ort jemals selbst besucht hatte.

Im Inneren der Höhle brannte ein Feuer und Quintus entzündete noch einige Kerzen, deren Flammen tanzende

Schatten an die Felswände warfen. Trotz seiner Nervosität konnte Joseph die Ruhe spüren, die dieser Ort ausstrahlte. Die Musik, die plötzlich die Stille seines Geistes erfasste, erklang aus dem Nichts.

Omatasat A Suray Bat
Guraijy Nadeh
Sat Omatasat A Suray Bat
Jero Dawi Da Madehh

Hastig blickte er sich um, doch weder Hieronymus noch Quintus schienen etwas bemerkt zu haben. „Woher kommt die Melodie?“, fragte er ehrfürchtig.

Quintus lächelte ihn wohlwollend an und bedeutete den beiden, Platz zu nehmen. Sie setzten sich auf zwei der mit Schaffell überzogenen Hocker, die in einem Halbkreis vor ihnen aufgestellt waren.

„Seit dem Ursprung allen Seins existiert das Lied der alten Seelen. Alle geistigen Wesen sind in der Lage es zu hören, egal, wo sie sich im Kosmos befinden. Es gibt ihnen die Fähigkeit, unabhängig von Raum und Zeit an jeden Ort im Universum zu reisen – nicht physisch, sondern rein durch die Kraft der Gedanken. Damit öffnet sich nicht nur der Zugang zum Wissen aller Zeiten, sondern auch zur Urquelle im Universum, dem einzigen und wahrhaftigen Gott.“

Joseph schluckte. „Findet das Leben nicht nur hier auf der Erde statt?“

Quintus lächelte versonnen. „Joseph, unsere Seelen machen ihre Erfahrungen weit über unseren als Mensch angenommenen Handlungsspielraum hinaus. Wir können uns durch alle Räume, Zeiten und Dimensionen bewegen. Dafür ist es jedoch wichtig, sich leiten zu lassen und sich niemals gegen das zu versperren, was sich uns zeigen will. Nur so sind wir in der Lage, unser Herz vollkommen auszuheilen."

Die beiden Jungen starrten Quintus ehrfürchtig an. Würden die anderen Mönche ihn reden hören, sie würden ihn der Entweihung Gottes, so wie ihn die Kirche zeichnete, bezichtigen.

Quintus jedoch fuhr unbeirrt fort: „Ihr beide tragt eine dieser alten Seelen in euch, genau wie ich. Das ist der Grund, warum ich euch hergebeten habe. Wir haben die Gabe, die Gemeinschaft und Solidarität über alle Völker im Universum aufrecht zu erhalten. Liebe deinen Nächsten, wie dich selbst. Auch wenn Jesus versuchte, uns daran zu erinnern, stellt dies eine Fähigkeit dar, die den meisten Menschen abhandengekommen ist. Wir sind selten geworden in dieser dunklen Phase des Erdzeitalters. Deshalb müssen wir zusammenstehen und uns schützen, denn der Zugang zu unserem wahren Gott wird weiter erschwert werden."

Quintus richtete den Blick auf Joseph. „Ganz zu Anfang, als du zu uns ins Kloster kamst, hast du mir eine interessante Frage gestellt: Warum bleibt uns Menschen der Zugang zum Paradies versperrt, obwohl doch Jesus für unsere Sünden gestorben ist?

Dazu will ich euch eine Geschichte erzählen. Vor langer, langer Zeit kam der Teufel geritten auf dem Rücken eines riesigen schwarzen Steins, herab auf die Erde. Wochenlang brannten die Flammen, die sein Feuerschweif bei der Landung entfacht hatte. Rauch stieg auf und verdunkelte die Sonne länger als zwei Sommer lang. Zwar lag zu dieser Zeit die Existenz des Menschen noch in weiter Ferne, aber viele Tiere und Pflanzen überlebten diese Dunkelheit nicht. Der Samen des Teufels jedoch gedieh prächtig über die Jahrtausende und fand schließlich im Menschen seinen Nährboden."

Quintus senkte seine Stimme. „Ihr müsst wissen, der Teufel sät Angst und Zwietracht, um uns in die Dunkelheit zu führen. Doch unser Ziel im Universum ist das Licht! Um uns auf unserem Weg zu unterstützen, wird bald ein Lichtbote auf die Erde herabsteigen, um die alten Seelen zu einen, damit sie gemeinsam dem Bösen entgegentreten. Denn das Licht führt die Liebe, die uns ins Paradies leitet. Hier in der Quelle allen Seins lässt sich die Tür zum Licht leichter aufstoßen. Irgendwann werde ich eine Lehrstätte gründen, an der ich meine Erkenntnisse an junge Menschen, wie ihr es seid, weitergebe. Noch ist die Zeit nicht reif dafür, daher sind wir dazu gezwungen uns heimlich zu treffen. Doch sie wird kommen, ihr werdet sehen!"

Quintus Blick wanderte von einem zum anderen. „Wir müssen das Schlafende erwecken und das Erweckte zum Schlafen bringen, nur so werden wir das goldene Zeitalter erreichen, von dem die Verheißung spricht. Dennoch müssen wir vorsichtig sein und uns schützen. Die Bewahrer der Dunkelheit, sie befinden sich bereits unter uns."

Joseph erschauderte. „Pater Quintus, wenn wir dem Licht unterstehen, was können wir tun, um uns vor den Bewahrern der Dunkelheit zu schützen?"

„Das werde ich dir zeigen, Jospeh!" Quintus lächelte verschwörerisch und trat einen Schritt zur Seite. Er offenbarte den beiden ein Feuer, dessen Flammen sich in seinen Augen spiegelten. Feierlich erhob er die Hände: „Gaia, wir verbinden uns mit der Kraft des Lichts und der Liebe. Mögest du uns beistehen, unser Leben dieser Macht zu widmen."

Gebannt starrte Joseph auf den Eisenstab, den der Pater aus dem Feuer zog und an dessen Ende ein Quadrat glühte, das von einem Kreis geschnitten wurde.

Nur wenige Wochen später stürmte Hieronymus aufgeregt in den Schlafsaal. Es war der Abend vor dem großen, dreifachen Versprechen, das die jungen Männer zu einem Leben im Kloster verpflichtete. Das erste Versprechen betraf die ewige Bindung an die Klostergemeinschaft, das zweite Tugenden wie Eigentumsverzicht und Keuschheit einzuhalten, und das dritte zielte auf den vollkommenen Gehorsam gegenüber dem Abt ab. Doch soweit sollte es nicht kommen.

„Los, pack deine Sachen, wir hauen ab!"

Joseph setzte sich in seinem Bett auf. „Warum?“

„Sie werden Quintus wegen Ketzerei anklagen.“

Joseph starrte seinen Freund fragend an.

„Verstehst du denn nicht? Den Blick auf die Welt, den Quintus uns eröffnet hat, könnten wir nicht weiterverfolgen und wir würden unser restliches Dasein unter einem Haufen alter starrsinniger Mönche fristen!“

Jetzt sprang auch Joseph auf und riss die Schubladen seiner Kommode auf. Er griff nach ein paar wenigen Habseligkeiten, die sich rasch in einem Leinentuch zusammenschnüren ließen.

Im Schutze der Dunkelheit schlichen sie hinaus. Als sie die Mauern der Klosterschule hinter sich gelassen hatten, eilten sie den schmalen Weg hinab ins Dorf.

Hieronymus trieb Joseph an, schneller zu laufen. „Beeil dich. Wir müssen Quintus einholen.“

Im Hafen von Clare Island entwendeten sie ein Boot und ruderten schweigend auf die andere Seite. Erst als sie das Festland erreichten, richtete Joseph das Wort an seinen Freund. „Woher willst du wissen, wohin Quintus geht?“

„In seinem Zimmer war eine Karte versteckt, die den Weg über Galway nach Indien zum Heiligen Khadwana zeigte. Nachdem ich erfuhr, dass Quintus das Kloster verlassen hatte, habe ich sein Zimmer durchsucht. Er hat so gut wie nichts mit genommen, aber die Karte war verschwunden.“

Joseph starrte ihn mit großen Augen an. „Warum wühlst du in Quintus Habseligkeiten?“

Hieronymus zuckte mit den Schultern. „Ich will Antworten. Und wenn ich sie nicht bekomme, muss ich sie eben suchen!“

Sie wanderten im Licht des Mondes bis zum Morgengrauen. Erst dann legten sie eine Rast ein. Im Schutze einer dichten Hecke versuchten sie, ein paar Stunden auszuruhen. Joseph fror erbärmlich und machte kein Auge zu.

Als sie weitergingen, war er so müde, dass es ihm schwerfiel, einen Fuß vor den anderen zu setzen. Doch er schaffte es, ohne ein Wort der Klage bis zum Mittag durchzuhalten.

Das Wasser des Erriff Rivers plätscherte gemächlich dahin. „Wir müssen über den Fluss. Lass uns eine Furt finden und schauen, ob wir von irgendwo etwas Essbares herbekommen.“

„Ein paar Meilen flussabwärts kenne ich eine Stelle“, sagte Joseph. „Nicht weit von hier bin ich aufgewachsen. Dort werden sie uns helfen.“

Hieronymus schaute ihn überrascht an, doch Joseph wandte sich sogleich von ihm ab und watete in den kalten Fluss. „Joseph, es ist zu gefährlich, in dein Dorf zu gehen“, rief Hieronymus ihm hinterher.

„Glaubst du, sie werden zwei Novizen hinterherrennen, die aus einem Kloster geflohen sind? Fünf Jahre habe ich auf den Moment gewartet, herauszufinden, was aus meinen Eltern geworden ist. Die Möglichkeit werde ich mir nicht entgehen lassen!“

Hieronymus schüttelte den Kopf. „Für mich ist dein

Handeln Verrat an Pater Quintus Vision."

„Warum urteilst du so hart? Seit ich das Kloster betrat, bekomme ich den Gedanken, mich um den Verbleib meiner Eltern zu kümmern, nicht aus meinem Kopf!"

Als Hieronymus die Tränen in Josephs Augen erblickte, wurde sein Gesichtsausdruck milder und er legte den Arm um die Schultern des Freundes. „Weißt du was? Folge uns später! Wir werden dir am Khadwana eine Nachricht hinterlassen. Du wirst uns finden!"

Und so kam es, dass sich ihre Wege bei den Aasleagh Falls, dort wo der Erriff River in den Killary Fjord mündete, trennten.

Jospeh folgte einem Pfad in Richtung Osten, während sein Freund nach Süden ging und bald außer Sichtweite war. Kurze Zeit später erreichte er die Spitze eines Hügels.

Unten im Tal, direkt am Fluss, lag Mullghawan. Schon von hier oben erkannte er die schmerzlich klaffende Lücke, wo einst das Haus seiner Familie gestanden hatte. Lediglich die Steine der Grundmauern waren an manchen Stellen noch sichtbar.

Plötzlich trat ein Mädchen neben ihn. Es war kaum älter als er selbst. „Die Engländer haben es niedergebrannt, damals, als sie deine Eltern verschleppten." Sie trug einen Korb mit frisch gepflückten Beeren in der Hand. „Du bist Joseph, nicht wahr?"

Er schluckte seine Tränen hinunter und nickte. Sie hatte ein hübsches Gesicht, das von langen blonden Haaren eingerahmt war. „Kennen wir uns?"

„Ich bin Livia, Tochter von Maghnus.“

„Dem Schmied?“ Joseph schaute sie überrascht an. Er hatte Livia als kleines pummeliges Mädchen in Erinnerung.

Sie nickte. „Willst du?“

Er nahm sich ein paar Brombeeren aus dem Korb, den sie ihm hinhielt. Sie schmeckten köstlich süß. Am liebsten hätte er sie alle aufgegessen, so hungrig war er. „Wie geht es deinem Vater?“, fragte er stattdessen.

Livia senkte ihren Blick. „Er ist tot.“

„Das tut mir leid“, sagte Joseph aufrichtig.

Eine Weile standen sie schweigend nebeneinander, dann fragte er: „Weißt du, was aus meinen Eltern geworden ist?“

„Ein paar Wochen nachdem sie abgeführt wurden, hat man sie erhängt.“ Livia griff nach Josephs Hand. „Mein Vater hat ihre Leichen abgeholt und auf dem Friedhof hier begraben.“

Nun ließ Joseph seinen Tränen freien Lauf. Stumm starrte er auf die Überreste seiner Kindheit. Es war also alles umsonst gewesen. Plötzlich fühlte er sich allein und verlassen.

Livia schien seine Gedanken zu erraten. „Kommst du mit zu mir nach Hause? Meine Mutter freut sich sicher, dich zu sehen. Dein Besuch lenkt sie von ihren Sorgen ab. Sie ist oft traurig, seit Vater von uns gegangen ist.“

Joseph hatte Livias Mutter in guter Erinnerung. Sie war eine freundliche Frau gewesen, die ihm hin und wieder einmal einen Keks oder Bonbons zugesteckt hatte.

‚Jede Seele wird ihren Weg finden, sobald die Zeit reif ist', kamen ihm Quintus Worte in den Sinn. Noch nie hatte er sie passender empfunden als heute und so entschloss er sich, Livia zu folgen.

Sie stiegen von dem Hügel hinab. Wenig später stand er in der Küche im Hause des ehemaligen Dorfschmieds und blickte in die traurigen Augen von Guinevere, Livias Mutter. Die Fröhlichkeit, die er in seiner Erinnerung an sie trug, hatte Guinevere mit dem Tod von Maghnus ebenfalls verlassen. Livias Mutter bat ihn, sich zu setzen, und stellte eine Schüssel mit dampfender Brühe an seinen Platz. Dann erzählte sie von ihrer Angst, die Familie nicht mehr versorgen zu können. Ihre Söhne waren noch zu klein, um die Schmiede aufrecht zu erhalten, und so lebten sie im Moment von dem Wenigen, was der Acker hergab.

„Schön, dass du da bist, mein Junge. Wir könnten zwei kräftige Hände gut gebrauchen."

Zum ersten Mal, seit er die Küche betreten hatte, sah Joseph den Ansatz eines Lächelns in ihrem Gesicht. Er erwiderte es und sicherte ihr zu, zumindest eine Zeitlang auf dem Hof zu helfen. Sein Platz war nun in Mullghawan, das spürte er ganz deutlich.

2. Mullghawan, 1556 – Gail O'Sullivan

In Mullghawan lebten seit langen Zeiten lediglich vier Familienstämme. Neben den McClouds, zu denen Livias Familie gehörte, waren das die Montgomerys, die O'Sullivans und die Melones.

Unter Livias Anleitung, die ihrem Vater oft bei seiner Arbeit zugeschaut hatte, ließ Joseph das Schmiedehandwerk im Hause der McClouds wiederaufleben. Er fertigte Werkzeuge sowie Messer und nach und nach konnten sich seine Ergebnisse sehen lassen. Joseph war stolz darauf, Livias Familie zu helfen und mit den eigenen Händen Geld verdienen zu können.

Mit der Zeit dachte er immer seltener daran, Hieronymus zu folgen, und so kam es, dass sich der Tag, an dem Joseph und Hieronymus sich getrennt hatten, zum vierten Mal jährte.

Es war ein heißer Sommer, indem er es sich zur Gewohnheit gemacht hatte, nach getaner Arbeit am nahegelegenen Fluss zu baden. Häufig traf er dabei auf Livia. Mal war sie beim Wasserholen oder sie wusch die Wäsche der Familie an einer seichten Stelle im Fluss. Dann bot er ihr an, die Eimer oder den Korb zurückzutragen.

Als er sich eines Abends mit Hilfe der Strömung ein wenig flussabwärts treiben ließ, sah er, wie Livia am Ufer Bluse und Röcke ablegte. Hastig versteckte er sich hinter einem Busch, der weit ins Wasser hineinreichte, um sie zu beobachten. Noch nie zuvor hatte er eine nackte Frau gesehen.

Der Anblick ihrer großen Brüste erregte ihn, doch schämte er sich auch sofort für seine Gefühle und tadelte sich, wie er es im Kloster gelernt hatte. Dennoch gelang es ihm nicht, seinen Blick von ihr abzuwenden. Ihr wohlgeformter Körper zog ihn magisch an.

Von jenem Tag an träumte er davon, sie mit seiner Hand zu berühren und jeden Zentimeter ihrer Haut zu küssen. Immer wieder hoffte er, sie erneut beim Baden beobachten zu können, doch es war sie, die ihn eines Abends überraschte. Gerade als er nackt aus dem Fluss stieg, stand sie plötzlich vor ihm.

„Weißt du, dass ich dich schon oft beobachtet habe?“, platzte sie ohne Umschweife heraus.

Joseph errötete bis unter die Haarwurzeln und begann sich rasch seine Hose anzuziehen.

„Du bist der erste Mann, den ich nackt sehe.“

Ihr Tonfall, als würde sie über das Wetter sprechen, irritierte Joseph. Sein Kopf schien wie leergefegt und er war unfähig etwas zu erwidern.

„Du hast mich auch schon gesehen, stimmt’s? Neulich, als ich unten an der schmalen Biegung ins Wasser ging.“

Joseph schluckte. Nie hätte er gedacht, dass Frauen einfach so darüber sprachen.

„Ich habe gehofft, dass du heute da bist. Lange schon träume ich von dir, fast jede Nacht, und am Ende meines Traums küssen wir uns.“ Sie stand nun direkt vor ihm und wischte sich lächelnd eine verschwitzte Haarsträhne aus dem Gesicht. In ihren Augen vermischte sich ein neugieriges Verlangen mit kindlicher Unsicherheit.

Josephs Herz begann schneller zu schlagen. Er sah ihre Sommersprossen auf den geröteten Wangen, ihre vollen Lippen, die sich leicht öffneten und ehe er sich‘s versah, landeten diese direkt auf seinem Mund. Sie schmeckten warm und salzig. Livias erster Kuss entfachte eine bisher ungekannte Begierde in ihm.

Von diesem Tag an war Livia wie eine Droge für Joseph und die Reise nach Indien geriet vollends in Vergessenheit. So oft wie möglich wollte er sie sehen und vor allem spüren. Wenn er an manchen Tagen ihre zarte Haut nicht küssen oder streicheln konnte, fühlte er sich unzufrieden und gereizt. Joseph wollte für immer sein Gesicht in ihren Haaren vergraben, um ihren Duft zu riechen. Es dauerte keine zwei Monate, da saß er bei Livias Mutter am Küchentisch und hielt um ihre Hand an. Ihre Mutter willigte mit Freuden ein und acht Monate später gebar Livia Owen, seinen Sohn.

Es war das Jahr 1557 für das Yorick, der alte Seher des Dorfes aus dem Geschlecht der Montgomerys, die Geburt einer alten Seele vorhergesagt hatte.

Sofort fühlte sich Joseph an Quintus Worte erinnert. „Ihr müsst wissen, der Teufel sät Angst und Zwietracht, um uns in die Dunkelheit zu führen. Doch unser Ziel im Universum ist das Licht! Um uns auf unserem Weg zu unterstützen, wird bald ein Lichtbote auf die Erde herabsteigen, um die alten Seelen zu einen, damit sie gemeinsam den Bewahrern der Dunkelheit entgegentreten. Denn das Licht führt die Liebe, die uns ins Paradies leitet." War ihm am Ende sein eigener Sohn in der heiligen Quelle auf Clare Island prophezeit worden?

Der Seher allerdings schüttelte nur bedauernd mit dem Kopf, als Joseph ihm den kleinen Owen zusammen mit Livia ein paar Tage nach der Geburt vorstellte.

Die Monate zogen ins Land und das laufende Jahr bescherte drei der vier Familienstämme in Mullghawan ein Baby. Nach Owen erblickte Arthur, Sohn eines Cousins von Livia, das Licht der Welt. Doch auch Arthur erweckte nicht die Gunst des Sehers.

Am Ende blieb nur noch Daniel und Maighread O'Sullivans Kind übrig, welches diese ehrenvolle Aufgabe zu Teil werden konnte. Am Tag der Niederkunft trat Daniel vor die Tür seines Hauses. Die Sonne war von dunklen Wolken verhüllt und die nahegelegene Bergkette ragte, schwarzen Riesen gleich, aus der Tiefe empor.

Er hatte nicht länger in dem Raum bleiben können, in dem es nach Blut und Qualen roch. Noch immer klangen die Worte des Sehers in seinen Ohren. „Deine Frau wird der Welt die Seele eines Friedensbringer schenken, der die alten Seelen auf der Erde zusammenführen wird, um sie ins Licht der Liebe zu führen. Erzieht das Kind mit Respekt und Ehre und lasst ihm die bestmögliche Ausbildung zu Teil werden."

Er würde mit einem Sohn gesegnet werden, der Bedeutsames für die Menschen seines Landes leisten würde. Dankbar richtete Daniel seinen Blick nach oben.

Der Wind frischte auf und trug die klagenden Schreie eines Wanderfalken zu ihm herüber. Mit sorgenvoller Miene betrachtete er die dunklen Wolken, die von Westen her in rasantem Tempo über den Himmel zogen. In der Ferne grollte der Donner. Blitze zuckten am Horizont und tauchten das Tal immer wieder in gleißendes Licht. Das heranziehende Gewitter wurde heftiger und starker Regen setzte ein. Das war kein gutes Zeichen!

Plötzlich hörte er seine Frau aufschreien. Verzweifelt ließ er sich auf die Knie fallen, um die Götter zu besänftigen. „Göttin Belisama! Göttin des Feuers, Hüterin des Lichts! Wo bist du? Wenn du mich hörst und ich irgendetwas tun kann, so gib mir bitte ein Zeichen.“ Belisama, sie würde wissen, was zu tun war. Sie wusste es immer. Auch heute würde sie ihn nicht im Stich lassen.

Mit der Zeit ließ der Regen nach und es fielen nur noch vereinzelte Tropfen auf ihn nieder. Und dann kam Belisamas Antwort. Die Sonne schob sich durch die dunklen Wolken und tauchte das Land in goldenes Licht. Der Regenbogen, der sich kurz darauf über die grasbewachsenen Hügel spannte, war der Schönste, den er je in seinem Leben gesehen hatte. Noch bevor der erste Schrei des neugeborenen Kindes an sein Ohr drang, wusste Daniel, dass es ein Mädchen war.

Das Mädchen mit dem Namen Gail entzweite das Dorf. Auf der einen Seite standen die Melones und McClouds, die die Worte des Sehers anzweifelten. In ihren Augen konnte der Bote des Lichts nur Arthur oder Owen sein, jedoch auf keinen Fall ein Mädchen. Die O'Sullivans und Montgomerys hielten dagegen, dass es ein Frevel war, die Weisheit eines Druiden anzuzweifeln, und mit Königin Elisabeth I. hatte ja sogar eine Frau den englischen Thron bestiegen.

Abend für Abend saßen Daniel und Maighread im Halbdunkeln der Stube und betrachteten ihre Tochter Gail im Lichte der flackernden Kerzen. Sie fragten sich, was nun werden sollte. Seit der alte Seher Yorik urplötzlich verstorben war, fühlten sie sich überfordert, wie sie mit ihrer heranwachsenden Tochter umzugehen hatten. Sie wünschten sich, alles würde wieder wie früher werden und die Spannungen unter den Dorfbewohnern endlich vergehen.

Doch die Familien-Fehde rückte erst in den Hintergrund, als der Machtkampf mit den Engländern, die sich ab der Mitte des 16. Jahrhunderts mehr und mehr in die Rivalitäten der lokalen Clans einmischten, schließlich Mullghawan erreichte.

Gail war gerade drei Jahre alt geworden, da zog eine Horde englischer Soldaten plündernd durchs Dorf. Wutentbrannt trat Joseph mit seinem Vorderlader in der Hand ihnen entgegen und schoss in die Luft. Vor Schreck ging ein Pferd durch und galoppierte zum Flussufer hinunter. Dabei stürzte der Reiter ins Wasser und wurde von der reißenden Strömung mitgerissen.

Wenige Wochen später musste sich Joseph für diesen Vorfall vor Gericht in Castlebar verantworten. Der englische Soldat war tot aus dem Erriff River geborgen worden und Joseph rechnete mit dem Schlimmsten. Doch zu seiner eigenen Überraschung wurde er freigesprochen. Beschwingt und ohne große Eile ritt er nach Hause. Die Sonne strahlte vom blauen Himmel herab und er sog den frischen Wind ein, der den salzigen Geruch des Meeres zu ihm herübertrug.

Plötzlich nahm er Hufgetrappel wahr, das stetig näher kam. Mindestens ein Dutzend Reiter stoben in einer Staubwolke auf ihn zu. Rasch lenkte er sein Pferd in ein Dickicht am Wegesrand. In diesen Zeiten war es ratsam, vorsichtig zu sein. Und auch diesmal ließ ihn seine Intuition nicht im Stich. Er zählte 18 englische Soldaten, die in halsbrecherischer Geschwindigkeit an ihm vorbei galoppierten, ohne ihn zu bemerken. Joseph beschlich ein Gefühl der Unruhe und so trieb er seinen Fuchs zur Eile an. Die grüne Landschaft schoss an ihm vorbei und schon bald erreichte er den Hügel, auf dem er einst Livia zum ersten Mal nach seiner Rückkehr aus dem Kloster getroffen hatte.

Damals hatte es ihm die Luft abgeschnürt, als sein Blick auf die Überreste seines Elternhauses gefallen waren. Heute hingegen packte ihn das nackte Grauen. Taumelnd stieg er von seinem Pferd herab und starrte entsetzt auf ein Feld der Verwüstung. Überall stiegen Rauchsäulen in die Höhe und einige der Häuser standen noch immer in

Flammen.

Mit einem Mal gaben seine Knie nach und er stürzte schluchzend zu Boden. Mullghawan war Geschichte, hier würde er niemanden mehr lebend antreffen. Er dachte an seine Frau und seinen kleinen Sohn und glaubte, seine Tränen würden nie wieder versiegen.

Er wusste nicht, wie lange er im Gras gelegen hatte, die Hände schützend vor sein Gesicht gepresst, als wolle er der Welt nie mehr in die Augen schauen. Auf einmal war es ihm, als hörte er die Stimme seines Sohnes. Er wiederholte seine Worte, die sie jeden Abend vor dem Schlafengehen beteten. „Was auch geschieht, wir geben niemals auf. Alles ist Teil des göttlichen Plans und wir werden den unseren erfüllen, Amen."

Mühsam rappelte Joseph sich auf und schleppte sich den Weg ins Dorf hinunter. Dort, wo gestern noch sein Haus gestanden hatte, stieg nichts als schwarzer Qualm aus dem verkohlten Boden auf. Er entdeckte seinen Amboss und den Kopf des Vorschlaghammers. Während er mit seinen Stiefeln in der Asche scharrte und ein paar weitere Überreste aus seiner Schmiede zu Tage förderte, kam ein Gefühl in ihm hoch, das sich nicht mehr abschütteln ließ: Die Zerstörung des Dorfes galt ihm.

Er ließ sich auf die Knie fallen und begann zu schreien. Gott wollte, dass er diesen Verlust erfahren musste. War das die Strafe, für die Flucht aus dem Kloster und den Tod eines englischen Soldaten?

Plötzlich spürte er eine Hand, die sich sanft auf seine

Schulter legte. Erschrocken hob er seinen Blick und erkannte Emilia Montgomery, die Enkelin des Sehers. Joseph durchflutete ein Gefühl der Erleichterung, als er hinter ihr die drei verängstigten Kinder Arthur, Gail und Owen sah. Hastig presste er Owen an sich und schloss nach und nach alle vier in seine Arme.

„Wer hat noch überlebt?“, hoffnungsvoll schaute er zu Emilia auf.

Der gequälte Gesichtsausdruck der jungen Frau ließ ihn das Schlimmste befürchten.

Langsam schüttelte sie den Kopf. „Wir waren oben im Wald beim Beeren sammeln“, begann sie stockend. „Als ich die Schreie aus dem Dorf hörte, habe ich die Kinder versteckt.“ Emilia atmete tief durch. „Sie haben alle in die Kirche gesperrt und danach Feuer gelegt.“

Bitterkeit legte sich über sein Herz und ein unbändiges Gefühl der Rache stieg in ihm auf. Zum zweiten Mal hatten ihn die Engländer aus seinem liebgewonnenen Leben gerissen.

Müde starrte er auf die drei Kleinen und Emilia, die mit ihren 15 Jahren fast selbst noch ein Kind war. Er war es nun, der die Verantwortung übernehmen musste. Sie brauchten etwas zu essen und ein Dach über dem Kopf. Der Gedanke kam aus dem Nichts, doch war er plötzlich so mächtig, dass kein Raum für Zweifel blieb. Er wusste, wohin er gehen würde.

Er hob die drei Kinder auf sein Pferd und griff entschlossen nach den Zügeln. Es war Zeit, Buße zu tun und nach Clare Island zurückzukehren.

Zwei Tage später setzten sie auf die Insel über und erreichten am Abend das Kloster. Er klopfte an die Pforte, die sich zu seiner Überraschung knarzend öffnete. Der Klosterhof lag verlassen in der Kühle der hereinbrechenden Nacht. Joseph rief laut in die Dämmerung hinein, doch er erhielt keine Antwort. Außer ein paar Hühnern und Schweinen gab es kein Lebenszeichen mehr auf der gesamten Anlage. Doch immerhin hatten sie ein Dach über dem Kopf und auch im Vorratskeller entdeckte er noch Krüge mit Met, Apfelwein sowie Dörrfleisch und Honig. Auch Kartoffeln und Kohl lagerten in den Holzkisten. Jospeh entschloss sich, hierzubleiben, um fortzusetzen, was Quintus ihnen vor Jahren in der alten Quelle gelehrt hatte.

Von nun an saß er häufig allein in der Kirche, um zu beten. Dabei erinnerte er sich an Quintus Worte: „Es ist wichtig, dass wir uns leiten lassen, uns niemals versperren, gegen das, was sich uns zeigen will.“ Es stand für ihn außer Frage, die Prophezeiung des Sehers endlich ernst zu nehmen. Auch wenn er noch keine Idee hatte, wie Gail ihre Aufgabe, die sie mit auf die Erde gebracht hatte, erfüllen konnte. Von jetzt an würde er das Mädchen anerkennen und sein Bestes geben, sie zu unterstützen.

Er wusste auch schon, wo er damit beginnen würde. Kein Platz eignete sich besser hierfür als die heilige Quelle oben in den Felsen mit ihrer Verbindung zur göttlichen Welt.

Eines Tages fühlte er sich bereit, Emilia und die Kinder mit hinauf zu nehmen. Sie setzten sich auf die gleichen Hocker, auf denen er schon zusammen mit Hieronymus gesessen hatten. „Vater im Himmel, schenke uns die Zuversicht, dass du da bist, auch wenn unser Weg gerade mehr als beschwerlich ist. Nehme mich, Emilia und vor allem die Kinder an die Hand und führe sie in ein Leben voller Hoffnung und Liebe. Mutter Erde, geliebte Gaia, gebe uns jeden Tag genügend zu essen und zu trinken, damit wir nie Hunger und Durst leiden müssen."

Omatasat A Suray Bat
Guraijy Nadeh Sat
Omatasat A Suray Bat
Jero Dawi Da Madehh

Lange hatten die Klänge der alten Seelen geschwiegen, doch nun begannen sie erneut, seinen Geist wie durch Zauberhand zu durchdringen. Joseph schloss die Augen und plötzlich erschien ihm Quintus Vision in wunderbaren Farben. Mit einem Schlag wusste er, was zu tun war. Er, Joseph Melone, würde die Schule der verborgenen Lehren, von der Pater Quintus einst geträumt hatte, ins Leben rufen und er würde sie Thoughts Hall nennen.

3. Thoughts Hall, 1563 – Hieronymus Laine

Inzwischen waren drei Winter auf Clare Island vergangen und Joseph war es gelungen, die alte Schmiede wieder in Betrieb zu nehmen. Immer häufiger bekam er Aufträge aus dem Dorf, was ihm bei der Verwirklichung Quintus Vision sehr gelegen kam. Heute schmiedete er bereits den ganzen Morgen über Hufeisen.

Joseph wusch Hände und Gesicht vom Ruß rein, um zum Mittagessen zu gehen. Gerade als er sich mit einem Lappen abtrocknete, bemerkte er durch das geöffnete Tor den Reiter, der sich Thoughts Hall näherte. Es war nichts Ungewöhnliches, denn trotz der abgeschiedenen Insellage erhielt das ehemalige Kloster hin und wieder Besuch. Doch der Mann erregte seine Aufmerksamkeit. Er hatte das Gefühl, ihn zu kennen. Die Haltung, seine Bewegungen, all das war ihm vertraut.

Er hängte den Lappen an den Haken und trat unter dem Vordach der Schmiede hervor. Die Sonne schien bereits den ganzen Morgen über und unter die salzige Luft mischte sich der erste Hauch von Frühling. Und plötzlich wusste er es. So viel Freude hatte er schon lange nicht mehr empfunden! Laut rufend rannte er dem Mann entgegen und kaum, dass dieser vom Pferd gestiegen war, fielen sich die beiden in die Arme.

„Mein alter Freund!“, rief Joseph und umarmte Hieronymus herzlich.

„Joseph! Wie schön dich wieder zu sehen! Ich hatte es

gehofft, aber nicht zu träumen gewagt, dich hier anzutreffen. Es ist so viel Zeit vergangen, seit ich Irland verlassen habe.“

„Komm erst einmal herein. Du musst hungrig und durstig sein. Wie passend, dass gerade ein Eintopf auf dem Herd steht. Sogar frisches Brot haben wir gestern gebacken!“ Joseph rief seinen Sohn und trug ihm auf, Hieronymus Pferd zu versorgen. Dann gingen die beiden Freunde hinüber in den Speisesaal. Er bedeutete Hieronymus an einem großen Eichentisch Platz zunehmen, der am Ende des Raumes stand. Dann stieg er in den Vorratskeller hinab und tauchte kurze Zeit später mit einem gefüllten Krug wieder auf, den er schwungvoll auf den Tisch stellte.

„Das lobe ich mir, Clare Island hat also nichts von seiner Gastfreundschaft verloren!“ Hieronymus strahlte und hielt Joseph seinen Becher hin. Sie stießen an und tranken einen großen Schluck.

Joseph fasste die Geschehnisse der letzten Jahre für Hieronymus zusammen.

Ungläubig schüttelte dieser den Kopf. „Ich habe immer wieder an dich gedacht und mich gefragt, was wohl aus dir geworden ist, doch eine solch tragische Geschichte hatte ich nicht erwartet.“

„Seit ich hier angekommen bin, saß ich oft grübelnd in der Kirche, ob es nicht besser gewesen wäre, dich und Quintus zu begleiten, anstatt nach meinen Eltern zu suchen.“

„Du hast einen wunderbaren Sohn, wie könntest du je

an deiner Entscheidung, hiergeblieben zu sein, zweifeln?“

Joseph lehnte sich nachdenklich zurück. „Du hast recht und nicht nur das mein lieber Freund. Sieh dich um. All das habe ich erschaffen. Ich führe die Arbeit fort, die Quintus uns einst lehrte.“

Hieronymus schaute seinen Freund lange an, bevor er antwortete. „Erzähl mir davon! Welche Erkenntnisse hast du gewonnen?“

Joseph hob seinen Krug und nahm einen tiefen Schluck Met. „Du zuerst!“ Wohlwollend klopfte er seinem Freund auf die Schulter. „Erzähle du mir, wie es dir auf deiner Reise mit Pater Quintus ergangen ist. Wie geht es ihm?“

Hieronymus nickte und legte sein Besteck zur Seite. „Es geht ihm gut. Als wir Irland verlassen hatten, führte uns unser Weg zum heiligen Khadwana in Indien.“ Hieronymus packte ihn am Arm. „Joseph, dort habe ich gelernt wie man das Tor zum Göttlichen weit aufstoßen kann. Es ist wahr, was uns Quintus einst erzählte. Wir können die Menschen ins goldene Zeitalter führen! Die Tür ins Paradies wird sich für die Bewohner der Erde endlich öffnen. Licht und Liebe werden Angst, Wut und Gewalt ein für alle mal verbannen!“

Plötzlich senkte er seine Stimme und beugte sich zu Joseph hinüber. „Wir kennen nun den Ursprung des Übels. Quintus hat den schwarzen Stein des Teufels entdeckt.“

Heute

4. Sonthofen, 27. Mai – Chris O’Sullivan

Chris schmeckte Blut auf seinen Lippen, das in einem Rinnsal auf den staubigen Boden tropfte. Mühsam rappelte er sich auf. Der mit Ornamenten verzierte Arkadengang, in dem eine Handvoll Frauen aufgeregt umherliefen, war ihm völlig fremd.

Vorsichtig betastete er seine Nase. Sie schien gebrochen zu sein. Was war mit ihm passiert? Noch bevor er eine Antwort auf die Frage finden konnte, packte ihn ein Mann am Kragen und riss ihn hoch. „Gib mir das Herz!“, herrschte er ihn an. Sein entschlossenes, wutverzerrtes Gesicht ließ Chris erstarren. Der Mann war nicht von hier. Seine weiße Haut, die hellen, stechenden Augen, seine Kleidung, all das passte nicht in die orientalische Umgebung. Doch Chris war sich sicher, ihm irgendwo schon einmal begegnet zu sein.

Im Hintergrund rückten Soldaten an und zückten ihre Säbel. Plötzlich zog der Mann einen Dolch. Die Klinge blitzte bedrohlich in der Sonne. Eine der umstehenden Frauen kreischte vor Entsetzen.

Chris war unfähig, sich zu bewegen. Der Angreifer forderte ihn noch einmal auf, ihm das Herz zu geben. Als

Chris nicht reagierte, stieß er zu. Eine gleißende Hitzewelle durchflutete seinen Körper und Chris sackte stöhnend zusammen.

Als er seine Augen wieder öffnete, blickte er in das fremde Gesicht einer Frau mit dunklem Teint, die verzweifelt versuchte, seine Blutung zu stillen. Tiefe Sorgenfalten zeigten sich auf ihrer Stirn. Sie besaß einen hübsch geschwungenen Mund, über dessen Oberlippe ein gezacktes Muttermal thronte.

Plötzlich wurde es laut, Hände schüttelten ihn und mit einem Mal blinzelte er in den blendenden Schein der Nachttischlampe. Das Gesicht war nun ein anderes, die Haut nicht mehr farbig und die Stupsnase vertraut.

Emma hielt ein rot getränktes Taschentuch in der Hand. „Bleib liegen", bat sie ihn dabei mit sanfter Stimme. „Du blutest aus der Nase." Mitfühlend sah sie ihn an. „War es wieder der Traum?"

Chris nickte. Seit einigen Nächten ging das nun so. Die orientalische Umgebung, die Schreie der Soldaten und der Fremde, der ihn ohne Vorwarnung niederstach. Diesmal jedoch war ein weiteres Detail hinzugekommen. Der furchteinflößende Mann mit den grauen Augen war auf der Suche nach einem Herz. „Dass ich es ihm nicht geben konnte, schien ihm nicht sonderlich gefallen zu haben", versuchte Chris die Situation aufzuheitern.

Emma grinste. „Beim nächsten Mal rückst du es einfach raus, dann sind wir deinen Angreifer los. Ich muss gehen." Sie drückte ihm einen Kuss auf die Stirn und stand auf. „Kaffee steht auf der Anrichte!“ Im Türrahmen stehend, warf sie ihm noch eine Kusshand zu. „Bis Donnerstagabend mein Schatz und schreib mir, wenn du gelandet bist!“ Dann fiel die Tür ins Schloss und Emma machte sich auf dem Weg ins Humboldt-Gymnasium, wo sie seit letztem Herbst Latein, Deutsch und Geschichte unterrichtete.

Müde begab sich Chris in die Küche. Er griff nach dem Müsli und schenkte sich eine Tasse Kaffee ein. Am frühen Nachmittag würde ihn ein Fahrer von Aggenstein zum Flughafen bringen. Auch wenn die Geschäftsreisen inzwischen zur Routine geworden waren, empfand er sie immer noch als willkommene Abwechslung in seinem Alltag.

Er klappte gerade den Deckel des Koffers zu, da läutete das Telefon. Sofort erkannte er die irische Nummer auf dem Display. Emma hatte ihn schon gestern Abend gebeten, seinen Großvater zurückzurufen. Chris ließ es läuten und stieg unter die Dusche. Er wusste, was Walther von ihm wollte und hatte entschieden, dass es warten musste, bis er aus Delhi zurückgekehrt war.

5. Neu Delhi, 28. Mai – Chris O'Sullivan

Als sich Chris nach seiner Ankunft am Flughafen von Delhi in die Schlange der Wartenden einreihte, die sich gemächlich in Richtung Passkontrolle schob, überflog er die eingegangenen E-Mails auf seinem Handy.

„Alter, klar bin ich beim Hüttenwochenende dabei, auch wenn wir dann zu dritt sind! Zuerst stürmen wir den Gipfel und entspannen danach bei ein, zwei Bierchen im beheizbaren Holzzuber mit Panoramablick. Vielleicht bringe ich auch noch jemanden mit. Bin da gerade an einer heißen Studentin dran."

Chris grinste. Bernds Drang nach weiblicher Begleitung schien auch mit zunehmendem Alter nicht abzunehmen, doch wirklich lange hielten seine Beziehungen nie.

Eine Frau in Uniform winkte ihn zu einem freigewordenen Schalter, hinter dem ein desinteressiert blickender junger Mann seinen Pass abstempelte und ihn durch den Schlitz in der Scheibe zurückgab. Ohne Eile passierte er danach die gläserne Schiebetür am Ausgang vor dem ein Fahrer des Taj Mahal Hotels ein Schild mit „Aggenstein - Mr. Chris O'Sullivan" in die Höhe streckte. Chris trat auf ihn zu.

„Willkommen in Delhi, Mr. O'Sullivan. Darf ich?" Eifrig griff der schmächtige Inder nach dem Koffer.

Auf dem Weg ins Hotel lenkte der Chauffeur den Wagen durch das Botschaftsviertel von Delhi und erzählte dabei, dass die heutige deutsche Botschaft eigentlich die der ehemaligen DDR sei. „Zumindest hier hat der Sozialismus gesiegt!", amüsierte er sich.

Doch Chris hörte nur mit halbem Ohr hin. Fasziniert betrachtete er die Villen, deren Gärten im Licht der Morgensonne in satten Farben leuchteten. In diesem

Gebiet war nichts von der großen Armut des Landes zu sehen.

Kurze Zeit später bogen sie in die Hoteleinfahrt ein. Dort mussten sie zuallererst den üblichen Sicherheitscheck über sich ergehen lassen. Der Fahrer wurde gebeten, den Kofferraum zu öffnen, anschließend wurde der Fahrzeugboden mit Spiegeln abgesucht. Nachdem vor ein paar Jahren in einem Hotel eine Bombe gezündet wurde, waren die Sicherheitsbestimmungen verschärft worden.

Wenig später betrat Chris die prunkvolle Eingangshalle, in dessen Mitte sich ein vier Meter hoher Brunnen erhob, den die Briten 1921 aus dem Lodi-Garten in das Hotel geschafft hatten. Unzählige, dicht aneinander gereihte, wasserspeiende Löwenköpfe schmückten die vier Etagen, auf deren Spitze eine, an eine Tempeltänzerin erinnernde, Figur thronte.

Eine Angestellte in einem orangefarbenen Sari trat lächelnd auf ihn zu. „Darf ich sie landestypisch willkommen heißen?“ Ihre sanften Gesichtszüge mit den hohen Wangenknochen und vollmundigen Lippen machten sie zu einer äußerst attraktiven Erscheinung. Für einen Moment trafen sich ihre Blicke. Etwas Beruhigendes lag in ihren dunklen Augen. Er nickte und sie tupfe mit ihrem Finger in ein kleines Schälchen mit rotem Pulver, um ihn anschließend auf Chris Stirn zu drücken.

„Und wie lange hält die Farbe jetzt?“, fragte er.

„Wie lange bleiben Sie denn?“

„Drei Tage.“

„Dann wird das Zeichen bis zu ihrem Abflug fast verschwunden sein!“, sagte sie und zwinkerte ihm dabei fröhlich zu. „Schönen Aufenthalt!“

Als Chris an ihr vorbei zur Rezeption ging, streifte sein Blick das Namensschild, welches an ihrem leuchtenden Sari befestigt war. In schwungvollen Lettern stand ‚Archisha’ darauf geschrieben.

Der Mitarbeiter hinter der Empfangstheke begann routiniert seine Daten aufzunehmen. „Ihr Zimmer ist bereits fertig.“ Mit einem Lächeln händigte ihm der junge Mann die Keycard aus. „8. Stock und dann aus dem Fahrstuhl nach links. Das Gepäck wird Ihnen gleich gebracht.“ Chris wandte sich um, als die Stimme des Mannes noch einmal erklang. „Mr. O’Sullivan!“ Er deutet auf seine Jacke. „Ihre Kopfhörer, sie werden sie verlieren!“

Chris blickte nach unten. Tatsächlich, beinahe wären sie ihm aus seiner Jackentasche gerutscht. Er griff nach den weißen Kabeln und verstaute sie in seinem Rucksack.

Als Chris die Zimmertür öffnete, schlug ihm ein leicht muffiger Geruch entgegen. Er steckte die Einlasskarte in das dafür vorgesehene Kästchen an der Wand, um die Stromversorgung zu aktivieren. Danach drehte er den Regler der Klimaanlage auf 22 Grad. Mit einem Rattern lief sie an.

Es war mittlerweile kurz nach eins. Chris zog seine Schuhe aus und ging ins Bad. Neben diversen Fläschchen mit Duschgel und Bodylotion standen wie üblich zwei Mineralwasserflaschen auf dem Waschbecken, die zum

Zähneputzen gedacht waren.

Im Spiegel entdeckte er den roten Punkt auf seiner Stirn. Er öffnete den Wasserhahn und wusch sich das Gesicht. Dabei achtete er penibel darauf, den Mund geschlossen zu halten, da das Leitungswasser bei Ausländern zu üblem Durchfall führen konnte. Er nahm sich ein Handtuch vom Stapel neben dem Waschbecken und trocknete sich ab. Als er sich erneut im Spiegel betrachtete, war das Begrüßungsmal verschwunden.

An irgendjemanden hatte ihn die junge Inderin erinnert. Doch jedes Mal, wenn er versuchte, den Gedanken zu fassen, entglitt er ihm wieder.

Im Taxi, das ihn am nächsten Morgen zum indischen Vertriebsbüro der Firma Aggenstein brachte, war es trotz eingeschalteter Klimaanlage stickig. Während er die Unterlagen für die kommende Besprechung sichtete, erinnerte sich Chris an seinen ersten Besuch. Damals hatte er unter großem Zeitdruck gestanden. Um das Treffen so effizient wie möglich abzuhalten, hatte er gleich zu Beginn eine detailliert ausgearbeitete Checkliste mit dem Ziel verteilt, alle wichtigen Punkte Schritt für Schritt abzuarbeiten.

Doch schnell erkannte er, dass die Uhren in Indien anders tickten. Den Menschen war es zunächst wichtig, sich kennenzulernen. So hatte seine Checkliste unbeachtet auf dem Tisch gelegen, während sich die Kollegen mit ihm über seine Anreise und das Wetter, die Weltwirtschaftslage im Allgemeinen und die Beziehung zwischen Indien und

Deutschland im Besonderen unterhielten. Über die bevorstehenden Commonwealth-Spiele landeten sie schließlich beim Kricket, um danach die Gewohnheiten von deutschen und indischen Familien am Wochenende zu diskutieren. Jeder Versuch von Chris, das Gespräch auf die geschäftlichen Aufgaben zu lenken, wurde elegant von seinen Kollegen übergangen.

Nach zwei Stunden Smalltalk stellte der indische Geschäftsführer mit einem überraschten Blick auf die Uhr nicht etwa fest, dass es nun an der Zeit war, mit der Arbeit zu beginnen, sondern, dass sie vor lauter reden beinahe das Mittagessen vergessen hätten.

Der Fahrer bremste plötzlich scharf und riss ihn aus seinen Erinnerungen. Die bunt bemalte Rückseite eines Lastwagens, von der ein Elefant mit einem Säbel schwingendem Inder auf dem Rücken in einem riesigen Herz „Blow horn“ aus einer Sprechblase trompetete, war bedrohlich nah vor der Windschutzscheibe des Taxis aufgetaucht. Um die hohen Unfallzahlen auf Indiens Straßen zu reduzieren, wurden die Verkehrsteilnehmer bei jeder Gelegenheit daran erinnert, beim Überholen zu hupen.

Doch die Situation der indischen Straßenverhältnisse war nicht der Grund, warum Chris Puls in die Höhe schnellte. Das Herz hatte ihn an seinen Traum erinnert, an den Mann, der ihm den Dolch in die Rippen stieß und den bekümmerte Blick der orientalischen Schönheit, die verzweifelt versuchte, sein Leben zu retten. Er sah ihr zartes Gesicht, ihr aufmunterndes Lächeln und den besorgten

Blick.

Plötzlich wurde ihm bewusst, was ihm sonst an der Frau aufgefallen war. Er versuchte sich, ihr Bild aus seinem Albtraum vor Augen zu führen. Chris schluckte, als ihm klar wurde, was es gewesen war. Sie hatte dasselbe gezackte Muttermal über ihrer Oberlippe, wie Archisha, die ihn gestern in der Hotellobby begrüßt hatte.

Chris zuckte zusammen, als der Fahrer laut hupend nach rechts ausscherte, um an dem LKW vorbeizuziehen. Mit einem Mal fühlte sich sein Mund trocken an. Er griff nach der kleinen Mineralwasserflasche, die in der Mittelkonsole für ihn bereit lag und nahm einen großzügigen Schluck. Doch das Wasser, das laut Etikett direkt aus einer Quelle des Himalajas stammte, rann seine Kehle hinab, ohne ihm die gewünschte Erfrischung zu bereiten.

Hastig löste er den Knoten an seiner Krawatte und öffnete den obersten Knopf des Hemdes. Plötzlich kam ihm ein beunruhigender Gedanke. Was, wenn sein nächtlicher Albtraum eine Warnung gewesen war? So sehr er auch versuchte, den Gedanken zu verdrängen, er ließ sich nicht mehr ignorieren: Wenn er die Frau aus seinem Traum hier getroffen hatte, würde er dann auch seinem Mörder in die Arme laufen?

Der Springbrunnen im Eingangsbereich plätscherte leise, während Chris die Modelle der Traktoren in einem Schaukasten vor ihm betrachtete, die Aggenstein herstellte. Der neue AGS 530T war der Verkaufsschlager in Nordamerika, in Indien bestellten die Kunden allerdings eher einen AGS 100, höchstens mal aufgrund seiner höheren Leistungskraft an Hängen den AGS 190.

Schneller als geplant waren seine Besprechungen zu Ende gegangen und nun wartete er auf den Transfer ins Hotel. Er trank seinen Kaffee aus und warf den Plastikbecher in einen Mülleimer neben der rot gepolsterten Sitzgruppe, deren Armlehnen mit aufwendigen Schnitzereien verziert waren.

„Es tut mir Leid, Sir, Abasin steht gerade im Stau." Die Frau hinter dem Empfang schaute ihn bekümmert an. „Soll ich Ihnen stattdessen ein Taxi rufen?"

Als Chris nickte, nahm sie den Telefonhörer ab. Doch plötzlich legte sie wieder auf und strahlte ihn an. „Ich habe eine bessere Idee. In 10 Minuten holt Ahay unsere chinesischen Gäste zu einer Führung durchs Red Fort ab. Wollen Sie sich nicht anschließen? Ich verspreche Ihnen, es lohnt sich!"

Chris zögerte. Für Sightseeing war er zu müde, doch andererseits würde er sich zu Hause wahrscheinlich ärgern, die bekannte Festungsanlage nicht besichtigt zu haben.

So kam es, dass er eine Stunde später mit vier begeistert fotografierenden Chinesen das mächtige Lahore-Tor, durch das sie das Red Fort betraten, passierte.

„In den Jahren 1638 bis 1648 erbaute der Mogulkaiser Shah Jahan die Residenz. Ihren Namen erhielt sie aufgrund der für die Festungsmauer verwendeten roten Sandsteinen. Damals wurde die Burg errichtet, um Feinde abzuwehren.

Heute dient der Park jedoch ausschließlich der Erholung“, erklärte Ahay Bachan, ein großer, vollbärtiger Mann mit gelbem Turban, den Chris flüchtig aus der Firma kannte. Anschaulich erzählte er vom früheren Hofleben und wie die Musikanten fünfmal am Tag für den Kaiser aufspielten, während er und seine Gäste Tee tranken.

Die Anlage war faszinierend und Chris bereute seine Entscheidung nicht, hier hergekommen zu sein. Ihm gefiel es, auf den Spuren der Vergangenheit zu wandeln, sich in die Lage der Menschen aus früheren Zeiten zu versetzen und sich vorzustellen, wie sie damals gelebt hatten.

In diesem Augenblick trat einer der chinesischen Kollegen auf ihn zu und fragte, ob er ein Foto von ihnen machen könnte. Beeindruckt verfolgte Chris, wie schnell sich die Gäste aus Shanghai perfekt um den Guide aufstellten. Nachdem er dasselbe Foto mit vier verschiedenen Smartphones geknipst hatte, bedankten sie sich höflich mit einer kleinen Verbeugung.

Anschließend führte Ahay die Gruppe weiter zum Palast der Farben, dem früheren Wohnhaus der Mätressen des Kaisers. Vor dem Gebäude trafen sie auf etwa zwei Dutzend Inderinnen, die durch ihre bunten Saris einen leuchtenden Kontrast zu den weißen Mauern bildeten.

Er warf einen Blick durch die Arkaden in die längliche Halle. Leider war nicht mehr viel von den einst kunstvoll bemalten Wänden zu sehen, von denen Ahay gerade schwärmte und so wandte er sich ab, um noch einen Blick auf die Malereien im oberen Geschoss zu erhaschen, die anscheinend besser erhalten sein sollten. Dabei stieß er mit einer Frau zusammen, die sich gerade angeregt mit der jungen Touristenführerin unterhielt. Chris entschuldigte sich, doch sie lächelte nur kurz und folgte ihrer Führerin, die mit einem in die Höhe gehaltenen, roten Regenschirm zur nächsten Station weiterzog.

Er wollte schon weitergehen, als er plötzlich ins Grübeln geriet. War das nicht ...? Rasch ging er den Frauen nach, um sich zu vergewissern, ob er Gespenster sah. Die Gruppe stand aufgeregt schwatzend um die junge Frau mit dem roten Regenschirm. Chris schaute zuerst auf die große dunkle Sonnenbrille und ihre schwarzen Haare, die von einer auffällig bunten Spange gehalten wurden. Dann wanderte sein Blick zu ihrem Mund mit dem Muttermal über der Lippe. Er hatte sich nicht getäuscht. Vor ihm stand Archisha.

Plötzlich trat ihm ein Mann in den Weg, der mit einem spitzen Stock Unrat in den Eimer auf seinem Handkarren lud. Mühsam schob er den Wagen weiter, als er mit einem Mal den Kopf hob. Sein Blick traf Chris unvermittelt. Die Augen! Es waren dieselben grauen Augen, die ihn in seinen Träumen verfolgt hatten.

Wie durch einen milchigen Nebel hindurch, hörte er die Stimme, die ihm wiederholt die Frage nach dem Herz stellte. Auf einmal glaubte er auch, die mit Ornamenten verzierten Arkaden zu erkennen.

Der Alte mit dem klapprigen Handkarren bückte sich nach etwas am Boden und sah dann zu ihm auf. Dabei entblößte sein schiefes Grinsen eine Reihe verfaulter Zähne. Und da sah Chris den Dolch, dessen Klinge aus dem abgewetzten braunen Umhang hervorblitzte.

Er erschauderte. Kalter Schweiß lief ihm den Rücken hinunter und ohne nachzudenken, rannte er an dem verdutzten Ahay vorbei in Richtung Ausgang.

Erst als er die Souvenirstände am Parkplatz erreicht und sich vergewissert hatte, dass ihm niemand folgte, hielt er inne. Sein Herz pochte ihm bis zum Hals und er hatte Mühe, sich zu beruhigen. Er lehnte sich gegen die Wand des Gebäudes, in dem die Kassen sowie ein kleines Museum und die sanitären Anlagen untergebracht waren.

Schließlich folgte er den Hinweisschildern zur Herrentoilette und betrat einen Vorraum mit einigen, bereits in die Jahre gekommenen Waschbecken. Chris spritze sich etwas Wasser ins Gesicht, doch es brachte ihm nicht die gewünschte Erfrischung. Er hob den Blick. Seine Augen starrten ihm glanzlos aus dem Spiegel entgegen. Wäre Bernd jetzt hier, er würde ihm ungerührt bescheinigen, dass er schon einmal besser ausgesehen hätte.

Chris fuhr sich mit beiden Händen durch seine dunkelblonden Haare. Dann öffnete er die Tür und trat zurück ins Freie.

Um sich abzulenken, musterte er die verschiedenen Souvenirs, die die Händler an ihren Ständen feilboten. Er ließ seinen Blick über die farbenfrohen Kerzen direkt vor ihm schweifen. Nebenan bot ein weiterer Straßenhändler jede Menge Räucherwerk an. Dazwischen entdeckte er

Krimskrams zum Aufstellen und unzählige Flaschen Mineralwasser auf dem Regal darüber, die darauf warteten, an durstige Touristen verkauft zu werden.

Seine Hände zitterten, als er in seiner Tasche nach ein paar Münzen kramte, um ein Wasser und ein seidenes Tuch für Emma zu bezahlen.

Da traf er auf Ahay, der mit den Chinesen Richtung Ausgang schlenderte. „Alles in Ordnung?“

„Ja, ich musste nur mal ziemlich dringend!“, log Chris und deutete hinüber auf das schäbige Toilettenhäuschen.

Ahay nickte und plötzlich registrierte Chris seine weißen Handykopfhörer, die in der Hand des Inders baumelten. „Der Müllmann hat sie mir gegeben, er sagte, sie wären Ihnen aus der Tasche gerutscht.“

Chris murmelte einen kurzen Dank und steckte sie ein. Mit einem Mal war ihm die Situation unendlich peinlich.

„Die Unterkunft der Chinesen liegt nicht auf direktem Wege zu Ihrem Hotel, was einen Umweg von einer halben Stunde für Sie bedeutet. Dafür kommen wir an einem exquisiten Restaurant vorbei, in das ich Sie gerne zum Abendessen einladen würde. Kommen Sie mit oder soll ich Ihnen lieber ein Taxi rufen?“

Der schwere Duft von orientalischen Gewürzen schlug Chris entgegen, als er zusammen mit Ahay eine Stunde später das Nirula‘s betrat. Das Lokal mit seinem Gewölbe erinnerte ihn an die Kellerbar in Würzburg, seine zweite Heimat während des Studiums, nur dass die Decke hier über und über mit goldenen Mosaiken besetzt war, die sanft im gedimmten Licht glänzten.

Hinter der Theke zog ein drahtiger Inder gerade herrlich duftendes, frisch gebackenes Naan auf einem langen Brett aus dem Holzbackofen, während eine Frau im Sari Gläser abtrocknete und in ein Regal räumte.

Die Wände aus Naturstein waren mit ausdrucksstarken Schwarzweiß-Fotografien bekannter Sehenswürdigkeiten geschmückt. Chris erkannte die Mayastadt Chichen Itza, die Chinesische Mauer, das Kolosseum in Rom und das Taj Mahal, das sich nicht weit von hier in der Stadt Agra befand.

„Eine Demonstration unglaublicher Macht der Herrscher, nicht wahr?" Ahay war neben ihn getreten und deutete auf die Bilder, die Chris gerade bewunderte. „Egal, ob Kaiser, Pharao oder Mogul, getrieben von ihrer unbezähmbaren Gier haben sie alle ihren Reichtum auf Kosten anderer erzielt."

Ein Kellner, dessen weißer Anzug in einem eleganten Kontrast zu seiner dunklen Haut stand, erschien und begrüßte sie freundlich. Die Brille mit Goldrand verlieh seinem Aussehen etwas Aristokratisches. Er führte sie zu einem runden Zweiertisch im hinteren Bereich des Restaurants.

Chris hatte keine Erklärung gefunden, was mit ihm am Nachmittag geschehen war. Er war tatsächlich vor einem Müllmann davon gelaufen, der ihm seine verlorenen Kopfhörer wieder geben wollte. Und trotzdem, der Arkadengang war exakt derselbe gewesen, wie in seinem Traum und Archisha war ebenfalls dort. Oder hatte er sich am Ende alles nur eingebildet? Emma jedenfalls wurde nicht müde ihn daran zu erinnern, dass er zu viel arbeitete und oft angespannt wirkte.

Der Kellner näherte sich ihrem Tisch und riss ihn aus seinen Gedanken. Chris bestellte, wie immer wenn er auf Reisen war, ein regionales Bier. Diesmal entschied er sich für ein „Tiger".

Wie er es schon von seinen indischen Kollegen gewohnt war, bot ihm auch Ahay an, die Speisen für ihn auszuwählen. Anders als in Deutschland bestellte man mehrere Gerichte, von denen sich jeder bediente.

Eifrig nickend notierte der Kellner Ahays Wünsche. Währenddessen blickte sich Chris um. Viele der Tische waren belegt, meist von Männern in Anzügen, aber auch eine Gruppe amerikanischer Touristen hatte an einer langen Tafel Platz gefunden.

Ahay entpuppte sich als interessanter Gesprächspartner und zwischen ihnen entwickelte sich schnell eine angeregte Unterhaltung über Alltag und Glauben in der indischen Gesellschaft. „Die Religion der Sikh, derer ich angehöre, basiert auf einem pragmatischen Ansatz. Nicht fromme Worte, sondern Respekt und die gute Tat sind maßgeblich für ein gottergebenes Leben. Solange Egoismus die Welt regiert, ist unserer Ansicht nach kein Frieden möglich, weder mit der Schöpfung, noch unter den Menschen oder mit uns selbst."

Ahay nippte an seinem Jasmin-Tee, den der Kellner in der Mitte des Tisches auf einem Stövchen platziert hatte. „Das Entscheidende im Leben ist doch, wann Sie sich glücklich und zufrieden fühlten. Als Sie ein Projekt im Beruf erfolgreich abgeschlossen hatten? Den Abend mit Ihrer Freundin vor dem Fernseher saßen oder sich endlich das neue Handy gönnen konnten?

Oder sind es die Momente, in denen Sie in den Bergen über das weite Land schauen, am Strand ihren Blick über das Meer schweifen lassen oder einfach nur auf einer Wiese liegen, um den Vögeln zuzuhören oder den Sternenhimmel zu beobachten? Die Zufriedenheit im Hier und Jetzt, also das Sein, sollte immer im Mittelpunkt stehen. Doch wie häufig wird es im Alltag vom Habenwollen verdrängt?“ Ahay lächelte Chris an. „Wann saßen Sie zum Beispiel das letzte Mal einfach nur im Gras?“

Chris zuckte mit den Schultern. Wahrscheinlich hatte er das noch nie getan, wozu auch?

„Sie betrachten es als Zeitverschwendung, nicht wahr? Stattdessen bedienen Sie ihre 500 Facebook Freunde, gehen ins Fitnessstudio oder arbeiten acht Stunden am Tag. Jeder ist ständig in Action, egal ob im Büro oder in der Freizeit. Einfach nur zu Sein wird gleichgesetzt mit nichts tun und hat damit kein gutes Image.“

„Warum ist das so wichtig?“

„Allein das Sein schenkt uns Zufriedenheit, Besonnenheit und wahres Glück. Das wiederum strahlen wir aus und geben es, ohne etwas tun zu müssen, an unsere Mitmenschen weiter. Leider funktioniert das genauso gut, wenn wir ärgerlich, wütend oder voller Hass sind. Auch mit diesen Gefühlen infizieren wir sozusagen unser Umfeld. Die Kunst des Lebens besteht nicht darin, das Morgen zu planen, sondern den Moment zu lieben, in dem wir uns gerade befinden."

Der Kellner brachte einen Korb voll Naan und dazu verschiedene Dips. „Nehmen Sie, solange es noch warm ist. Die Joghurt-Knoblauch-Soße ist sehr zu empfehlen."

Chris dippte das fladenartige Brot in die duftende Sauce und biss hinein. Ahay hatte nicht zu viel versprochen. Es schmeckte vorzüglich. Hier den Moment zu lieben, fiel ihm leicht.

„Haben Sie schon einmal Urlaub gemacht und einfach nur die Seele baumeln lassen?"

Chris dachte an die letzte Reise mit Emma auf die Malediven und nickte. Zehn Tage lang hatten sie ihre Zweisamkeit auf der kleinen Insel genossen, schnorchelten und saßen am Abend bei einem Glas Wein im Whirlpool, auf der auf Pfählen gebauten, bis ins Wasser reichenden Terrasse und beobachteten, wie die glutrote Sonne am Horizont langsam im Meer versank.

„Und sind Sie damals mit der Absicht heimgekommen, diese Gelassenheit in den Alltag zu übernehmen?"

Ahay hatte Recht. Jedes Mal nahm sich Chris vor, auch im Alltag achtsamer zu sein, doch stets war nach wenigen Tagen der Zauber des Urlaubs wieder verflogen.

„Ihre Seele wünscht sich mehr von diesen Momenten,

doch leider kann sie sich nicht durchsetzen. Lieber eifern wir einer Gruppe nach, die in einer materialistischen, selbstsüchtigen Gier uns dazu drängt, immer mehr als nötig zu tun und so das Sein zu zerstören. Unsere Bestimmung ist Wachstum, deshalb sind wir hier auf der Erde. Doch verwechseln wir dabei zu oft geistiges mit materiellem Wachstum."

Der Kellner entzündete mehrere Stövchen und verteilte Schüsseln mit Fleisch darauf. Lamm in Minze, Ente in Curry und Tandori Hühnchen. Ahay belud ein Stück Naan mit Lammfleisch und steckte es sich in den Mund.

Chris griff in den Brotkorb und versuchte, das Naan ebenso zu falten wie Ahay. Doch stellte er sich nicht so geschickt an. Nachdem auch beim dritten Versuch das Lamm wieder in den Topf zurückfiel, schöpfte er das Fleisch mit dem Löffel auf seinen Teller.

„Welche Gruppe meinen Sie?", fragte Chris.

„Die, die unseren Alltag diktiert und unsere Gesellschaft zu dem gemacht hat, was sie ist: gierig und egoistisch."

„Trägt nicht jeder seinen eigenen Teil dazu bei?"

Ahay lächelte. „Das ist richtig, aber doch nur, weil wir so erzogen wurden. Das Ziel ist ein eigenes Haus mit Garten und einem schicken Auto in der Garage. Dazu noch 2-3 Mal Urlaub im Jahr, um sich von dem Stress zu Hause zu erholen. Doch wer hat den Mut auszuprobieren, ob es nicht sehr viel einfacher gehen würde? Wer hat den Mut, sich einen Alltag zu erschaffen, von dem er keinen Urlaub braucht? Wir verschwenden unsere Energie für Dinge, die uns niemals eine nachhaltige und dauerhafte Veränderung bescheren. Im Gegenteil, wir müssen immer weiter schuften, um unserem Materialismus zu frönen und das hart erarbeitete Gut zu erhalten. Aber wehe der Nachbar hat mehr, dann geben wir noch mehr Gas, drehen unser Hamsterrad noch schneller. Leider vergiften wir unsere Gesellschaft dadurch konsequent und nachhaltig."

„Das wird sich wahrscheinlich nicht ändern lassen", entgegnete Chris skeptisch.

„Aber doch nur, weil die Menschen mit ihrem Streben nach schneller, weiter, höher sich selbst diesem Stress aussetzen. Was glauben Sie passiert, wenn ein Großteil der Menschen aus diesem System aussteigen würde? Wenn alle sagen würden, genug gearbeitet, es reicht, jetzt lebe ich!"

Chris zuckte mit den Schultern. „Dann würde alles zusammenbrechen."

„Oder die Menschen würden endlich frei sein, anstatt als Arbeitssklaven der Reichen und Mächtigen zu dienen."

„Sind Sie Kommunist?"

Ahay lachte. „Nein, Gott bewahre."

Einen Moment saßen sie schweigend da, dann fragte Ahay: „Haben Sie sich schon einmal mit Psychopathen beschäftigt?"

Chris schüttelte den Kopf.

„Psychopathen kennen weder Angst noch Empathie. Ihnen ist egal, was die Zukunft bringt oder ob sie durch ihr

Handeln etwas verlieren könnten. Sie verschwenden keinen Gedanken daran, was andere über sie denken oder sagen. Ideale Voraussetzungen, um gesetzte Ziele zu verfolgen, finden Sie nicht?"

„Solche Leute sucht mein Chef immer." Chris grinste.

„Genau darin liegt das Problem. Obwohl nur etwa drei Prozent der Menschen zu den Psychopathen zählen, sitzen die Intelligenten von ihnen überproportional häufig an den Schalthebeln der Macht. Sie sind furchtlos, sie sind gierig. Das macht sie so erfolgreich und leider zum Vorbild vieler Menschen. Dabei kann man Psychopathen keinen Vorwurf machen. Ein Defekt blockiert ohne ihr Wissen Gehirnaktivitäten in den Bereichen, die mit dem Furchtsystem zusammenhängen. Bei uns heißt es: Wenn einer nach Führung strebt, verweigere sie ihm!"

„Ich fürchte, ich kann Ihnen nicht ganz folgen."

„Chris, ein Großteil der Führungskräfte unserer Gesellschaft sind Psychopathen. Nur deshalb leben wir in dieser schrecklichen, kriegerischen Welt, denn diese wenigen beeinflussen das Kollektiv, reißen die Massen mit sich."

Der Kellner servierte Chris ein neues Bier und schenkte Ahay aus einer frischen Kanne dampfenden Tee ein. Der Duft von Jasmin mischte sich unter den würzigen Geruch der Speisen.

Als er sich wieder vom Tisch entfernt hatte, fuhr Ahay fort. „Auf was ich hinaus will ist Folgendes: Angenommen es wäre, wie ich sage und Sie hätten die Chance, die Welt von all diesen Psychopathen zu befreien, würden Sie handeln?“ Ahay schaute Chris erwartungsvoll an.

„Vielleicht. Aber was würde sich dadurch ändern?“

„All die Gier und das Machtgehabe der Menschen würden verschwinden. Genauso der Materialismus und die kriegerischen Auseinandersetzungen. Die Welt wäre vom Hunger befreit und die Umweltzerstörung gestoppt.“

Es war eine schöne Vorstellung für Chris, dass auf der Erde wieder paradiesische Bedingungen Einzug erhalten könnten, denn auch seiner Meinung nach lag vieles im Argen. Doch klangen die Worte Ahays in seinen Ohren äußerst fantastisch.

Ahay wischte sich mit einer Serviette über den Mund. „Ich will Ihnen ein Geheimnis verraten. Ich habe Zugang zu einem uralten Wissen, auf das nur wenige Menschen zugreifen können.“ Er wartete, bis der Kellner ein vollbeladenes Tablett an ihnen vorbei getragen hatte, bevor er weiter sprach. „Dadurch kenne ich nicht nur den Grund für den Gehirndefekt, sondern ich weiß, wie er unschädlich gemacht werden kann!“

Auf Chris Stirn bildeten sich Schweißperlen. Das Hühnchen, von dem er gerade gegessen hatte, war ziemlich scharf.

„Hier, nehmen Sie ein wenig von dem Joghurt-Dip, das neutralisiert.“ Lächelnd hielt ihm Ahay ein Tonschälchen mit der weißen Sauce hin.

Hastig schob sich Chris einen Löffel voll in den Mund. Er teilte Ahays Begeisterung nicht. „Selbst wenn es stimmt, was Sie sagen, wie wollen Sie denn all diese Menschen dazu bewegen, eine Therapie zu machen?“

Ahay schüttelte den Kopf. „Es geht nicht darum, die Psychopathen zu therapieren, sondern wir öffnen den restlichen 97 Prozent die Augen!“

Zwei Stunden später öffnete Chris die Tür zu seinem Zimmer. Das Bett war bereits aufgeschlagen, die Vorhänge zugezogen und die kleine Stehlampe in der Ecke tauchte den Raum in ein warmes Licht. Auf dem Nachttisch lagen selbstgemachte Pralinen bereit. Er nahm sich eine Dose Bier aus der Minibar und setzte sich in den dunkelgrauen Lehnsessel am Fenster. In seinen Fingern drehte er eine Visitenkarte.

Ahay Bachan. Seine Telefonnummer stand dort in goldener Schrift. „Wenn Sie wieder nach Indien kommen, möchte ich Sie gerne zu einem Ausflug auf den Khadwana einladen. Es ist ein heiliger Berg, der seit Jahrtausenden die Kraft Gottes in sich trägt“, hatte Ahay gesagt, als er ihm die Karte in die Hand drückte.

„Ich werde in nächster Zeit nicht nach Indien reisen“, hatte Chris geantwortet.

„Was passieren muss, passiert, dagegen kann sich niemand wehren. Versprechen Sie mir einfach, dass Sie sich melden, sobald es soweit ist!“

Chris war sich nicht sicher, was er von Ahays Geschichte halten sollte. Doch ohne Zweifel war der Inder ein charismatischer Mann.

Einer plötzlichen Eingebung folgend, nahm Chris sein

Handy vom Nachttisch und googelte im Internet nach dem Berg, von dem Ahay gesprochen hatte. Eine Legende erzählte, dass eines Tages aus dem Innern des Khadwanas ein Retter geboren würde, der die Welt auf den Weg der bedingungslosen Liebe zurückführt. Diejenigen, die dem Retter helfen, durchbrechen den Kreislauf der Wiedergeburt auf Erden und erhalten für immer Glück und Zufriedenheit.

Er legte sein Handy zur Seite und blickte aus dem Fenster. Vor ihm breitete sich das nächtliche Neu-Delhi aus. Irgendwo vor den Toren der Stadt lag der heilige Khadwana. Plötzlich stellte er sich vor, wie er auf dem Berg stand und eine heldenhafte Ansprache an seine Jünger hielt. „Kämpfer für den Erhalt des Lichts und der Liebe auf der Welt! Nun haben wir unsere Kräfte gebündelt. Seid ihr bereit in das letzte Gefecht zu ziehen, um das Böse zu vernichten?“

Ein lautes „Ja!“, ertönte über das Tal und das Echo der Berge verstärkte den Ruf.

Er reckte die Faust nach oben. „Seid ihr bereit, bis auf den letzten Tropfen Blut gegen den Feind zu kämpfen?“

„Ja!“

„Für das Gute zu sterben, damit eure Kinder in Frieden und Freiheit leben können?“

„Ja!“

„Dann auf in den Kampf!“ Mit lautem Geschrei stürmten seine Jünger dem Feind entgegen. Mit seinen Gedanken bei William Wallace in Braveheart, der seine

Truppen auf den Kampf einschwor, schlief er ein.

Chris erwachte mitten in der Nacht. Immer noch saß er im Sessel am Fenster, die rechte Hand zur Faust geballt. Ein Geräusch an der Tür ließ ihn hochfahren. War da jemand oder hatte er nur geträumt?

Auf einmal schien es unerträglich heiß zu sein. Er griff nach der Mineralwasserflasche, die auf dem kleinen Beistelltisch bereitstand. Ohne sich die Mühe zu machen, ein Glas zu benutzen, trank er einen großen Schluck direkt aus der Flasche. Dann drehte er die Klimaanlage kühler. Das Geräusch erklang erneut. Er schlich hinüber zur Tür und spähte durch den Spion. Ein Hotelpage eilte, ein Tablett mit leeren Gläsern in den Händen, den Flur entlang.

Entgegen seiner sonstigen Art hakte Chris die Sicherheitskette ein. Dann blickte er noch einmal durch den Spion in den hell erleuchteten Hotelflur des achten Stockwerks. Er war leer. Was hatte er auch erwartet zu sehen? Krieger des Lichts, die sich vor seiner Tür formierten, bereit mit ihm in die Schlacht zu ziehen?

Da entfuhr ihm plötzlich ein spitzer Schrei. Vor seinem Auge erschien Archishas Gesicht.

„Ist alles in Ordnung, Mister O'Sullivan?", erklang ihre Stimme.

„Ja", presste er hervor.

„Entschuldigen Sie bitte die Störung, eigentlich wollte ich den hier durch die Tür schieben." Sie hielt einen braunen Umschlag in die Höhe.

Mit zitternden Händen öffnete er die Tür, soweit es die

Sicherheitskette zuließ.

Verlegen lächelnd stand die junge Frau vor ihm.

„Der Tag wird kommen, an dem Sie den Inhalt verstehen. Guten Heimflug!“

Noch bevor Chris etwas erwidern konnte, war Archisha auch schon verschwunden. Verwirrt öffnete er den Brief und zog die Kopie eines Gemäldes heraus, auf dem eine Insel zu sehen war. Als Chris die Zeichnung genauer betrachtete, glaubte er, Clare Island mitsamt dem Kloster zu erkennen. Als Kind war er nahezu jede Sommerferien auf der irischen Insel gewesen, meistens mit seinem Großvater.

Das Bild war keine Zeichnung aus der neueren Zeit. Es waren keine Ruinen abgebildet. Daher war er sich für einen Moment unsicher gewesen. Doch es gab keinen Zweifel. Er blickte auf Clare Island an dessen Steilküste Thoughts Hall mit seinen vier Türme und den imposanten Mauern thronte. Das große Eingangstor war geöffnet und ein stattlicher Mann, sowie ein Mädchen mit auffallend roten Haaren begrüßten einen Reiter. Chris starrte auf die Szene. Die Kopie war nicht gut und es war schwierig Details zu erkennen, aber er war sich sicher, dass der Mann auf dem Pferd ein Herz in der Hand hielt. Ein Herz, wie es ihm in seinem Traum begegnet war. Nachdenklich legte er das Papier auf seinen Nachttisch.

6. In den Allgäuer Alpen, 31. Mai – Rebecca Rothschild

Becky stand am Rande des Parkplatzes der Talstation und studierte die große Tafel mit den Wanderwegen. Knapp drei Stunden waren veranschlagt für den Aufstieg zur Gamsenhütte.

„Kann ich dir helfen? Ich kenne die Berge wie meine Westentasche." Verwegen schaute sie der junge Mann an, der plötzlich neben ihr aufgetaucht war. Das dünne, schwarze Haarband bändigte seine wilden Locken nur ansatzweise und einen Rasierer hatte sein Gesicht die letzten Wochen auch nicht mehr gesehen.

Becky schüttelte den Kopf. „Nein danke, ich habe meinen Weg bereits gefunden."

„Na dann…" Er lächelte sie an und ihre Blicke trafen sich, „wünsche ich dir eine schöne Wanderung!"

„Das wünsche ich dir auch." Becky schaute ihm nach, wie er sich einem jungen Pärchen in Wanderausrüstung anschloss.

Sie schulterte ihren Rucksack, als ihr Handy vibrierte. Die Nachricht ihres Sohnes Aaron versetzte ihr einen Stich ins Herz. Noch nie hatte er geschrieben, dass er lieber mit ihr die Zeit verbringen wolle, anstatt bei den Großeltern zu bleiben. Becky schluckte. Immer öfter überkam sie in letzter Zeit das Gefühl, keine gute Mutter zu sein.

Es war eine schreckliche Verquickung, denn Aarons Gegenwart hielt ihre Vergangenheit ständig in ihrem Bewusstsein. Eine Vergangenheit, die ein Geheimnis bewahrte, an dem sie zu ersticken drohte.

Sie steckte ihr Handy in die Tasche, als könne sie damit die Gedanken an Aaron verschwinden lassen. Dann schlug sie denselben Weg ein, den der Mann und das Pärchen genommen hatten.

Was sie wohl oben auf der Hütte erwarten würde? Zehn Tage wollte sie hier im Allgäu alleine Urlaub machen, abschalten vom Alltag bei verschiedenen Wanderungen in den Bergen. Doch dann stand gestern mit Bircan Celik ein alter Freund vor ihr an der Supermarktkasse und lud sie ein, ihn oben auf der Gamsenhütte zu treffen. Zuerst hatte sie gezögert. Es war lange her, dass sie sich das letzte Mal gesehen hatten, und sie war sich nicht sicher, ob der Zauber, der sie einst verband, nicht längst verblasst war. Doch schließlich hatte sie eingesehen, dass es keinen Sinn machte, ihr Leben lang davonzulaufen. Es war an der Zeit, endlich zu akzeptieren, was passiert war. Das Geschehene gehörte genauso zu ihrem Leben, wie Aaron.

Becky folgte dem Pfad, der steil hinauf über eine Kuhweide führte. Die Sonne brannte heiß von einem wolkenlosen Himmel herab und sie war froh, als sie endlich den Waldrand erreichte. Sie legte eine kurze Rast ein, um etwas zu trinken, da vibrierte ihr Handy erneut. Wenn es noch einmal ihr Sohn war, würde sie ihn anrufen und ihm erklären, wie wichtig diese Auszeit für sie war und ihm versichern, dass sie beide sehr bald etwas Schönes zusammen unternehmen würden. Doch die Nachricht war nicht von Aaron.

Becky starrte auf ihr Display. Leod Bowen hatte ihr eine Facebook-Freundschaftsanfrage geschickt. Leod? Ihr war nur ein Mann bekannt, der diesen Namen trug und der war bei ihrer übereilten Flucht aus Wales vor zehn Jahren genauso zurückgeblieben, wie Bircan.

Neugierig gab sie ihre Pin ein und bestätigte die Anfrage. Während sich Facebook öffnete, kehrten die Gefühle der Zeit zurück, als sie unbeschwert durch halb Europa reiste, um die reiche Geschichte des Kontinents zu erforschen.

Leods Profil bot wenig Informationen und keine Fotos von sich selbst. Es schien, als hätte er den Account erst kürzlich angelegt. Sie wollte ihr Smartphone gerade wieder in die Tasche stecken, als eine weitere Nachricht einging.

„Hallo Becky, danke für die Annahme der Freundschaftsanfrage. Endlich habe ich dich wiedergefunden! Geht es dir gut? Wie ich sehe, hast du ein Kind. Ich habe oft an dich gedacht, nachdem du uns zurückgelassen hast. Wir haben dich vermisst, Leod."

Das Leben nahm manchmal seltsame Züge an. Kaum hatte sie sich mit Nachdruck dazu entschlossen, den Irrungen und Wirrungen ihrer Vergangenheit auf den Grund zu gehen, kamen die Dinge ins Rollen und längst vergessene Personen tauchten plötzlich wieder auf. Erst Bir und nun Leod. Die Zeit schien gekommen, sich aus der Starre zu befreien, in die sie sich seit der Geburt ihres Sohnes geflüchtet hatte.

Je höher sie kam, desto lichter wurde der Wald und bald gab es überhaupt keinen schützenden Schatten mehr. Becky überquerte eine Hängebrücke, die sich über ein tiefes Tal spannte und ließ ihren Blick über die Berggipfel und grasbewachsenen Hügel schweifen. Dabei musste sie an Wales denken und an die Burg in den Cambrian Mountains, wo sie sich sehr wohl gefühlt hatte. Wie gerne hätte sie Leod geschrieben, dass ihr Sohn Aaron mit zweitem Namen Leod hieß. Wegen ihm. Doch dafür fehlte ihr der Mut, da es eine Frage aufwerfen würde, über die sie noch mit niemanden gesprochen hatte.

Drei Stunden später warf sie ächzend ihren Rucksack auf die Bank neben dem Eingang der Hütte. Ihre Oberschenkel brannten wie Feuer und das T-Shirt klebte wie eine zweite Haut an ihr. Sie öffnete die Flasche und trank den Rest des Wassers aus. Da hörte sie plötzlich eine vertraute Stimme hinter sich.

„Namasté!"

Becky drehte sich um. In der Tür stand ein dunkelhaariger Mann, dessen Schläfen bereits ergrauten. Er trug ein weißes, an den Ärmeln locker hochgekrempeltes Hemd und eine ausgewaschene Jeans. Um den Hals baumelte ein kunstvoll geschnitzter Anhänger aus Holz, der von einem Lederbändchen gehalten wurde. Seine braungebrannte Haut zeugte von seiner Leidenschaft, sich in der Natur aufzuhalten. Bir!

Bir verbeugte sich gerade vor einem jungen Mann, der

seinem Beispiel etwas unbeholfen folgte. Becky lächelte. Es war derselbe Mann, der sie bei der Wandertafel unten im Tal angesprochen hatte und Bir aufgrund der ungewöhnlichen Begrüßung verwundert anschaute.

„Was bedeutet denn Namasté?“, hörte sie ihn fragen.

„Es ist der Gruß der göttlichen Liebe“, begann Bir. „Mahatma Gandhi übersetzte die Worte einst mit: ‚Ich ehre den Platz in dir, in dem das gesamte Universum residiert. Ich ehre den Platz des Lichts, der Liebe, der Wahrheit, des Friedens und der Weisheit in dir. Ich ehre den Platz in dir, wo, wenn du dort bist und auch ich dort bin, wir beide nur noch eins sind.’ Ich finde, das beschreibt es auf den Punkt“, schloss Bir seinen kleinen Vortrag. Trotz einer Schiefstellung seiner beiden Schneidezähne besaß er ein gewinnendes Lächeln, das er gerade seinem Gegenüber schenkte.

Der verständnislose Blick des jungen Mannes entlockte Becky ein Schmunzeln. Sie sah ihm an, dass er kein Wort verstanden hatte.

Dann entdeckte Bir sie. „Namasté meine liebe Becky, schön dich wieder zu sehen.“

Becky trat einen Schritt auf ihn zu und umarmte ihn herzlich.

„Der Weg war bestimmt sehr anstrengend bei der Hitze, ist ja doch ein ganz schönes Stück hier hoch“, sagte Bir. „Dafür ist die Gamsenhütte ein Traum und wie es scheint, haben wir sehr nette Nachbarn in den anderen Zimmern.“ Bir zwinkerte dem jungen Mann mit den rotblonden Locken lächelnd zu.

Dann wandte er sich wieder Becky zu. „Setzen wir uns an den Tisch dort drüben? Ich hole uns etwas zu trinken.“

Becky schaute Bir hinterher, wie er in der Hütte verschwand.

„Ich heiße übrigens Bernd und finde es auch schön, dich wieder zu sehen, Becky.“ Der Mann vom Parkplatz grinste über das ganze Gesicht. „Wie es scheint hatten wir dasselbe Ziel. Wirst du auch hier übernachten?“

Becky nickte.

„Ich bin hier mit meinen Freunden Emma und Chris. Du wirst sie heute Abend bestimmt noch kennenlernen. Morgen wandern wir hoch zur Wildegger Alm. Wenn du Lust hast, komm doch mit!“

„Danke. Ich weiß noch nicht, was wir morgen machen, aber vielleicht komme ich auf dein Angebot zurück.“

Sie hatte noch nicht zu Ende gesprochen, da kramte Bernd auch schon in seinem Rucksack Stift und Zettel hervor und notierte seine Handynummer. „Schreib mir einfach, wenn du es dir überlegt hast.“

Becky steckte den Zettel in ihre Handyhülle. In dem Moment tauchte Bir mit einer Karaffe Wasser, einem Teller Obst und Butterbrezeln wieder auf und sie folgte ihm an den Tisch.

„Ist eine Selbstversorger-Hütte, deshalb gibt es nur eine Kleinigkeit. Greif zu!“

Becky setzte sich Bir gegenüber und nahm sich einen Apfel. Er war älter geworden, doch seine Augen leuchteten wie damals in Wales voller Euphorie und Zuversicht.

„Du glaubst immer noch daran, habe ich recht?"

Bir nickte. „Mehr denn je!"

„Was macht dich so sicher? 10 Jahre sind vergangen und es ist nichts passiert."

„Da irrst du dich. Der Samen, den wir säten, ist gereift, ohne dass sein Wirken im Außen sichtbar war. Doch nun, da der Keim durch die Schale bricht, erkennen wir, wie lange er sich im Dunkeln auf diesen Moment vorbereitet hatte." Bir schaute sie feierlich an. „Es ist soweit. Wir werden nun das vollenden, was uns in Wales verwehrt geblieben war!"

Becky schüttelte den Kopf. „Zu viel ist in den letzten Jahren passiert, als dass ich noch darauf vertrauen könnte."

Er nahm sich eine Brezel und bot auch Becky eine an. Dankend lehnte sie ab und ergriff stattdessen seinen Arm. „Ich glaube, meine Vergangenheit ist gerade dabei, mich einzuholen. Erst treffe ich dich im Supermarkt und auf dem Weg hier hoch erhalte ich eine Freundschaftsanfrage von Leod über Facebook. Es sieht so aus, als klopfen die Tage von Wales wieder an meine Tür und ich weiß nicht, ob ich bereit dafür bin."

Bir lächelte. „Für mich ist das keine große Überraschung. Der Kreis beginnt sich zu schließen. Du wirst bereit sein, vertraue der göttlichen Fügung." Er schenkte zwei Gläser mit Wasser voll und lehnte sich zurück. „Dich erwartet sogar noch ein weiterer Gast aus jener Zeit."

Becky schaute ihn mit einer Mischung aus Neugierde

und Entsetzen an. Wer würde sich hier oben mit Bir treffen wollen?

„Saliha ist hier."

Ihr Magen krampfte sich zusammen, als sie den Namen hörte. Das Wiedersehen mit Saliha würde genau die Frage wieder aufwerfen, die sie die vergangenen Jahre erfolglos in die hinterste Ecke ihres Bewusstseins zu drängen versucht hatte.

7. In den Allgäuer Alpen, 31. Mai – Saliha Karaca

Saliha folgte dem abschüssigen Pfad hinunter zu der Feuerstelle, an der sie sich verabredet hatten. Für einen Moment genoss sie die Aussicht, die sich ihr bot. Im Radio hatten sie am frühen Morgen Föhn gemeldet, ein unumstößlicher Garant für diese herrliche Fernsicht.

Ihr Weg führte durch ein Wäldchen, in dem es nach frischem Holz duftete. Unzählige Tannennadeln bedeckten den Boden. Hier und da schafften es ein paar Sonnenstrahlen durch das dichte Grün der Bäume und Saliha beobachtet die Schwärme kleiner Insekten, die in ihrem goldenen Licht tanzten.

Doch irgendwie konnte sie sich nicht an dieser Idylle erfreuen. Ihre Gedanken kreisten um Becky. Sie war unsicher, wie sie ihr begegnen sollte. Den ganzen Abend war sie ihr bislang aus dem Weg gegangen und selbst als Bir an ihre Tür geklopft hatte, um sie abzuholen, bat sie ihn, schon mal mit Becky vorzugehen.

Fast 10 Jahre hatten sie sich nicht gesehen, und eine Stimme in ihr wurde nicht leise zu behaupten, dass es besser gewesen wäre, es wäre so geblieben.

Kurze Zeit später trat sie auf eine Lichtung, an deren Ende Bir und Becky bereits im Schatten der umstehenden Bäume saßen. Saliha breitete ihre Isomatte aus und setzte sich.

„Schön dich wieder zu sehen", begrüßte Becky sie. Ihre Worte klangen zögernd, aber freundlich.

„Ja." Saliha versuchte ein Lächeln. „Wie geht es dir? Ich weiß gar nicht, was ich sagen soll. Du warst damals einfach weg und..."

„Ist schon gut", unterbrach sie Becky. „Ich arbeite daran, es zu vergessen."

„Vergessen können wir nicht, aber vergeben", mischte sich Bir in das Gespräch ein. „Wenn wir uns dafür entscheiden, zu vergeben, tun wir das in erster Linie für uns selbst. Vergebung erschafft ein Leben voller Harmonie und Lebensfreude. Dazu werden wir heute Abend Kontakt mit dem Energiefeld aufnehmen, aus dem unsere Seelen hier her auf die Erde inkarniert sind. Diesen Ort nennen wir unsere geistige Heimat. Die Erinnerung an die ursprüngliche Wahrheit kann uns dabei helfen zu erkennen, wer wir wirklich sind. Gleichzeitig werden wir all die Dinge in Heilung führen, die uns belasten und unser Potential beschränken."

Er rückte seine Matte zurecht. „Vielleicht taucht ja die angesprochene Situation auf und lässt sich lösen. Darum haben wir uns schließlich wiedergetroffen, nicht wahr?“

Bir legte seine Handflächen aneinander und schloss die Augen. „Wir können uns unserer Aufgabe nicht entziehen. Unsere Seelen werden uns das zeigen, was jetzt für unseren Weg wichtig ist. Lasst mit jedem Ausatmen all die verbrauchte Energie hinaus, die ihr in euch tragt und füllt eure Körper bei jedem Einatmen mit hellem, reinem Licht.“

Saliha folgte Birs Aufforderung, bis sie ein leises Donnergrollen auf die Lichtung zurückholte. Die App auf ihrem Handy hatte gar kein Gewitter vorhergesagt. Sie schob den Gedanken an einen Regenguss bei Seite und versuchte, sich wieder zu konzentrieren. Was hatte Bir gerade gesagt? Von einem Gang war die Rede gewesen, an dessen Ende sich eine Tür befand.

„Stellt euch vor, ihr betretet einen Raum, in dem eure Vergangenheit lebt. Wie sieht dieser Raum aus? Ist er hell und weit oder dunkel und stickig? Welche Bilder hängen an der Wand? Könnt ihr sie liebevoll betrachten oder machen sie euch Angst?“

Saliha sah sich einen dunklen Gang entlang gehen. Es war ein schmaler Tunnel mit gemauerten Wänden, an dessen Decke von Zeit zu Zeit eine nackte Glühbirne die Umgebung notdürftig beleuchtete. Eine Tür war nirgends zu entdecken. Krampfhaft versuchte sie, sich eine Öffnung vorzustellen, durch die sie schlüpfen konnte, doch erst als sie bereits aufgeben wollte, tauchte sie auf.

Eine große eisenbeschlagene Holztür trat vor ihrem

inneren Auge in Erscheinung. Sie war mit einem schweren Riegel gesichert und sie brauchte all ihre Kraft, um diesen zur Seite zu schieben.

Gespannt trat sie ein. Ein modriger Geruch schlug ihr entgegen und bei jedem Schritt blieben ihre Füße im Morast stecken.

Im Raum selbst herrschte ein beklemmendes Gefühl, das ihr die Luft zum Atmen raubte. Trotzdem ging sie weiter, tiefer hinein in die Dunkelheit. Da entdeckte sie auf einmal in der Ferne einen Lichtschimmer. Sie lief schneller. Der Strahl leuchtete durch einen Spalt in der Wand. Sie drückte ihre Stirn gegen den kalten Stein und blickte gespannt hindurch.

Vor ihr lag ein weitläufiger Platz, den filigrane Türme aus Glas umrahmten. Auf einem dahinter liegenden Flughafen beobachtete sie futuristisch anmutende Raumschiffe, die starteten oder sich gerade im Landeanflug befanden. Plötzlich erschien eine junge Frau. Sie trug einen silberfarbenen Koffer bei sich und stieg in ein fahrerloses Auto ohne Räder ein, das langsam über dem Boden schwebte.

Ohne Vorwarnung spürte sie, wie sie selbst zu dieser Person wurde. Saliha wurde regelrecht in diese ihr bis dato unbekannte Frau hineingezogen. Sie war in der Lage, ihre Gedanken zu lesen, die sich um ihre gescheiterte Existenz drehten. Sie erfuhr die Geschichte ihres Lebens, ja sogar ihr Name, Bellatrix, schoss ihr mit einem Mal durch den Kopf.

Bellatrix konnte nicht verstehen, wie es so weit hatte kommen können. Fast ihr ganzes Leben war sie auf einem Eliteinternat gewesen, anfangs als Juwel der Schule, das die Aufmerksamkeit auch von höheren Stellen auf sich zog. Doch genau dadurch hatte sich der Druck auf das kleine Mädchen erhöht. Es kam der Tag, an dem Bellatrix rebellierte. Ihre Hellsichtigkeit schwand und das ursprünglich so stark ausgeprägte dritte Auge, begann sich zu verschließen.

Sie wurde aus dem Förderprogramm entfernt und dazu gezwungen, das Internat zu verlassen. Aufgrund der Spezialisierung und der damit verbundenen einseitigen Förderung, hatte sie nichts anderes gelernt. Bellatrix fühlte sich verloren und leer.

In genau dieser Zeit landete ein Raumschiff, um Auswanderer für einen fernen Planeten zu gewinnen. Die junge Frau war beeindruckt von den Möglichkeiten, die sich ihr dort bieten würden, und schloss sich einer Gruppe von Abenteurern an.

In der neuen Welt konnte sie ihre Gabe wieder entfachen und nutzte sie, um den Reichen und Mächtigen noch mehr Einfluss zu verschaffen.

Das Bild hinter dem Schlitz in der Wand änderte sich plötzlich und Saliha sah eine karge Landschaft, in der Bellatrix neben Königin Tau Lyra stand und einem Flugkörper nachblickte, der sich gerade einen Weg ins All bahnte. An Bord befanden sich tausend Kapseln mit dem genetischen Code seiner Bewohner.

Königin Tau Lyra prostete Bellatrix zu. Sie hielt ihr Glas in die Höhe und leerte es in einem Zug. „Auf dass unser Erbe irgendwo dort draußen auf fruchtbaren Boden stoßen wird." Bellatrix starrte auf den Feuerschweif der Rakete, der langsam an den beiden rötlich schimmernden Monden vorbei in der Dunkelheit der unendlichen Weiten verschwand.

Es war der bitterste Moment ihres Lebens. Der Niedergang des einst so stolzen Reiches war erschreckend schnell gegangen. Über das letzte Jahrhundert hatten die Mächtigen unter den Bewohner mit ihren Entscheidungen immer stärker dazu beigetragen, die Lebensgrundlage und damit am Ende sich selbst zu zerstören. Und sie, Bellatrix, die hellsichtige Beraterin vom Stern der Plejaden hatte diese Entwicklung mit zu verantworten.

8. In den Allgäuer Alpen, 31. Mai – Bernd Wegener

„Legst du bitte noch ein bisschen Holz nach?", rief Bernd Chris zu, der sich gerade verabschiedete und sich anschickte, hinter Emma die Leiter am Whirlpool hinabzusteigen. Die Wassertemperatur hatte bereits merklich nachgelassen und Bernd begann langsam zu frösteln.

Chris streckte den Daumen in die Höhe und nahm zwei Scheite vom Stapel, um sie in den kleinen Ofen zu werfen.

„Danke, Alter!" Neidisch blickte er den beiden hinterher, die sich händchenhaltend auf den Weg in ihr

Zimmer machten. Seine angepeilte Begleitung für das Hüttenwochenende hatte abgesagt. Sie stand mehr auf das Nachtleben in Clubs, als auf die ursprüngliche Natur der Bergwelt.

Bernd stellte die Massagedüsen an und schloss die Augen. Er genoss den angenehmen Druck, mit dem das Wasser seinen Körper umspielte. Seine Bierflasche hatte er neben sich auf der breiten Umrandung des Pools abgestellt. Es war bereits die Fünfte. Am Anfang hatte er sich noch Hoffnungen gemacht, Becky oder die zierliche junge Frau mit den langen schwarzen Haaren und dem exotischen Namen Saliha, dafür gewinnen zu können, mit in den Whirlpool zu steigen. Nach dem Abendessen hatten sie auf der Terrasse gestanden und ein bisschen gequatscht. Die beiden Frauen waren mit dem Namasté-Typ hier oben und schließlich mit ihm aufgebrochen, um gemeinsam zu meditieren.

Bernd ließ sich mit dem Kopf unter Wasser gleiten und sah den Luftblasen hinterher, die schnell zur Wasseroberfläche aufstiegen. Ihm blieb immerhin noch der morgige Tag, vielleicht spielte ihm dann das Glück eher in die Karten.

Als sich seine Lungen geleert hatten, kam er prustend an die Oberfläche zurück und strich sich die Haare aus dem Gesicht. Er musste sich eingestehen, dass ihm Becky gefiel. Mit ihrer frechen Bobfrisur war sie genau sein Typ. Auch wenn ihr Blick eine leichte Melancholie in sich trug, versprühte ihr Lächeln eine Herzlichkeit, die Bernd vom ersten Moment in seinen Bann gezogen hatte. Er fragte sich, was sie und ihre Freundin wohl mit diesem deutlich älteren Mann verband.

In seiner Fantasie gesellte sich Becky zu ihm in den Pool und griff nach seiner Hand. Die Vorstellung gefiel ihm. Beckys Gesichtszüge erschienen vor seinem inneren Auge und auf einmal begannen ihre Finger über seine Wange zu streicheln. Sie waren zart und weich und zauberten ihm ein Lächeln auf die Lippen. Er genoss die Schwerelosigkeit im warmen Wasser, während die Bilder verblassten. Langsam dämmerte er dahin.

Plötzlich wurden die Bilder wieder schärfer, nur Becky war verschwunden. Bernd lag in einem Planwagen auf dem harten Boden. Über Kisten und Stoffbündel hinweg krabbelte er zum Kutschbock und schob ein zerfetztes Stück Leinen zur Seite.

Vor ihm zuckelte eine Karawane eine staubige Straße hinauf. Die Sonne stach gleißend von einem wolkenlosen Himmel. Kein Baum, kein Strauch, ja nicht einmal ein Grashalm säumte den Weg durch die karge Bergwelt.

Die Person auf dem Kutschbock war klein und trug ein Tuch über dem Kopf. Da drehte sie sich um und ihr Lächeln berührte ihn tief in seinem Herzen. „In ein paar Minuten rasten wir, dann komm ich zu dir!“, sagte die junge Frau mit zarter Stimme und der Blick ihrer grünen Augen verursachte ein Kribbeln in seinem Bauch.

Er nickte und kroch zurück, um sich auf die grob gewebte Decke zu legen. Über ihm schaukelten eine

Pfanne, zwei Töpfe und eine Petroleumlampe.

Als der Treck hielt, schlüpfte die junge Frau wie versprochen zu Bernd in den Wagen. Ihre roten Haare, die unter dem Kopftuch zum Vorschein kamen, leuchteten wie die untergehende Abendsonne.

„Hilf mir mal mit den Schnüren!“, forderte sie ihn auf und drehte ihm den Rücken zu.

Bernd löste den Knoten und streifte das leichte Leinenhemd über ihre Schultern. Sanft berührte er die weiße, mit Sommersprossen übersäte Haut.

„Lieb mich noch einmal so, wie gestern Nacht, Charles“, sagte sie. „Wer weiß, wann wir uns wiedersehen.“

Bernds Hand glitt unter ihre Röcke und strich langsam an ihren schlanken Beinen nach oben, bis sie an den Lederbeutel stieß, der um einen Schenkel gebunden war.

Ein Donnerschlag ließ Bernd aufschrecken. Für einen kurzen Moment wusste er nicht, wo er sich befand.

Hastig blickte er sich um und erkannte die schemenhaften Umrisse der Almhütte. Was für ein krasser Traum! Er war so real gewesen, dass er die Erregung, die sich in ihm ausgebreitet hatte, noch immer spürte.

Inzwischen war die Nacht hereingebrochen und er starrte einige Zeit gedankenverloren in den wolkenlosen Himmel hinauf. Dann griff er nach seiner Bierflasche, doch die war bereits leer. Da er noch nicht ins Bett gehen wollte, stieg er die wackelige Leiter hinab, um Nachschub zu holen.

Als er sein Handtuch schnappte, verlor er beinahe das Gleichgewicht. Rasch trocknete er sich ab, zog seine Badehose aus und schlüpfte in Sporthose und T-Shirt.

Aus der Küche drangen Stimmen an sein Ohr. Ein blonder, großgewachsener junger Mann saß am Tisch und sagte: „Schwing keine großen Reden. Du warst schon immer ein Feigling McCloud!"

McCloud? Neugierig betrat er den Raum. Bir stand an einen Schrank gelehnt, während der blonde Schönling ihn mit zusammengekniffenen Augen fixierte.

„Macht ihr einen auf Highlander?", lallte Bernd mit schwerer Zunge und knallte unkoordiniert die leeren Flaschen auf die Ablage neben der Spüle.

Wie auf Knopfdruck schienen sich die Gesichtszüge des jungen Mannes zu entspannen. Er erhob sich und klopfte Bir kumpelhaft auf die Schulter. „Es ist, wie es ist. Du jedenfalls wirst uns nicht aufhalten." Ohne Bernd eines Blickes zu würdigen, verließ er die Küche.

„Trinkst du noch ein Bier mit mir?"

Er hielt Bir eine Flasche hin. Doch dieser schüttelte den Kopf. „Ich hau mich aufs Ohr, war ein anstrengender Tag!" Er wollte in den Flur hinaus, doch Bernd versperrte ihm den Weg.

„Ich dachte, du bist Türke. Warum heißt du dann McCloud?"

„Das war einmal...", entgegnete Bir und schob sich an Bernd vorbei.

„Hey, warte! Du kannst mich doch nicht einfach stehen

lassen!“ Doch Bir war bereits im Treppenaufgang verschwunden.

Enttäuscht ging Bernd mit einer neuen Flasche Bier nach draußen und ließ sich auf die Holzbank neben der Eingangstür sinken. Der Abend würde wohl einsam bleiben. Er legte den Kopf in den Nacken. Am Himmel über ihm leuchteten unzählige Sterne.

„Darf ich?“

Bernd zuckte zusammen. Unbemerkt war Saliha neben ihn getreten. Er nickte überrascht und sie setzte sich zu ihm auf die Bank.

Auch sie hob ihren Blick zum Himmel. „Weißt du, dass irgendwo dort oben unsere Vorfahren auf uns aufpassen?“, fragte sie plötzlich.

„Glaubst du das?“ Bernd bedachte die junge Frau neben sich mit einem skeptischen Seitenblick.

Saliha lächelte. „Ich weiß es. Wir alle kommen auf die Erde, um etwas zu erfahren, was es dort oben nicht gibt. Und wenn wir hier fertig sind, kehren unsere Seelen heim in Gottes Schoß.“

„Heißt dein Gott nicht Allah?“ Bernd nippte an seinem Bier. In einem Gespräch beim Abendessen hatte er aufgeschnappt, dass Saliha, genau wie Bir, türkische Wurzeln besaß.

„Es ist nicht wichtig, wie du ihn nennst. Hauptsache du glaubst an seine Energie.“

Weil er nicht wusste, was er sonst hätte tun sollen, blickte er ebenfalls wieder nach oben. „Und was wollen wir deiner Meinung nach hier erfahren?“

„Die Kraft der Liebe, die auch in unserer polaren Welt existiert, wenn wir uns ihr hingeben. Sie ist in der Lage unser Umfeld zu verändern. Vorbei an Ängsten und Wut. Wir alle sind miteinander verbunden, doch haben wir das vergessen und müssen uns erst wieder daran zurückerinnern.“

Bernd seufzte innerlich auf. Das war nicht das Thema, das er zu dieser späten Stunde erforschen wollte, zumal der Alkohol inzwischen deutlich seine Wirkung zeigte. Doch er mochte den Klang ihrer Stimme und so versuchte er, das Gespräch am Laufen zu halten. „Und wie machen wir das?“

Sie lächelte. „Es gibt mehrere Möglichkeiten, dies zu erreichen. Eine davon ist zum Beispiel, wenn zwei Menschen in Liebe und im Vertrauen miteinander schlafen.“

Mit einem Schlag war Bernd wieder hellwach. Unerwartet driftete die Unterhaltung nun in eine Richtung, die ganz nach seinem Geschmack war.

„Sex in Liebe ausgeführt ist eine der höchsten Energieformen, die es gibt. Du fühlst dich wertvoll und gewollt, schwerelos und frei und absolut im Hier und Jetzt. Die beiden Seelen, die sich über ihre Körper vereinen, schmieden ein enges Band, das sowohl in die Vergangenheit, als auch in die Zukunft strahlt.“

Bernd schaute Saliha an. Langsam verschwamm ihr Gesicht vor seinen Augen und er konzentrierte sich ausschließlich auf ihre Stimme.

„Wir haben alle eine gemeinsame Geschichte, sonst wären wir nicht hier."

„Und was ist unsere Geschichte?" Bernd war sich nicht sicher, ob er alles verstand, was Saliha ihm gerade erzählte, doch je länger sie redete, umso stärker fühlte er sich von ihr angezogen.

„Lass uns doch die Absicht setzen, es herauszufinden." Saliha schloss für einen kurzen Moment die Augen. „Die Zeit dafür wird kommen, aber nicht heute. Ich werde mich jetzt zurückziehen. Wir sehen uns morgen."

Was war das denn für ein Auftritt eben? Da lenkte diese schüchterne Frau ihr Gespräch in den ersten paar Sätzen zielstrebig auf Sex, um ihn kurz danach einfach sitzen zu lassen. Er beobachtete den Mond, der soeben hinter der hohen Bergkette emporkroch. Plötzlich fiel ihm sein Traum wieder ein. Er hätte Saliha davon erzählen können oder sie nach der Meditation fragen sollen, doch das war ihm nicht eingefallen.

Zu müde, um aufzustehen, lehnte er sich noch einmal zurück und schloss die Augen. Beim Gedanken an Saliha dämmerte er ein.

Er hatte keine Ahnung, wie lang er geschlafen hatte, doch plötzlich war ihm kalt. Benommen rieb er sich die Augen. Der kühle Wind ließ ihn frösteln. Sein Blick fiel auf die Flasche in der Hand. Sie war immer noch halb voll. Er nahm einen großen Schluck. Wie viel er wohl getrunken hatte? Doch egal wie viel es auch gewesen war, es musste wieder hinaus. Bernd stand auf und ging ein paar schwankende Schritte in Richtung des Tannenwäldchens.

Als er sich an einem Baum erleichterte, erregte plötzlich ein heller Schimmer seine Aufmerksamkeit. Da brannte doch ein Feuer! Hastig zog er seine Hose nach oben und folgte dem Pfad hinunter an eine Grillstelle, die er schon beim Hochwandern gesehen hatte. Vielleicht war dort noch eine Party im Gange!

Dumpfe Schläge drangen an sein Ohr. Schlug da jemand eine Trommel oder war das bereits ein sich anbahnender Kater? Er musste nachher unbedingt noch eine Flasche Wasser trinken, sonst würde er morgen unerträgliche Kopfschmerzen haben.

Mit einem Mal blieb er wie erstarrt stehen. Ein Lagerfeuer brannte hoch in den Himmel und es roch intensiv nach Weihrauch. Bernd duckte sich hinter einem Busch. Eine Frau stand wenige Meter von ihm entfernt und wandte ihm den Rücken zu. Sie trug ein weißes, langes T-Shirt und… Bernd blinzelte. Sonst nichts?

Er schlich sich näher heran. Die Trommelschläge wurden lauter und schneller. Der Trommler musste hier ganz in der Nähe sitzen. Bernd schaute sich um, doch er konnte niemanden entdecken. Plötzlich trat ein Schatten aus dem Dunkel der Bäume hervor und bewegte sich langsam auf die Frau zu. Der Mann breitete wie ein Pfarrer beim Segnen seine Hände über der Frau aus. Dabei murmelte er ein paar unverständliche Worte.

Bernd robbte sich noch näher heran. Ein Brombeerstrauch zerkratzte ihm das Gesicht, ohne dass er Notiz davon nahm. Gebannt beobachtete er die Szene.

Der Mann schob das T-Shirt der Frau nach oben, dann tauchte er einen Finger in eine Schüssel, die am Boden stand. Mit roter Flüssigkeit begann er auf ihrem Rücken einen Kreis, der durch ein Quadrat geschnitten wurde, zu zeichnen. Bernd schauderte. War das Blut?

Er versuchte, näher heranzukommen, vielleicht gelang es ihm, die Gesichter zu erkennen. Da zog der Mann plötzlich einen glühenden Stab aus dem Feuer. Bernd hielt den Atem an, als die Frau ihr T-Shirt noch ein Stück höher schob und der Mann den Stab auf ihre Hüfte drückte. Er hörte das Zischen des heißen Eisens auf der Haut. Mit einem Mal roch die Luft nach verbranntem Fleisch. Oder bildete er sich das nur ein?

Plötzlich begann er zu würgen. Entsetzt wandte er sich ab und atmete tief durch. Dieser Irre hatte gerade die Frau wie ein Stück Vieh gebrandmarkt!

9. In den Allgäuer Alpen, 01. Juni – Rebecca Rothschild

Die ersten Sonnenstrahlen kitzelten Becky auf ihrer Nase. Ein Blick auf die Uhr verriet ihr, dass es erst kurz vor halb sieben war. Durch das offene Fenster drang die frische Bergluft herein und der Himmel präsentierte sich bereits tiefblau und wolkenlos. Die beste Zeit, um auf der Bank vor der Hütte eine Tasse Kaffee zu genießen.

Sie schlug die Bettdecke zurück, griff nach einer Leggins und zog sich ein T-Shirt über. Anschließend schob sie die nackten Füße mit den rot lackierten Nägeln in ihre Flipflops.

Die Zimmertür knarrte, als sie sie aufzog. Leise ging sie die schmale Treppe hinunter in die Küche, wo sie Kaffee aufsetzte. Die Kaffeemaschine blubberte geduldig, während sie etwas Milch auf dem Gasherd erwärmte.

Der Abend mit Bir und Saliha war wider Erwarten schön gewesen. Saliha hatte sie nicht weiter auf die Vorkommnisse in Wales angesprochen und dafür war Becky ihr sehr dankbar gewesen. Stattdessen hatten sie auf einer Lichtung meditiert. Dabei hatte Bir sie in die Situation ihrer Vergangenheit geführt, die sie gerne heilen würde.

Becky goss die warme Milch in die Tasse und füllte sie anschließend mit Kaffee auf. Mit der Tasse in der Hand ging sie nach draußen und setzte sich auf die Holzbank neben dem Eingang. Die Luft war herrlich frisch und sie nahm ein paar tiefe Atemzüge. Die ersten Sonnenstrahlen erschienen bereits hinter der hohen Bergkette und tauchten die Szenerie in ein bezauberndes Licht.

Die leuchtenden Farben standen im starken Kontrast zu den Bildern des fremden Planeten, die ihr gestern erschienen waren. Eine Welt, in der menschenähnliche Wesen in einer öden Landschaft lebten. Dunkel, stürmisch, karg. Sie waren wütend auf das, was Beckys Seele damals

als Führerin ihres Reiches getan hatte. Salihas Bilder waren ganz ähnlich und sie hatte sogar den Namen des Planeten empfangen.

Becky lehnte sich zurück und schloss die Augen. Die Sonnenstrahlen streichelten ihr Gesicht, doch plötzlich konnte sie die Wärme auf ihrer Haut nicht mehr genießen. Hoban. Der Name hallte in ihrem Kopf wider. Sie hatte ihn schon einmal gehört, damals, als sie eine Nacht in den Katakomben von Paris verbracht hatte.

Sie schauderte, als die Erinnerungen in ihr aufstiegen, wie sie dem Guide durch den feuchten, nur schwach ausgeleuchteten Tunnel gefolgt war. An einer rostigen Gittertür war er stehen geblieben und hatte mit einem Schlüsselbund hantiert. Die Tür öffnete sich schließlich quietschend. Wortlos deutete er auf den Weg vor ihm, ohne selbst einzutreten. Becky drückte sich an ihm vorbei in eine dunkle Kammer. Dabei stolperte sie über etwas, das auf dem Boden lag.

„Gehen Sie nur weiter“, sagte er auf Französisch und da Becky keine passende Antwort in dieser Sprache einfiel, ging sie noch ein Stück vorsichtig über den unebenen Untergrund.

Dann schaltete ihr Guide seine Taschenlampe ein. Nur einen kurzen Moment. Doch es reichte aus, um sich ein Bild des engen Raums zu machen. Ein hoher Lehnsessel stand hinter einem kleinen Beistelltischchen, auf dem eine Flasche Wasser und ein wenig Gebäck arrangiert war. Daneben befand sich ein Eimer aus Metall und eine Rolle

Klopapier.

Es wäre besser gewesen, er hätte das Licht ausgelassen, denn nun hatte sie erkannt, was über dem Boden verstreut lag. Knochen! Der Raum war voll von menschlichen Gebeinen.

„Punkt 6 Uhr bin ich morgen früh wieder hier“, sagte der Mann, der nicht älter war als sie selbst und wandte sich zum Gehen. Kurze Zeit später fiel die Tür ins Schloss.

Becky ließ sich in den Sessel plumpsen. Hatte sie völlig den Verstand verloren? Wie konnte sie sich denn nur auf so eine irrsinnige Idee einlassen? Sie würde es hier drin keine Stunde aushalten. Plötzlich sprang sie auf und rannte zur Tür. Doch in der Dunkelheit hatte sie die Orientierung verloren und krachte zwei Schritte später gegen die Wand.

„Kommen Sie zurück, ich will hier nicht bleiben!“, rief Becky, doch um sie herum blieb es still. Wimmernd ließ sie sich auf den Boden sinken.

„Du musst ganz unten am Tiefpunkt ankommen, um zu erkennen, wer du wirklich bist!“ Die Stimme ihres Freundes Jo van Liefdestenen, dem sie den Aufenthalt hier zu verdanken hatte, drang im Geiste an ihr Ohr.

Eine Gänsehaut kroch über ihren Rücken und Becky erschauderte. Nur weil sie auf der Suche nach ihrer Lebensaufgabe war, sollte sie eine Nacht mit jahrhundertealten Knochen verbringen?

Übelkeit stieg in ihr hoch und sie tastete hektisch nach dem Eimer. Im letzten Moment stieß ihre Hand gegen das kalte Blech und sie übergab sich. Mit wackligen Knien setzte sie sich wieder zurück in den Sessel.

Obwohl sie es nicht für möglich gehalten hatte, musste sie eingenickt sein. Als sie plötzlich hochschreckte, zeigte die Uhr an ihrem Handgelenk bereits kurz vor drei.

Sie dachte an die unzähligen Schicksale der Menschen, die sie hier in den Katakomben umgaben. Wer von Ihnen war auf der Suche nach der Liebe gescheitert?

Birs Worte in Wales kamen ihr in den Sinn: ‚Das Ziel im Universum ist es, in Liebe und Licht einzutauchen, um die Menschheit auf der Erde in das goldene Zeitalter zu führen. Zu jeder Sekunde haben wir Zugriff darauf, wir müssen es nur zulassen!'

Allerdings hatte sie keine Idee, wie sie das schaffen konnte. Vor allem nachdem, was ihr damals in Wales widerfahren war. Sie bat Gott, ihr zu helfen und ihr zu sagen, woher das ganze Leid auf der Erde kam, das all die Menschen erdulden mussten. Im Moment fühlte sie sich so elend wie schon lange nicht mehr. Erschöpft lehnte sie sich zurück und dämmerte erneut ein. Als sie wieder erwachte, schwirrte ein Wort in ihrem Kopf herum, dass sie noch nie zuvor gehört hatte: Hoban. Hoban sollte für das Leiden der Menschen auf der Erde verantwortlich sein? Doch was daran war die Botschaft an sie?

Fünf Jahre lang war Hoban nur ein Wort für sie gewesen, seit gestern Abend wusste sie nun, dass die Gier seiner Bewohner alles Leben auf dem Planeten zerstört hatte, mit Ausnahme ihres genetischen Codes, den die

Herrscher in letzter Minute ins All geschossen hatten, um irgendwo in einer fernen Galaxie weiterexistieren zu können.

10. In den Allgäuer Alpen, 01. Juni – Chris O'Sullivan

„Alter, das Psychopathen die Welt regieren, ist doch wirklich keine neue Erkenntnis oder glaubst du, Hitler, Stalin oder Saddam Hussein waren Normalsterbliche wie wir?", sagte Bernd, während sich Chris auf den Abstieg der gefährlichsten Passage des schmalen Trampelpfades, der von der Wildegger Alm herunterführte, konzentrierte. „Dazu noch die ganzen Ausbeuter von Kapitalisten, die den Menschen vorgaukeln, es wäre gut, viel und lange zu arbeiten, um im Leben etwas zu erreichen. Doch im Grunde genommen mehrt das fleißige Arbeiten vor allem die Bankkonten einiger wenigen, was wiederum die Vermögensverteilung beweist. Lediglich 10 Prozent der Menschen besitzen über 90 Prozent des Kapitals." Bernd wandte sich so abrupt um, dass Chris beinahe auf ihn aufgelaufen wäre. Er blickte seinen Freund eindringlich an. „Alter, wenn du die Welt verändern kannst, dann tu es!"

„Chris und die Welt verändern? Ich traue ihm ja viel zu, aber auch er hat seine Grenzen!" Emma trat von hinten an ihn heran und drückte ihm grinsend einen Kuss auf die Wange.

„Jetzt mal im Ernst Leute. Ich weiß einfach nicht, was ich von der Geschichte halten soll. Überlegt doch mal, ich träume, dass ich überfallen werde und treffe die Retterin einen Tag später im Hotel. Dann begegne ich ihr nochmals im Red Fort und befürchte gleichzeitig, in die Arme meines Mörders zu laufen. Das war alles so real. Einfach irre." Chris schaute von einem zum anderen.

„Wenn es um Träume dieser Art geht, kann ich auch etwas beisteuern, so ungewöhnlich finde ich das gar nicht!", warf Bernd ein. „Ich hatte gestern einen mit einer holden Schönheit im Planwagen."

„Ja, aber du bist ihr nicht am nächsten Tag über den Weg gelaufen."

„Abwarten, Alter. Ich hätte nichts dagegen, das Schäferstündchen in Wirklichkeit zu erleben."

„Bei allem Respekt, du hast echt ein Problem! Ist dir schon mal aufgefallen, dass du ständig nur an Sex denkst?"

„Was heißt da Sex? Alter, das war nicht nur so eine Geschichte mit irgendeiner Frau. Es war eine unglaubliche Love-Story mit einem bildschönen Mädchen. Wir lagen in einem Planwagen am Hindukusch und liebten uns was das Zeug hielt. Alter, ich glaube, in dieser Nacht habe ich ein Kind gezeugt!"

„Es tut mir leid, Bernd, aber eure Träume lassen sich nicht im Mindesten vergleichen", schlug sich Emma auf die Seite ihres Freundes. „Vor allem, weil Archisha auch noch mitten in der Nacht vor Chris Tür erschien."

„Stimmt, du hast mir immer noch nicht erzählt, was auf dem Gemälde zu sehen ist", lenkte Bernd ein.

„Das ist für mich noch die Krönung des Ganzen. Das Bild zeigt Thoughts Hall zu seiner Blütezeit. Ein Reiter überreicht einem Mönch ein rosaschimmerndes Herz. Und der Mann in meinem Traum hat mich nach einem Herz gefragt."

Bernd zog die Stirn in Falten. „Thoughts Hall? Das alte Kloster, unweit der Farm deiner Großeltern?"

„Exakt. Gefühlt war ich jeden Tag in meinen Sommerferien dort. Ich kenne die Ruinen wie meine Westentasche."

„Mir fällt da noch etwas ein. Durch die viele nackte Haut in meinem Traum hatte ich das fast vergessen. Die holde Schönheit trug nicht nur einen feschen weißen Unterrock, sondern um ihren Oberschenkel gebunden, ein kleines Säckchen. Und jetzt ratet mal, was da drin war?"

„Kondome?" Chris grinste.

„Nein, ein Herz aus einem rosa Stein!" Bernd blickte triumphierend von einem zum anderen. „Ich sage euch, das ist ein Zeichen. Chris, die Welt hat auf uns gewartet. Here we go!"

Chris bedachte Bernd mit einem nachdenklichen Blick. „Ist das dein Ernst, also das mit dem Herz meine ich?"

Sie hatten den steilen Trampelpfad in der Zwischenzeit verlassen und liefen über eine Wiese die letzten Meter hinunter zu einer Kuppe, von der man ins Tal und auf die dahinter liegenden Berge blicken konnte.

Noch bevor Bernd die Gelegenheit hatte, etwas zu erwidern, meldete sich Emma zu Wort. „Sollen wir dort nochmal rasten? Ich möchte den Ausblick für ein paar Minuten genießen!“

„Von mir aus gerne! Ich habe ein Paar Landjäger übrig, die sollten nicht verkommen“, grinste Bernd und beschleunigte seine Schritte. Unvermittelt blieb er jedoch stehen. „Schaut euch das an!“

Neugierig blickten Emma und Chris zu der Stelle, auf die Bernd eben gedeutet hatte. Bir saß auf einem umgestürzten Baumstamm, die Handflächen nach oben gedreht.

Bernd klopfte ihm auf die Schulter. „Namasté! Bist du auch hier, um die Aussicht zu genießen?“

„Du meine Güte, nein, ich meditiere!“ Erschrocken riss Bir die Augen auf. „Also eins muss man dir lassen, auf diese unsanfte Art und Weise hat mich noch keiner aus dem Hyperraum auf die Erde zurückgeholt.“

„Aus dem was?“, fragte Emma.

„Das Tor zur geistigen Welt. Von dort aus können wir Menschen den Kontakt herstellen, zu allem was einmal war und was noch sein wird! Ich persönlich möchte mein Vergangenheits-Ich in die Heilung führen.“ Bir lächelte sie freundlich an und rutschte ein Stück zur Seite. „Setz euch doch! Ich kann gerne mehr darüber erzählen, wenn es euch interessiert.“

„Gerne, wir wollten sowieso gerade Pause machen.“ Bernd nahm neben Bir Platz und fischte in seinem Rucksack nach den Landjägern. „Wie machst du das, in die Vergangenheit reisen?“

„Jede Situation, die wir erlebt, jeden Gedanken den wir durchdacht und jedes Wort, das wir gesprochen haben, ist mit dem entsprechenden Gefühl dazu in einem Energiefeld gespeichert, das die Erde umspannt. Damit können wir zum Beispiel Seelen bitten, uns Situationen aus der Vergangenheit zu zeigen, um Belastendes zu heilen."

„Bedeutet das, dass wir alles, was uns einmal widerfahren ist, ungeschehen machen können?", fragte Emma.

„Du kannst die Vergangenheit nicht ändern, sondern nur das Gefühl, dass deine Seele aufgrund der Erfahrung abgespeichert hat. Klassische Therapeuten arbeiten so. Sie programmieren auf diese Art Geschehenes um, damit das Erlebnis unsere Handlungsweise in der Gegenwart nicht mehr dominiert. Der Weg ist übrigens nicht nur auf die Vergangenheit beschränkt, mit dem gleichen Prinzip kann ich auch in die Zukunft reisen."

„Und wie soll das funktionieren?", fragte Bernd skeptisch.

„Wir Menschen sind in der Lage, uns mit dem göttlichen Wissen zu verbinden. Du kannst dir Raum und Zeit wie ein riesiges, mehrdimensionales Netz vorstellen. An jeder Abzweigung bist du in der Lage, deine Zukunft neu zu bestimmen. Denn theoretisch sind schon zigtausende Optionen deiner Zukunft geschrieben und du entscheidest dich jede Sekunde neu für einen bestimmten Weg.

Gehst du in diesem Netz an die Stelle in deiner Vergangenheit zurück, an der du eine Verletzung erfahren hast und heilst diese, werden sich deine zukünftigen Möglichkeiten verändern, denn die Erfahrung aus dieser Vergangenheit bestimmt nicht mehr deine Persönlichkeit in der Gegenwart."

„Kannst du dann auch sehen, wie du in der Zukunft aussiehst?", fragte Emma zunehmend interessierter.

Bir lachte. „Leider nein. Ich nehme nur einen hellen Schatten wahr, aber manche erkennen tatsächlich sehr reale Bilder, wieder andere fühlen nur und sehen gar nichts. Das ist ganz unterschiedlich."

Chris und Emma wechselten einen Blick, dann räusperte sich Chris „In Träumen habe ich manchmal auch sehr reale Bilder. Das fühlt sich dann so intensiv an, als…"

„…als würdest du die Szenen tatsächlich erleben?", vollendete Bir seinen Satz.

Chris nickte. „Wie kann das sein?"

„Es ist durchaus möglich, dass deine Seele in diesem Moment dein Seelengedächtnis anzapft, um dir etwas zu zeigen. Willst du mir von deinem Traum erzählen?"

Chris zögerte. Sein Blick suchte erneut Emmas, die ihm aufmunternd zunickte. „In mehreren Nächten habe ich seit kurzem immer denselben Albtraum. Ein Mann stürmt auf mich zu und fordert mich auf, ihm ein Herz zu geben. Da ich darauf nicht reagiere, sticht er mich nieder. Eine orientalisch aussehende Frau kniet sich neben mich auf den Boden und versucht meine Blutung zu stillen. Ich sehe in ihrem Gesicht Augen voller Verzweiflung, doch hat sie ein gütiges Lächeln auf ihren Lippen, über denen mir ein markantes Muttermal auffiel."

„Faszinierend, wie detailhaft die Bilder sein können, nicht wahr?“, entgegnete Bir.

„Los, erzähl‘ ihm den Rest“, forderte Bernd ihn auf.

Wieder räusperte er sich. Sein Hals fühlte sich ganz trocken an. „Letzte Woche hatte ich geschäftlich in Indien zu tun und bei meiner Ankunft im Hotel stand sie plötzlich vor mir, die Frau aus meinem Albtraum. Irrtum ausgeschlossen!“ Chris griff nach der Wasserflasche, die seitlich in seinem Rucksack steckte. „Noch am selben Tag begegnete ich ihr erneut im Red Fort, einer Touristenattraktion in Delhi. Kurze Zeit später glaubte ich, dem Mörder aus meinem Albtraum in die Arme gelaufen zu sein. Total absurd, ich weiß. Aber die Augen des Mannes hätte ich überall wieder erkannt!

In der Nacht erhielt ich von derselben Frau die Kopie eines Gemäldes auf dem ein Reiter im Kloster von Clare Island ein Herz in den Händen hält.“

Nachdenklich kratzte sich Bir am Kinn. „Das ist eine sehr abenteuerliche Geschichte, hinter der sich wahrscheinlich sogar mehr verbirgt, als du im Moment glaubst.“

„Warte, auch das ist noch nicht alles“, triumphierte Bernd und erzählte mit ausschweifenden Worten seinen Traum von der jungen Frau im Planwagen. „Dreimal Herz in so kurzer Zeit, was sagst du dazu?“

Es dauerte eine ganze Weile, bis Bir ihnen antwortete. „Ich habe schon einmal jemanden getroffen, der mir damals eine ganz ähnliche Geschichte erzählt hat. Auch er fühlte sich durch einen Mann bedroht. Sein stechender Blick verfolgte ihn bis in seine Träume. Eines Tages fand er heraus, dass dieser Mann Nathan Brady hieß und vor 500 Jahren in Irland gelebt hatte. Eben dieser Nathan Brady verfolgte eine junge Frau auf der Suche nach einem Herz aus Rosenquarz auf ihrer Reise von Irland nach Indien!“

Chris schluckte. „Diese Geschichte kenne ich,“ begann er zögernd. „Der Name der jungen Frau war Gail O'Sullivan, eine direkte Vorfahrin von mir. Sie flüchtete, als Thoughts Hall in Flammen stand.“

Aufgewühlt fuhr Chris sich durch die Haare. „Heißt das, mein Unterbewusstsein hat mir nur einen Streich spielt? Ein Resultat aus den allabendlichen Geschichten meines Großvaters, als ich noch ein kleiner Junge war?“

„Halt mal, Alter. Und was ist mit meiner Szene im Planwagen? Ich kenne die Geschichten von deinem Großvater überhaupt nicht.“

„Dein Freund hat recht. Das du diesen Traum erlebst, hat nichts mit den Erzählungen deines Großvaters zu tun.“

Mit einem Mal wurde Bir ernst. „Chris, deine Seele beginnt damit, sich zu erinnern. Sie lebte schon einmal vor über 500 Jahren auf Clare Island und die Menschen nannten sie damals Gail.“ Birs Augen nahmen einen gütigen Ausdruck an. „Es ist kein Zufall, dass wir uns heute begegnet sind. Ich kenne dich schon sehr, sehr lange, denn ich war damals ein guter Freund. Gemeinsam haben wir uns geschworen, solange auf die Erde zurückzukehren, bis wir unsere Aufgabe vollendet haben."

Als sie eine Stunde später zurück zur Hütte kamen, kochten Saliha und Becky gerade Spaghetti.

„Wollt ihr mitessen? Dann werfen wir noch eine Packung Nudeln rein!", rief Becky, als sie die drei durch die offene Küchentür erblickte.

„Oh wie lieb! Wir essen sehr gerne mit!", sagte Emma. „So lange ich noch Zeit für eine Dusche habe!"

„Die hast du", erwiderte Becky. „Wir fangen ja gerade erst an."

„Also, ich werde dir gleich zur Hand gehen", sagte Bernd mit einem charmanten Lächeln und trat ans Waschbecken, um sich die Hände zu waschen.

Emma und Chris stiegen inzwischen die schmale Treppe hinauf ins Obergeschoss. „Interessante Geschichte, die uns Bir da erzählt hat, glaubst du daran?"

Chris zuckte mit den Schultern. „Klingt irgendwie abgefahren. Ich rätsle vor allem darüber, warum mein Großvater gerade jetzt diese Bitte an mich heranträgt."

„Was meinst du?"

„Walther hat mich gefragt, ob ich mir vorstellen könnte, die Farm zu übernehmen. Mir das zu sagen, war ihm wichtig, er wollte nicht damit warten, bis wir ihn nächste Woche in unserem Urlaub besuchen."

Emma blieb auf der obersten Stufe stehen. „Und das bedeutet?"

„Dass wir uns überlegen müssen, ob wir eine Pension

in Irland betreiben wollen!“

„Wir?“

Chris nickte, als er das Lächeln bemerkte, das dabei über ihre Lippen huschte. Er wusste, dass sie sich freute, wenn er von einer gemeinsamen Zukunft sprach.

„Wir könnten ein Sabbatical beantragen, um eine Weile auf der Farm zu arbeiten. Es wäre eine schöne Gelegenheit, um mehr Zeit mit deinen Großeltern zu verbringen“, überlegte Emma, die sich schnell mit der Idee anzufreunden schien.

„Klingt nach einem guten Plan. Lass uns nochmal darüber sprechen, wenn wir in einer Woche dort sind.“

Als die beiden eine halbe Stunde später die Küche betraten, war das Essen bereits fertig. Draußen zogen dunkle Wolken auf und obwohl es erst kurz nach sieben war, schaltete Becky das Licht ein.

Emma setzte sich und warf einen kritischen Blick aus dem Fenster. „Das sieht nach einem heftigen Gewitter aus.“

„Vielleicht hält der Berg ja das Gröbste ab“, versuchte Chris seine Freundin zu beruhigen.

„Keine Chance. Der Westwind trägt das Unwetter direkt vor unsere Haustür, da müssen wir uns nichts vormachen“, schaltete sich der großgewachsene junge Mann ein, der gestern Abend mit Bir in der Küche gesessen hatte und gerade von seiner Wanderung zurückgekehrt war. „In einer halbe Stunde möchte ich nicht mehr draußen sein!“

Wie um seine Worte zu untermauern, frischte der Wind auf und fegte durch die hohen Fichten hinter dem Haus. Er hängte seinen Rucksack an die Garderobe und betrat die Küche. „Riecht lecker, was gibt es denn?“

„Willst du mitessen, Jasper?“, fragte Becky, während sie einen Topf voll dampfender Soße in die Mitte des Tisches stellte.

„Wenn du mich so lieb einlädst!“, entgegnete er lächelnd und setzte sich an einen freien Platz gegenüber von Emma.

„Hat jemand von euch Bir gesehen?“ Becky blickte besorgt in die Runde. „Eigentlich wollte er schon längst zurück sein.“

„Und wie wir ihn gesehen haben“, grinste Bernd. „Auf dem Weg runter von der Wildegger Alm saß er auf einem Baumstamm und meditierte mit weit ausgestreckten Armen. Echt abgefahren der Typ. Ich sehe immer noch seinen Blick vor mir, als er sagte, einst lebte er als Arthur McCloud!“

Bernd nahm einen großen Schluck von seinem Radler. Dabei bedachte er Jasper mit einem abschätzigen Blick. „Warst du auch Teil der Truppe damals? Du hast ihn doch gestern McCloud genannt.“

„Ich? Also ich weiß nur noch, dass du dich kaum auf den Beinen halten konntest, als du zu uns in die Küche kamst. Muss wohl das eine oder andere Bierchen zu viel gewesen sein.“

Bernd tat Jaspers Äußerung mit einem Schulterzucken

ab. „Wie auch immer, Bir sprach davon, dass Chris und er vor 500 Jahren schon einmal zusammengelebt hatten und sich dabei schworen, wieder auf die Erde zurückzukehren, um Großes für die gesamte Menschheit zu bewirken."

Jasper pfiff durch die Zähne. „Dann haben wir hier vielleicht einen zukünftigen Helden am Tisch. Diesen historischen Moment sollten wir festhalten. Wie wäre es mit einem Erinnerungsfoto mit uns allen für den Fall, dass der Alte recht hat?"

Er zückte sein Handy und drückte den Auslöser. „Sehr schönes Bild, vor allem unser Retter ist gut getroffen", nickte er anerkennend mit Blick auf sein Display. „Gebt mir eure Nummern, dann verteile ich das Kunstwerk, sobald wir wieder Netz haben."

Becky verfolgte das Gespräch mit ernster Miene. „Auch wenn du dich darüber lustig machst, es ist so, wie Bir sagt."

„Woher willst du das wissen?"

„Weil ich ebenfalls dabei war!"

Jasper lachte laut auf. „Ich glaub's nicht. Becky, ich bitte dich, das kann doch nicht dein Ernst sein!"

Jasper, der gerade noch etwas hinzufügen wollte, klappte seinen Mund wieder zu, als ein riesiger Blitz den Himmel in ein gleißendes Licht tauchte. Unmittelbar danach folgte ein ohrenbetäubender Donnerschlag.

„Jetzt hat er irgendwo in der Nähe eingeschlagen."

„Bernd hat recht", rief Emma und deutete aus dem Fenster. „Verdammt, seht doch, der Baum brennt!"

Direkt hinter der Hütte stand eine der hohen Fichten lichterloh in Flammen.

„Hoffentlich fängt es bald an zu regnen, wenn der Baum nicht gelöscht wird, kippt er vielleicht auf die Hütte“, murmelte Bernd.

„Meinst du, das kann passieren?“, wandte sich Saliha ängstlich an ihn.

Ratlos zuckte er mit den Schultern, dann erlosch das Licht. Obwohl es noch früh am Abend war, brauchten ihre Augen einen Moment, um sich an die Dunkelheit zu gewöhnen. Der am Morgen noch strahlend blaue Himmel war einem schwarzen Wolkenteppich gewichen und der Schein der lodernden Flammen, die die Fichte inzwischen komplett erfasst hatten, verlieh dem Raum eine gespenstige Atmosphäre. Emma stellte einen silbernen Leuchter auf den Tisch, den sie in einem der Küchenschränke gefunden hatte und entzündete die beiden halb heruntergebrannten Kerzen.

„Hoffentlich ist Bir nichts passiert. Wir sollten ihn suchen!“, sagte Becky besorgt.

Draußen brach ein Ast und krachte zu Boden. Ein gewaltiges Funkenmeer breitete sich auf der Wiese aus.

„Glaubt ihr, dass die Hütte tatsächlich Feuer fangen kann?“ Saliha stand immer noch am Fenster und starrte hinaus.

„Auf jeden Fall sollten wir darauf vorbereitet sein“, entgegnete Emma.

„Im Flur gibt es zwei Feuerlöscher“, rief Chris.

„Bernd, hilfst du mir? Wir machen sie einsatzbereit."

„Wir sollten alle ein paar Sachen zusammenpacken, falls wir die Hütte schnell verlassen müssen. Holt eure Rucksäcke, schnappt aber nur das Nötigste. Warme Kleidung und Regenschutz sind wichtig. Dazu Schlafsäcke und Verpflegung." Kaum hatte Emma zu Ende gesprochen, brach Chaos in dem Raum aus. Saliha und Becky redeten aufgeregt durcheinander, während sich Emma bereits eilig aufmachte nach oben zu laufen, um ein paar Sachen zusammenzupacken.

Bernd kam mit den beiden Feuerlöschern zurück.

„Kannst du damit umgehen?", fragte Chris.

Bernd schüttelte den Kopf.

„Es ist ganz einfach. Sicherheitsstift herausziehen, Schlauch lösen, zweimal hier drücken, um die Patrone zu aktivieren und los geht's. Parallel lassen wir alle Eimer und Schüsseln, die wir finden können, mit Wasser volllaufen."

Bernd nickte und stellte den Feuerlöscher vor sich auf den Boden.

„Komm, gehen wir hoch und holen unsere Rucksäcke." Gerade als die beiden wieder die Treppe herunter kamen, stürzte ein zweiter Ast lautstark zu Boden und verwandeltet das ausgetrocknete Gras neben der Terrasse augenblicklich in einen flammenden Teppich.

Chris und Bernd eilten nach draußen, um das Feuer mit dem bereitgestellten Wasser zu löschen. Bernd begann dabei wie wild mit seinen schweren Wanderstiefeln auf den Flammen herum zu trampeln.

„Heißer Tanz“, grinste Jasper von der Tür aus und ahmte Bernd nach.

„Willst du uns nicht lieber helfen?“, herrschte Emma ihn an.

„Wenn der Baum auf die Hütte knallt, war's das sowieso. Egal, ob ihr in euren Brotdosen Löschwasser gesammelt habt oder nicht.“ Jasper zuckte gleichgültig mit den Schultern und griff nach seinem Rucksack. „Also ich bin definitiv für aufbrechen, bevor es zu spät ist.“

Chris blickte stumm zum Wipfel der Fichte empor, die laut ächzend einen aussichtslosen Kampf gegen die Flammen focht und sich bereits bedrohlich neigte, während eine weitere Böe zahlreiche brennende Zweige abriss. „Jasper hat Recht, wir müssen hier weg. Das Feuer geht bereits auf die Fichte daneben über, es ist zu gefährlich, hier herumzustehen und zu warten“, sagte er.

Wenig später standen alle Rucksäcke fertig gepackt unter dem Vordach der Eingangstür. „Habt ihr eure Sachen in Plastiktüten gepackt?“, erinnerte Emma. „Falls der Regen durch die Rucksäcke dringt, bleiben wenigstens unsere Schlafsäcke trocken.“

Im selben Moment brach das obere Drittel des Baumes ab. Erst als er mit einem lauten Krachen durch das Dach schlug, löste sich die Gruppe aus ihrer Erstarrung. Emma rannte los und stolperte über einen der abgestellten Rucksäcke. Um nicht zu stürzen, versuchte sie sich an Saliha festzuhalten, die gerade in ihre Regenjacke schlüpfte.

Doch diese hatte keinen guten Stand und so fielen die beiden um. Saliha, die sich unglücklich in ihrem Jackenärmel verfing, gelang es nicht, sich mit ihren Händen abzustützen, und schlug mit voller Wucht auf dem Boden auf. Regungslos blieb sie liegen.

Da streifte ein brennender Ast Emmas Schulter und entzündete ihre Haare. Panisch versuchte sie, das Feuer mit den bloßen Händen zu löschen. Ohne zu zögern, schnappte sich Chris einen der Eimer mit Wasser und schüttete ihn Emma ins Gesicht. Erschrocken japste sie nach Luft.

Da schrie jemand: „Saliha brennt!"

Chris reagierte als erster. Er wälzte den brennenden Körper hin und her, bis die Flammen erstickt waren.

„Oh mein Gott!" Emma starrte fassungslos auf die verletzte Frau.

„Macht mal jemand Licht!", brüllte Chris.

Bernd nestelte hastig sein Handy aus der Jacke und leuchte auf Saliha. Ihre Regenjacke war nach oben gerutscht und Bernds Blick verweilte einen Moment auf ihrer nackten Hüfte.

Chris trat neben ihn und kniete sich vor Saliha. Trotz der angesengten Kleidung konnte er keine schweren Verbrennungen auf ihrem Rücken ausmachen.

„Dreht sie bitte vorsichtig um", sagte Chris.

Emma schrie auf, als Salihas blutüberströmtes Gesicht sichtbar wurde.

„Ich glaube, es ist nur eine Platzwunde an der Schläfe“, sagte er. „Saliha!“ Vorsichtig tätschelte er ihre Wange. „Kannst du mich hören?“

Saliha öffnete die Augen. „Was ist?“, fragte sie benommen.

„Ganz ruhig, Saliha. Du bist gestürzt. Wie viele Finger siehst du?“

Sie schaute ihn irritiert an. „Wieso?“

„Sag mir einfach, wie viele Finger du siehst.“

„Vier“, antwortete sie wahrheitsgemäß.

„Weißt du, welchen Wochentag wir haben?“

„Samstag? Ich bin auf der Gamsenhütte.“

„Sehr gut.“ Chris lächelte sie an. „Kannst du aufstehen? Wir können hier nicht bleiben.“ Chris half ihr, sich aufzurichten. Noch etwas wacklig auf den Beinen entfernten sie sich von den immer heftiger werdenden Flammen.

Jasper förderte eine Reiseverbandtasche aus seinem Rucksack zu Tage und reichte sie Chris, der sie sogleich öffnete. Er entnahm die Schere und schnitt vorsichtig Regenjacke und T-Shirt auf, um Salihas Rücken freizulegen. Chris betrachtete die Brandwunden. Zum Glück waren ihre Verletzungen nicht so schlimm, wie er zunächst befürchtet hatte.

Er tränkte ein T-Shirt mit Wasser und bat Emma, damit Salihas Rücken zu kühlen. Mit einem anderen Shirt wusch er vorsichtig das Blut von Salihas geschwollenem Gesicht. „Jasper, drückst du bitte das T-Shirt fest auf die Wunde. Hoffen wir, dass es die Blutung stillt.“

Chris wandte sich noch einmal an Saliha. „Ich werde

dir jetzt einen Verband um deine Schulter anlegen. Es gibt hier mit Aluminium bedampfte Pflaster, die werden sich nicht mit deiner Wunde verkleben, sind also optimal für deine Verletzung." Chris versuchte, aufmunternd zu klingen. Wenn er etwas in den Jahren seiner Tätigkeit als Rettungshelfer gelernt hatte, dann war es die Tatsache, dem Verletzten stets zu vermitteln, durch das Handeln der Helfer wäre in kürzester Zeit alles wieder in Ordnung.

Konzentriert verband er die Wunde oberhalb der rechten Augenbraue, während Emma ihr ein frisches T-Shirt aus ihrem Rucksack reichte.

„Und wohin sollen wir jetzt?", erklang Beckys Stimme aus dem Schatten der Bäume.

„Wenn wir nicht die Nacht im Regen draußen verbringen wollen, sollten wir uns ranhalten, es hinab ins Tal zu schaffen", sagte Bir, der in diesem Moment um die Ecke bog.

„Bir! Wo kommst du so plötzlich her?" Becky rannte auf ihn zu und umarmte ihn.

„Ich habe mich in der Zeit verschätzt. Auf einmal war der Himmel schwarz und das Gewitter über mir. Weiter oben ist der Wind noch heftiger. Ich bin froh, dass ich es bis zur Hütte geschafft habe. Lasst uns zusehen, noch vor Einbruch der Dunkelheit ins Tal zu kommen."

Emma, die neben Chris stand, befühlte ihren Nacken.

„Wie geht es dir? Soll ich mir deine Verletzung auch mal anschauen?", fragte Chris.

Emma nickte und schob ihre Haare zur Seite. Das

Feuer hatte eine dicke Brandblase verursacht.

„Ich gebe etwas Wundgel drauf und klebe ein Pflaster darüber, mehr können wir im Moment nicht machen“, bot er an.

Kurz darauf fielen die ersten Tropfen. „Lasst uns gehen! Egal, welchen Weg wir nehmen, bei starkem Regen werden bald alle Routen unpassierbar sein“, sagte Jasper ungeduldig.

Endlich setzte sich die Gruppe in Bewegung. Inzwischen war es noch dunkler geworden, und die vier Handys leuchteten den Weg nur notdürftig aus. Jeder Schritt musste sorgfältig gesetzt werden. Beim Gedanken an den Einbruch der Nacht, beschlich Chris ein ungutes Gefühl.

Er bildete die Nachhut der Gruppe. Direkt vor ihm ging Bernd, der sein Tempo stetig verlangsamte. Mittlerweile klaffte bereits eine beachtliche Lücke zu Emma und Chris befürchtete, im Dunkeln den Anschluss zu verlieren.

„Was ist los mit dir?“, fragte Chris. „Hast du Schmerzen?“

Bernd drehte sich zu Chris um. „Nein, alles gut. Ich muss nur kurz mal was los werden, etwas, das nicht für die Ohren aller bestimmt ist“, Bernd senkte seine Stimme, so dass es Chris Mühe bereitete, ihn zu verstehen. „Jemand aus der Gruppe war gestern Nacht beim Branding am Feuer mit dabei.“

Chris schaute seinen Freund überrascht an. „Wie kommst du darauf?“

„Saliha trägt genau an der Stelle ihrer Hüfte ein großes

Pflaster.“

„Das beweist doch überhaupt nichts. Sie kann sich auch anderweitig verletzt haben.“

Bernd schüttelte den Kopf. „Als ihr heute morgen alle beim Frühstück wart, habe ich die Zimmer durchsucht!“

„Du hast was?“

„Beruhige dich, eures habe ich ja ausgelassen.“

„Darum geht es nicht…“ Chris spürte, wie sich Fassungslosigkeit in ihm breitmachte.

„Mir hat das Ganze keine Ruhe gelassen. Im Damenklo habe ich eine Mullbinde voll Blut und die aufgerissenen Verpackungen großer viereckiger Pflaster im Papierkorb gefunden. Die Verletzung muss also gestern Abend passiert sein. Ein paar Zufälle zu viel, wie ich finde!“

Chris antwortete nicht, da sie im selben Moment wieder auf die Gruppe stießen, die ratlos vor einem breiten Geröllfeld stand.

„Scheint, als wäre der Steinschlag gerade erst runtergekommen.“ Jasper leuchtete mit seiner Taschenlampe die Stelle ab.

„Hier rüber zu gehen ist auf jeden Fall lebensgefährlich. Es bleibt uns nichts anderes übrig, wir müssen umkehren“, sagte Chris.

Bir wagte einen prüfenden Schritt.

„Nicht Bir!“, warnte Bernd. „Bei dem Regen kommt das einem Selbstmord gleich.“

„Noch ist es trocken, wenn wir uns beeilen, können wir es schaffen!“ Bir hatte bereits ein Drittel des Weges zurückgelegt, als er sich umdrehte. „Alles in Ordnung. Seht ihr, es geht ganz leicht!“

„Komm zurück Bir“, rief Chris, „Bernd hat Recht, was du vorhast ist lebensgefährlich!“

Der Regen wurde stetig stärker. Große schwere Tropfen prasselten auf sie nieder, die sich am Boden zu ausladenden Pfützen sammelten. Saliha und Becky flüchteten unter eine große Tanne, die am Wegrand stand, während Chris und Bernd wild gestikulierend Bir zur Umkehr bewegen wollten. Doch Bir schritt unbeirrt weiter. Schon bald ging seine Kontur im dichten Regen unter. Dann plötzlich hörten sie ein dumpfes Grollen. Zuerst rollten nur vereinzelnde Steine, doch wenig später geriet der ganze Hang ins Rutschen.

„In Deckung“, brülle Chris und hechtete zur Seite.

„Bir!“, schrie Becky entsetzt. Fassungslos starrten alle wie versteinert zu der Stelle, an denen sie seine Umrisse zuletzt gesehen hatten. Trotz des starken Niederschlags wurden die Felsbrocken von einer dichten Staubwolke begleitet.

„Biiiir!“, schrie Becky noch einmal. Dann war nur noch das heftige Rauschen des Regens zu hören.

„Wir können hier doch nicht einfach herumstehen, wir müssen etwas unternehmen!“, sagte Saliha flehend.

„Schaut bitte nach, ob ihr Netzempfang habt“, forderte Chris die Gruppe auf, mehr um etwas tun zu können, als das er erwartete, jemand würde ein positives Ergebnis vermelden.

Emma zog als erste ihr Smartphone aus der Jackentasche, um einen prüfenden Blick darauf zu werfen. Alle anderen taten es ihr gleich. Doch wie es Chris bereits geahnt hatte, schüttelten alle bedauernd den Kopf. Ratlos blickte er zu Bernd, der sein Handy als Letzter frustriert in die Tasche zurücksteckte.

„Wir könnten probieren ein Stück am Rand des Geröllfeldes nach unten zu gehen“, schlug Bernd vor.

„Das ist doch Wahnsinn. Ohne Ausrüstung und Licht ist das bei dem Wetter lebensgefährlich“, entgegnete Chris.

„Aber vielleicht liegt er dort unten schwer verletzt und braucht unsere Hilfe.“ Becky kämpfte mit den Tränen.

„Ich versuch's“, sagte Bernd und stapfte los.

Chris packte ihn am Arm. „Das wirst du nicht tun! Jeder Retter muss zuerst an sein eigenes Leben denken. Es war seine Entscheidung zu gehen, und wenn er wirklich abgestürzt ist, hatte er keine Chance.“

„Und was machen wir jetzt?“, fragte Becky verzweifelt.

„Nicht weit von hier gibt es einen Schuppen. Lasst uns dort hingehen“, sagte Bernd erschöpft.

Eine dreiviertel Stunde lang irrten sie umher. Aufgrund des heftigen Regens übersahen sie zunächst eine Abzweigung und mussten die Hälfte der Strecke noch einmal zurückgehen. Doch dann endlich tauchten die schemenhaften Umrisse der Hütte aus dem dumpfen Grau vor ihnen auf.

11. In den Allgäuer Alpen, 01. Juni – Rebecca Rothschild

Nachdem Jasper das in die Jahre gekommene Schloss mit einem Stock mühelos ausgehebelt hatte, betrat die Gruppe den Geräteschuppen und begann ihre Sachen durch halbwegs trockene Kleidung aus dem Rucksack zu ersetzen.

Keiner der sechs war in der Stimmung sich zu unterhalten, zu tief saß ihnen der Schock über Birs Absturz in den Gliedern.

Beim Gedanken an Bir traten Becky Tränen in die Augen. Gerade erst hatten sie sich wiedergefunden und nun war er bereits wieder verschwunden. Inständig hoffte sie, dass es kein Abschied für immer sein würde.

Der Wind rüttelte an der kleinen Hütte, während der Regen unentwegt auf das Blechdach prasselte. Aber wenigstens hatten sie einen trockenen Platz gefunden.

Mitten in der Nacht schreckte Becky hoch. Angestrengt lauschte sie in die Dunkelheit. Da nahm sie plötzlich eine Bewegung neben sich wahr. Hastig griff sie nach ihrem Handy. Als das Licht des Displays die Umgebung erhellte, zuckte sie zusammen.

Neben ihr saß Saliha aufrecht in ihrem Schlafsack. Sie schien geradewegs durch Becky hindurch zu starren, als sie zu sprechen begann. „Du glaubst, du hast die Vergangenheit hinter dir gelassen. Denkst, du hast ohne sie ein neues Leben begonnen. Doch dann klopft sie eines Tages an deine Tür. Unerbittlich und immer wieder wird sie um

Einlass bitten."

„Was redest du denn da?"

Salihas schien sie nicht zu hören. Ihr Blick war völlig ausdruckslos. „Sie wird dich nie loslassen, verstehst du? Selbst wenn du tot bist, wird deine Geschichte an dir kleben, wie eine zähe, stinkende Masse. Deinen Körper wird deine Seele zurücklassen, doch dein Leben, das wird sie mitnehmen. Es gibt nur eine Chance zu entkommen. Du musst deiner Vergangenheit ins Auge blicken. Sonst wird sie bei jeder Rückkehr wieder auf dich warten!"

Verwirrt schaute Becky sich um. Niemand außer ihr hatte Notiz von Salihas Monolog genommen. Alle schienen tief und fest zu schlafen.

Salihas Worte jagten ihr eine Gänsehaut über den Rücken. Ja, ihre Vergangenheit klebte an ihr! Obwohl es schon 10 Jahre her war, spürte sie noch immer den schweren Körper auf ihrem und die Hände, die sie dabei grob festhielten. Sie hörte das Stöhnen des Mannes und fühlte seinen Atem dicht an ihrem Ohr. Wenigsten hatte die stockfinstere Nacht verhindert, ihren Vergewaltiger anblicken zu müssen, zumindest bis zu dem Zeitpunkt, als der Strahl aus Salihas Taschenlampe ihn blendete. Während er hastig seinen Arm nach oben riss, um sein Gesicht zu verbergen, drohte er, sein Opfer zu töten, wenn sie nicht sofort das Licht löschen würde. Als Saliha erschrocken die Taschenlampe gesenkt hatte, war Becky wie ein Pfeil nach oben geschnellt und um ihr Leben gerannt.

Es gelang ihr bis heute nicht, das Bild des Peinigers

aus dem Kopf zu löschen. Die Szene aus den Bergen von Wales holte sie immer wieder aufs Neue ein und hielt den Schmerz lebendig. Die beiden Tattoos auf seinem nackten, muskulösen Oberkörper, die aussahen wie Planeten. Der eine blau und lieblich wie die Erde und der andere...

Becky erstarrte, denn mit einem Mal wurde ihr klar, was sie damals gesehen hatte. Die zweite Kugel zeigte die Welt nach einer Apokalypse, düster und in der Mitte zerbrochen, ähnlich den Bildern in der Meditation gestern mit Bir.

12. In den Allgäuer Alpen, 02. Juni – Chris O'Sullivan

Am nächsten Morgen brach die Gruppe direkt nach Tagesanbruch auf. Der Sturm hatte sich gelegt, doch die Verwüstung, die sein erbarmungsloses Wüten hinterlassen hatte, war nicht zu übersehen. Überall auf den Wegen lag Geröll und brauner Schlamm bahnte sich langsam, aber zielstrebig seinen Weg die Abhänge hinunter. Chris trug ein Bergsteigerseil, welches er vorsorglich zur besseren Überquerung des Geröllfeldes aus dem Fundus im Schuppen an sich genommen hatte. Des Weiteren hegte er den Gedanken, gesichert einen kurzen Blick über den Felsvorsprung wagen zu können, um nach Bir Ausschau zu halten.

Kamen sie anfangs gut voran, war der Pfad ab der Kreuzung ins Tal glitschig und unwegsam. An einer Kehre hatte der Regen ein Stück des Weges weggespült und Bernd, der die Vorhut der Gruppe bildete, begann die

Böschung hinunter zu schlittern. Die anderen folgten seinem Beispiel. Wenig später breitete sich das Geröllfeld vor ihnen aus, an dem sie Bir gestern zum letzten Mal gesehen hatten.

Bei Tageslicht erweckte die Stelle einen weitaus friedlicheren Eindruck, als letzte Nacht. So steil und breit, wie gestern kam es Chris heute gar nicht mehr vor.

„Du oder ich?“, fragte Bernd.

„Ich gehe“, sagte Chris. „Haltet mich bitte gut fest.“ Er band sich das Seil sicher um den Bauch und begann nach unten zu steigen. Obwohl er die Umgebung intensiv absuchte, fand er keinen Hinweis auf Bir. Ein Stück weiter abwärts stürzte das Feld einen Hang hinunter, den er nicht einsehen konnte. „Kannst du mir noch 20 Meter Seil geben?“, rief Chris nach oben.

„Negativ, Alter“, hörte er Bernds Antwort. „Da geht nichts mehr!“

„Dann mache ich mich los und gehe ein Stück ungesichert. Hier ist es ziemlich flach, das wird schon gehen. Ich will versuchen, ob ich über den Abhang schauen kann“, rief Chris wiederum nach oben.

„Einen Scheiß machst du!“, kam die prompte Antwort. „Ich habe keine Lust, dich auch noch abstürzen zu sehen. Warte, ich probiere etwas!“ Bernd kletterte ebenfalls ein Stück den Hang hinunter. „Ich glaube, wir können das Seil um diesen Stein binden. Becky, kannst du es mal vom Baum abmachen? Dann befestige ich es hier unten, aber warte, bis Chris einen festen Stand hat.“

Chris ging in die Hocke und streckte den Daumen nach oben. Daraufhin löste Becky das Seil und Bernd stieg mit dem einen Ende den Abhang hinab. Als er das Seil fest um einen Felsbrocken gebunden hatte, der am Rand der Geröllawine lag, kletterte Chris vorsichtig weiter.

Unmittelbar vor dem Abgrund stoppte er. „Wie viel Seil hast du noch?“, rief er Bernd zu.

„Schon noch ein paar Meter.“

„Dann gehe ich bis zum Abgrund. Hier wird es ziemlich steil, halt mich gut fest!“

Bernd hob den Daumen, als Zeichen, dass er verstanden hatte. „Sei vorsichtig, Alter!“

Chris überprüfte den Knoten an seinem Bauch und zog ihn fest. Rückwärts ließ er sich Stück für Stück hinab. Dabei stemmte er sich mit beiden Beinen in den Boden. Wenige Schritte später trat er auf einen losen Stein und rutschte aus. Unzählige Steine polterten krachend dem Abgrund entgegen, bevor sie im Nirgendwo verschwanden. Chris Beine zitterten. Er hatte sich gerade noch an einem kleinen Bäumchen festhalten können.

„Alles okay?“, rief Bernd. Chris klammerte sich krampfhaft an den fingerdicken Stamm. Dann richtete er sich auf, damit Bernd ihn sehen konnte. Als er Entwarnung geben wollte, passierte es. Sein Gewicht war zu viel für die zarten Wurzeln und ehe er sich’s versah, hielt er ihn in der Hand. Überrascht durch die erneute Bewegung verlor Chris den Halt und rutschte in die Tiefe.

In Todesangst versuchte er sich mit seinen Fingern in

den Fels zu krallen. Doch der Abhang kam immer näher, ohne dass sein Sturz gebremst wurde. Schließlich streifte er mit der Stirn einen Felsvorsprung. Sein Kopf dröhnte, Emma kreischte und dann stürzte er in den Abgrund.

Für einen Moment spürte er die Leichtigkeit des freien Falls. Bruchteile von Sekunden später straffte sich das Seil und der Zug schnürte ihm die Luft ab. Chris zitterte am ganzen Körper. Tief unter ihm kreisten Bäume und er sah einen Weg, neben dem ein Fluss gemächlich ins Tal floss. Chris schluckte. Krampfhaft versuchte er, an etwas anderes zu denken, als an die Bilder, wenn der Knoten des Seils sich lösen würde und er kopfüber hinabstürzte. War es Bir ebenso ergangen?

Einige Meter rechts fiel ihm plötzlich ein breiter Felsvorsprung auf. Wenn Bir dort gelandet wäre, hätte er eine Chance gehabt. Mit seinen Augen suchte Chris den Sims ab, während er laut betete, Bir noch lebend zu finden. „Bernd?“, rief Chris, nachdem er von oben nichts hörte. „Bist du da?“ Obwohl Chris angestrengt horchte, erhielt er keine Antwort.

Daraufhin versuchte er die wenigen Meter, die er über dem Abhang hing, am Seil nach oben zu klettern, aber bereits nach ein paar Griffen ging ihm die Kraft aus.

Erschöpft ließ er los und fiel dadurch ein Stück nach unten. Das Seil straffte sich und presste ihm die Luft aus den Lungen. Dabei rutschte es tiefer und veränderte seinen Schwerpunkt. Nun hing er Kopf über.

„Verdammt, Bernd, wo steckst du?“, brüllte Chris. Verzweifelt versuchte er, das Seil zu greifen. Seine Bauchmuskeln brannten wie Feuer.

Dann endlich, als er schon nicht mehr daran glaubte, spürte er einen Ruck. Erleichtert schloss er die Augen.

13. Die Gruppe „Erben von Thoughts Hall", 02. Juni

Jasper hat die Gruppe „Erben von Thoughts Hall" erstellt.

Jasper hat Becky hinzugefügt.
Jasper hat Saliha hinzugefügt.
Jasper hat Chris hinzugefügt.
Jasper hat Bernd hinzugefügt.
Jasper hat Emma hinzugefügt.
Jasper hat ein Foto geschickt.

21:03 Bernd: Danke, für das Foto. Wir sehen toll aus. Füge doch noch McCloud hinzu. Ein echter Schotte überlebt so einiges!

21:13 Jasper: Habe keine Nummer.

21:15 Saliha: Das ist eine schöne Idee, Bernd. Danke! Habt ihr was von der Bergwacht gehört?

21:21 Saliha: Kontakt Bircan Celik

21:30 Chris: Leider nein. Bir ist immer noch verschollen.

Jasper hat Bir hinzugefügt.

14. Die Gruppe „Erben von Thoughts Hall“, 03. Juni

09:20 Chris: Unglaublich! Mein Kollege hatte einen Verkehrsunfall, so dass ich nach Neu Delhi muss. Krass, oder? Ahays Vorsehung ist tatsächlich eingetreten! Ich habe ihm schon geschrieben. Er hat mich auf den Khadwana eingeladen. Freitagabend geht mein Flug, dann habe ich ein paar Tage Zeit, bis am Donnerstag die Messe beginnt!

09:25 Bernd: Was habe ich gesagt? Alter, es geht also los. Ich bin gespannt. Die Erben rocken die Welt!

11:02 Becky: Halte uns auf jeden Fall auf dem Laufenden!

15. Lindau, 07. Juni – Rebecca Rothschild

Becky stand mit ihrer Reisetasche am Bootshafen in Lindau und schleckte an einer Eistüte. Leod würde also erst morgen Abend kommen. Er hatte sein Flugzeug verpasst und saß noch immer in Dublin. Die Nacht in Lindau würde sie also alleine verbringen müssen. Frustriert betrachtete sie die schaukelnden Boote, die glänzend in der Sonne lagen.

Sie hatte Leod erzählt, dass Bir abgestürzt, seine Leiche allerdings bislang nicht gefunden worden sei und sie sich an den letzten Funken Hoffnung klammere, er könne den Absturz überlebt haben.

Leod mutmaßte daraufhin, Birs Verschwinden hinge mit einem Fluch zusammen, den Nathan Brady über die Erben von Thoughts Hall ausgesprochen hatte, denn nach dem Verschwinden von Arthur McCloud, hatte damals das Sterben der Erben begonnen. Zunächst Emilia Montgomery, dann Joseph Melone, Hieronymus Laine und schließlich auch Gail O'Sullivan.

Emilia Montgomery. Den früheren Namen ihrer Seele hatte sie bei einer Meditation mit Bir in Wales erfahren.

Sie zückte ihr Handy und machte ein Selfie mit ihrem Eis. Dann postete sie es auf Facebook und Instagram mit der Bildunterschrift: „Gestrandet in Lindau, wer rettet mir den Abend?“

Keine fünf Minuten später erhielt sie eine private Nachricht von Jasper. „Ich komme, halte durch. In knapp einer Stunde bin ich da.“

Richtig. Jasper hatte ihr erzählt, dass sein Boot in Lindau vor Anker liege und sie gerne einmal zu einem gemeinsamen Trip aufbrechen könnten. Was für ein Zufall, dass er heute ebenfalls in der Gegend war. Welches der Boote wohl ihm gehörte?

Leod schrieb ihr, dass es ihm sehr leidtue, und fragte, ob sie ihm böse sei. Becky legte ihr Handy weg. Für jemand, der angeblich 10 Jahre lang jeden einzelnen Tag darauf gehofft hatte, sie wieder zu sehen, zeigte er erstaunlich wenig Einsatz. Wäre sie ihm doch nie begegnet!

Der längst vergessen geglaubte Abend kam ihr in den Sinn, als sie in Wales in den Burgsaal getreten war. Rae hatte ihr diesen verführerischen Blick zugeworfen, der unzählige Schmetterlinge in ihrem Bauch zum Flattern gebracht hatte.

„Und wer bist du, holde Schönheit?“, hatte er sie gefragt.

Becky hatte herzlich gelacht. Durch seine Ausdrucksweise wirkte Rae auf sie, als sei er aus einem anderen Jahrhundert entstiegen. Außerdem mochte sie seine Augen.

Der Abend war entspannt und in ausgelassener Stimmung verlaufen. Becky hatte sich lange Zeit nicht so glücklich und unbeschwert gefühlt. Sie waren eine Gruppe junger Leuten, die zusammen zu Abend aßen, Met tranken und fröhliche Lieder sangen. Nach und nach dann hatten sie sich alle in ihre Schlafsäcke verzogen.

Becky sah, wie Rae sich zu Juna legte und spürte noch heute den Stich in ihrem Herzen, den dieser Moment in ihr ausgelöst hatte, denn Rae hatte den ganzen Abend über immer wieder wie zufällig ihre Hand berührt und sie vielsagend angelächelt.

Als Rae plötzlich aufstand und rausging, hatte Becky neue Hoffnung geschöpft, da auch hier sein Blick sie streifte. Becky überlegte sich, ob sie ihm folgen sollte, wurde aber von einem Mädchen, dessen Namen sie nicht mehr wusste, aufgehalten.

Irgendwann hatte sie sich schlafend gelegt und ließ den

Abend noch einmal an sich vorbei ziehen. Sie hatten die Unbeschwertheit der Jugend genossen, getanzt und viel gelacht. Vor allem Leods Gesang hatte sie begeistert. Leod erinnerte sie an Rae, er hatte die gleichen dunkelbraunen Locken wie er, doch wenn er sich umdrehte, erzählten die Narben in seinem Gesicht eine andere Geschichte.

Seine einfühlsame Stimme allerdings suchte seinesgleichen. Wenn Becky die Augen schloss, entführte er sie in die Zeit von König Artus und die Ritter der Tafelrunde, in der die Druiden die Macht in ihren Händen hielten. Wahrscheinlich war auch er einmal ein hübscher junger Mann gewesen, bevor ihn ein tragischer Unfall für immer entstellte.

Später dann, als sie schon halb eingeschlafen war, merkte sie, wie sich jemand zu ihr legte. Becky hielt den Atem an. Ihr Herz klopfte wild. Kam Rae doch noch zu ihr? Sie spürte eine Hand, die sich ihren Weg in den Schlafsack bahnte und ihr sanft über den Rücken strich. Es war ein aufregendes, wunderschönes Kribbeln, das seine warmen Finger auf ihrer Haut entfachten, sobald er sie berührte.

Plötzlich hörte das Streicheln auf und Becky spürte, die Unsicherheit des anderen, als ob er sie stumm fragen würde, wie weit er gehen dürfe.

„Mach weiter, bitte“, hauchte sie und öffnete ihren Schlafsack. Ohne ein Wort zu sagen, rutschte er näher an sie heran. Der Duft seines herben Aftershaves streifte Beckys Nase, als er ihren Hals küsste.

Seine Hände glitten über ihren Oberkörper und Becky spürte, wie sein Atem schneller wurde. Sie genoss das wunderbare Gefühl, das sie schon seit Ewigkeiten nicht mehr erlebt hatte. Seine nackten Beine rieben sich an den ihren und sie spürte die Beule in seinen Shorts, die sich gegen ihren Po drückte. Am liebsten wollte Becky diesen Moment voller Glückseligkeit für immer festhalten.

Nach einer Weile dämmerte sie in den Schlaf, als sich plötzlich eine Hand in ihren Slip schob. Es bereitete ihm keine Mühe, in sie einzudringen. Becky versuchte, ein Aufstöhnen zu vermeiden, was ihr nicht ganz gelang. Für einen Moment wusste sie nicht, ob sie wach war oder träumte. Wellen der Erregung durchzogen ihren Körper, als er sich sanft in ihr bewegte.

Als sie am nächsten Morgen die Augen geöffnet hatte, fiel ihr Blick auf den dunklen Lockenkopf neben Juna. Schlagartig war die schläfrig-wohlige Stimmung wie weggeblasen und sie war hellwach. In Junas Arm lag Rae! Doch wer zum Teufel lag neben ihr? Entsetzt wandte sie sich um und blickte dabei in das vernarbte Gesicht von Leod Bowen.

Jaspers Erscheinen im Hafen holte sie in die Gegenwart zurück. Er hatte sich in der Tat beeilt. Nur knapp eine Stunde später, nachdem seine Nachricht bei ihr eingegangen war, legte er am Bootssteg an und winkte ihr zu. Er trug eine klassische Pilotensonnenbrille und eine Nikecap. Die Füße steckten in nagelneuen Chucks. Obwohl er den Nachmittag auf dem See verbracht hatte, entdeckte Becky auf dem Tisch im Heck des Bootes eine Flasche Champagner, zwei Gläser und eine rote Rose in einer schmalen Designervase.

Jemand, der so gut vorbereitet war, durchlebte diese Situation wohl öfter, schoss es Becky plötzlich durch den Kopf. Doch bevor sie weiter darüber nachdenken konnte, kam Jasper auf sie zu und begrüßte sie mit einem Küsschen auf die Wange.

Sie hatte ihm gar nicht zu getraut, dass er diese Art von Lifestyle pflegte. Beeindruckt fuhr sie mit ihren Fingern über die weißen Ledersitze im Heck des Bootes. Im Hintergrund glitzerte das Wasser des Bodensees in der Nachmittagssonne.

„Warum setzt du dich nicht? Ich hole schnell noch ein paar Eiswürfel aus dem Kühlfach. Möchtest du Erdbeeren?“

„Klar, sehr gerne! Machen wir noch kurz ein Foto? Die Sonne spiegelt sich gerade so schön im Wasser!“

Jasper zögerte kaum merklich. Dann grinste er. „Warum nicht?“

Becky drehte die Kamera ihres Handys und schoss ein gemeinsames Selfie. Als Jasper unter Deck verschwand, um Eis und Früchte zu holen, postete sie das Foto auf Facebook mit dem Schriftzug ‚Gerettet!‘ und setzte einen Zwinkersmiley dahinter. Sie freute sich auf einen fröhlichen Abend und wenn sie ehrlich war, bereitete Jasper ihr sogar ein wenig Herzklopfen.

Wenig später erschien sein blonder Schopf auf den

Stufen, die in den unteren Bereich der Segelyacht führten. Er trug noch immer seine Sonnenbrille. Seine Chucks hatte er inzwischen ausgezogen. Jasper stellte eine Schale mit Erdbeeren auf den Tisch und gab frisches Eis in den Sektkühler.

Lässig köpfte er die eisgekühlte Flasche und reichte Becky eines der Gläser. Gerade als sie anstoßen wollten, erreichten die Wellen eines auslaufenden Schiffes ihr Boot und brachte es ins Schwanken. Beckys Glas schwappte über und der Champagner ergoss sich über Jaspers weißes Hemd.

„Das nenne ich Schicksal“, sagte er lachend. „Denn eigentlich wollte ich es erst gar nicht anziehen.“ Er begann das Hemd aufzuknöpfen. Ein braungebrannter, muskulöser Oberkörper kam darunter zum Vorschein, auf dessen Brust ein großes Tattoo prangte. Becky, die in Jaspers Lachen eingestimmt war, erstarrte.

Wie viele Männer wohl ein solches Motiv trugen? Becky schluckte. Bir, Leod, Saliha. Alle hatte sie nach 10 Jahren plötzlich wieder getroffen. Stand nun auch noch ihr Vergewaltiger vor ihr?

„Schönes Tattoo! Hast du es schon lange?“

Jasper nickte. „Seit meinem 18 Geburtstag.“

Becky seufzte innerlich auf. Sie wusste, dass Jasper bereits über 30 war.

Sie trank ihren Sekt aus und beschloss, aufs Ganze zu gehen. Die Zeit war reif, ihrer Vergangenheit ins Auge zu schauen. „Ich habe das Tattoo schon einmal gesehen. In

Wales. Es ist etwa 10 Jahre her."

Jasper schaute sie überrascht an. Doch dann schien es auch bei ihm zu dämmern. „Dann gibt es wohl etwas, dass uns verbindet, Becky."

Er ist es und er weiß, dass ich es weiß, schoss es ihr durch den Kopf. Die Luft, die sie umgab, war plötzlich zum Zerreißen gespannt. Jasper war ihr Vergewaltiger. Mit einmal war Beckys Wut größer als ihre Angst. Ihre Hand schnellte hervor und traf Jasper unvermittelt im Gesicht. „Ja, ein 10-jähriger Junge der seinen Vater vermisst."

Jasper hielt Beckys Hand fest und funkelte sie böse an. „Und das wird auch so bleiben. Kein Wort über mich, zu niemandem! Sonst wird er bald auch seine Mutter vermissen."

Panisch befreite sich Becky aus seinem Griff und riss dabei ihr Knie nach oben. Mit voller Wucht trat sie ihm zwischen die Beine. Jasper krümmte sich vor Schmerz, während Becky von Bord sprang und den Steg entlang hastete.

Ihre Gedanken überschlugen sich. Sie wollte nicht glauben, dass ein Vergewaltiger Aarons Vater war. Sie musste Leod bitten, einen Vaterschaftstest zu machen. Becky entfuhr ein Laut der Verzweiflung. Wenn Leod nicht Aarons Vater war, dann würde sie damit leben müssen, dass ihr eigener Sohn in einem Akt der Gewalt entstanden war.

Vor dem Lindauer Hof entdeckte sie ein Taxi, dass gerade im Begriff war, wegzufahren. Wild gestikulierend rannte sie dem Wagen hinterher. Endlich leuchteten die Bremslichter auf. Außer Atem riss sie die hintere Tür auf und ließ sich auf die Rückbank fallen. „Zum Bahnhof. Schnell!“

Der Taxifahrer schaute sie verdutzt im Rückspiegel an.

„Bitte!“, flehte Becky. „Fahren Sie los!“

Endlich legte der Fahrer den ersten Gang ein und gab Gas.

Becky schaute nach hinten aus der Heckscheibe. Jasper war ihr nicht gefolgt. Plötzlich fiel ihr ein, dass sie ihre Reisetasche mit ihrem Geld und der Fahrkarte auf Jaspers Boot vergessen hatte. Sollte sie versuchen, schwarz nach Würzburg zurückzufahren? In Lindau jedenfalls, wollte sie nicht bleiben.

Da fiel ihr ein, dass sie manchmal Geld in ihre Handyhülle aufbewahrte. Sie griff in ihre Hosentasche, und zog es heraus. Enttäuscht seufzte sie auf. Gerade mal 5 € steckten in dem Schlitz an der Seite. Vielleicht verbarg sich noch ein Zehner dahinter? Hoffnungsvoll zog sie den Schein heraus. Dabei fiel ihr ein Zettel in die Hände, auf dem eine Telefonnummer stand. Bernd Wegener! Sie wusste, dass er irgendwo in der Nähe wohnte.

Hektisch tippte sie die Nummer ein. Sie musste die Zahlen zweimal korrigieren, da ihre Finger so stark zitterten. Dann endlich klingelte es.

Bernd meldete sich sofort.

„Hallo Bernd, hier ist Becky. Entschuldige bitte den Überfall, ich stecke in der Klemme. Kann ich bei dir vorbeikommen?“

„Äh, klar, ich bin zu Hause“, erklang Bernds Stimme aus dem Hörer und Becky schloss erleichtert die Augen. „Wann kommst du?“

„Warte…, gibst du mir bitte noch deine Adresse?“ Becky nahm das Handy vom Ohr und fragte den Fahrer, wie lange eine Fahrt nach Oberstaufen dauern würde. Sein Blick hellte sich auf und er nickte erfreut. „In etwa 50 Minuten sind wir da!“

Eine knappe Stunde später klingelte Becky an Bernds Haustür.

„Heiliger Strohsack“, entfuhr es ihm, als er die Tür öffnete.

„Na, das ist ja eine Begrüßung“, gab sie zurück. „Hast du mal 70 € fürs Taxi?“

„Alter, du siehst ja ziemlich derangiert aus. Was ist denn bloß passiert?“ Bernd starrte Becky mit offenem Mund an.

„Komm, die Uhr tickt. Er nimmt auch Kreditkarten.“

Bernd griff nach seinem Geldbeutel. „Alles klar, ich mach das, geh du schon mal rein.“

Becky betrat das Wohnzimmer. Gegenüber der Tür befand sich ein großes helles Ecksofa, hinter dem das Porträt von Marilyn Monroe an der Wand hing. Auf einem Regal standen ordentlich sortiert ein paar Bücher und eine halb heruntergebrannte Kerze. Sie setzte sich und schlug die Beine übereinander. Da hörte sie, wie sich die Wohnungstür wieder schloss.

Bernd war zurück und streckte den Kopf ins Wohnzimmer. „Wasser, Cola oder ein Gläschen Wein?“

„Hast du nichts Hochprozentiges?“

Bernd hielt überrascht inne. „Ich glaube ich habe nur einen 40 Jahre alten irischen Whiskey und Eierlikör.“

„Du trinkst Eierlikör? Ist das nicht längst out?“

Bernd grinste. „Na ja, das ist noch der Rest von meinem Geburtstag. Meine lieben Tanten stehen immer noch auf dieses Gesöff, seit den 70er Jahren…“

„Ich nehme den Whiskey“, sagte Becky.

„Das nenn’ ich mal ein Wort. Was gibt es für einen Mann schöneres, als am Freitagabend mit einer hübschen Frau, die plötzlich vor der Tür steht, einen Drink zu nehmen?“ Bernd nahm die Flasche vom Regal neben dem Fernseher und füllte zwei Gläser.

„Danke, dass du Zeit für mich hast.“ Becky hielt ihr Glas in die Höhe, um mit Bernd anzustoßen. Sie nahm einen großen Schluck und stöhnte auf. „Genau, was ich jetzt brauche, auch wenn er es ziemlich in sich hat!“

Einen Moment saßen die beiden schweigend da und starrten auf die goldbraune Flüssigkeit, die in den großen Cognacschwenkern sanft hin und her schwappte. Dann ergriff Becky das Wort: „Vielen Dank für das Taxi. Du bekommst das Geld natürlich zurück. Ich glaube, ich schulde dir außerdem eine Erklärung, aber ich weiß nicht so recht, wo ich beginnen soll.“

„Du schuldest mir gar nichts. Wir können auch einfach hier sitzen, irgendeinen Film schauen und anschließend legst du dich in mein Bett und schläfst dich aus. Ich bleibe im Wohnzimmer auf dem Sofa."

Becky lächelte. „Danke, du bist lieb!", sagte sie. „Aber ich muss das Ganze jemandem erzählen."

Bernd nahm einen Schluck Whiskey. „Was genau ist passiert?"

„Die Geschichte ist kompliziert." Sie bemerkte Bernds Blick, der auf ihre nackten Beine fiel und zog eines der Sofakissen auf ihren Schoß. Dann holte sie tief Luft. „Es stimmt was Bir euch am Wochenende erzählt hat. Vor 500 Jahren haben wir schon einmal zusammen in Irland gelebt. Bir, Jasper, Chris, Emma, Saliha, ich und vielleicht auch du. Auf der Gamsenhütte sind wir nach all den Jahrhunderten wieder zusammengekommen."

Bernd starrte Becky an. Es dauerte lange, bis er antwortete. „Deine Erzählung erinnert mich an einen Traum. Er schien ebenfalls in einer anderen Zeit zu spielen. Als ich im Whirlpool saß, bin ich zwischen dem vierten und fünften Bier kurz weggenickt. Ich war in einer Karawane irgendwo im Orient unterwegs. Bei einem Stopp kroch dann plötzlich eine feurige Rothaarige vom Kutschbock zu mir in den Planwagen. Alter, war die scharf! Und wenn ich es mir recht überlege, könnte sie durchaus Irin gewesen sein." Bernd grinste.

Becky zog die Augenbrauen nach oben. „Das war bestimmt Gail auf ihrem Weg nach Indien. Es ist so krass, niemand kann sich dem Einfluss des Schwurs entziehen. Wir hängen alle mit drin! Nun geben unsere Seelen die

Bilder frei, damit wir wissen, wer wir sind und was wir zu tun haben."

Bernd stellte sein Glas auf den Tisch und rieb sich die Augen. „Also ehrlich, der Traum war in der Tat sehr intensiv, als wäre es wirklich passiert, aber deine Interpretationen gehen mir dennoch zu weit. Du klingst schon genau wie Bir!"

„Nein, Bernd," unterbrach sie ihn. „Im Ernst. Wir lebten auf einem abgelegenen Gelände, in einer Art Internat. Es wurde uns geistiges Wachstum gelehrt, um Böses zu zerstören, und die Welt auf den Weg der Liebe zurückzuführen. Doch unsere Gegner waren zu diesem Zeitpunkt mächtiger als wir."

„Warte, hieß die Schule etwa Hogwarts und dein Rektor Albus Dumbledore?"

Becky verdrehte die Augen. „Wir sind in Gefahr, denn die Geschichte von damals ist dabei, sich zu wiederholen!"

„Welche Geschichte denn?"

„Bir ist verschwunden wie damals Arthur McCloud. Als nächstes stirbt Emilia." Sie leerte ihr Glas in einem Zug. „Ob du es glauben willst oder nicht, aber Emilias Seele lebt in mir. Wenn wir nichts tun, werde ich sterben." Becky packte ihn am Arm. „Bernd, wir müssen meinen Mörder finden, bevor er die Möglichkeit bekommt, zuzuschlagen."

16. Lindau, 07. Juni – Jasper von Hohenstein

Jasper stellte seine Tasse mit weißem Tee auf seinen Mahagonischreibtisch mit Blick auf den Bodensee und beobachtete zwei Yachten, die gemächlich auf den Wellen schaukelten. Wahrscheinlich hatten sie Anker geworfen, damit die Urlauber an Bord im See schwimmen konnten.

In der Ecke seines Büros stand eine diebstahlsichere Museumsvitrine, die drei Bücher enthielt: Eine Bibel aus dem 13. Jahrhundert in griechischer Sprache, eine auf Aramäisch, die Sprache, in der Jesus gepredigt hatte und ein Buch aus Palatin, dem glänzenden Edelmetall vom Planeten Hoban. Es war ein Meisterwerk der Schmiedekunst mit hauchdünnen Seiten, die mit einem Laserstrahl beschrieben worden waren. Verfasst in einer der ältesten Sprachen des Universums, erzählte es vom Ursprung allen Seins aus der Sicht der Schattenwelt, die von Anfang an Teil des Ganzen war. Damit beinhaltet es das genaue Gegenteil dessen, was Jesus gepredigt hatte. Seine wertvollste Literatur war also sowohl von Gott als auch vom Teufel inspiriert, wenn man so wollte.

Jasper war all dieser Sprachen mächtig, die Bibel auf aramäisch hatte er zudem selbst verfasst, damals, als er wegen wiederholter Körperverletzung ein paar Monate im Gefängnis saß. Aus Interesse hatte er sich mit den geistigen Wesen im Universum verbunden, die während ihrer Inkarnation auf der Erde die Originalversion niedergeschrieben hatten. Wie stark sich die Version der Bibel aus dem 13. Jahrhundert von der in aramäischer Sprache unterschied, überraschte ihn immer wieder aufs Neue. Die Mächtigen aus der Schattenwelt hatten ganze Arbeit geleistet und die Worte und Taten Jesu in wesentlichen Punkten bis zur vollständigen Verwirrung des Lesers verdreht.

Ohne Frage, Jesus von Nazareth war als Botschafter geschickt worden, der die Menschen auf den Weg der Liebe führen wollte. Er verstand es wie kein Zweiter, die gesellschaftlichen Schichten am Rand zu integrieren. Das war nötig, um eine friedvolle Welt zu erschaffen.

Wir ernten, was wir säen, lautete eines der göttlichen Gesetze. Denn alles war eins und begann bei uns selbst. Doch dank dem Kreis der Hundert hatten die Menschen die Gesetze der geistigen Welt mit der Zeit vergessen und somit lebten sie in einem Dreieck der Angst, Gier und Machtkämpfe.

Der erlauchte Kreis, dem auch Jasper angehörte, setzte sich aus Seelen der Schattenwelt zusammen, die seit Jahrtausenden die Macht innehatten und immer wieder in den unterschiedlichsten Positionen auf die Erde zurückkehrten. Nahm man das Vermögen dieser Führungsriege, besaßen die Mitglieder so viel, wie die arme Hälfte der Bevölkerung, also 4 Milliarden Menschen, zusammen.

Nur wenige genügten, um die Masse zu blenden und dafür zu sorgen, dass alles, was geschieht, dem Kreis der Hundert diente.

Gaia hatte davon gewusst. Ihr Bestreben war es, die

Menschen fühlen zu lassen, welche Lebensweise sie dazu befähigt, das System aufzubrechen. Zu diesem Zweck hatte sie ein Herz aus Rosenquarz erschaffen, ihr Geschenk an die Bewohner der Erde.

Um den Status quo zu erhalten, musste Jasper dieses Herz zerstören. Dazu benötigte er allerdings die Unterstützung einer weisen, alten Seele, so besagten es die göttlichen Gesetze des Ewigen Rats, dem alle Planetenvorsteher des Universums angehörten. Zwei dieser Seelen waren inzwischen in sein Leben getreten. Saliha Karaca und Rebecca Rothschild.

Doch mit Becky gab es seit gestern ein Problem: Es war dieselbe Frau, die er vor Jahren in Wales vergewaltigt hatte.

Jasper griff nach seiner Tasse. Der Tee war inzwischen kalt geworden und schmeckte bitter. Becky war in der Lage, das zu zerstören, auf was er sich sein Leben lang fokussiert hatte.

17. Private Message, 07. Juni

19:12 Jasper: Hi Saliha, bin in Lindau. Hast du morgen Lust auf einen Bootstrip?

20:35 Saliha: gerne.

18. Neu Delhi, 08. Juni – Chris O'Sullivan

Die Flugzeugtüren öffneten sich und die Maschine spuckte eine Vielzahl von Menschen, meist indischer oder europäischer Herkunft aus. Frauen und Männer, Alte und Junge, Geschäftsleute und Touristen.

Auch Chris passierte die Flugzeugtür und betrat erneut indischen Boden. Noch vor ein paar Jahren hätte er nie geglaubt, dass er einmal so häufig um die Welt fliegen würde.

Als er das Terminal erreichte, schlug ihm der typisch indische Geruch entgegen, den man nach ein paar Minuten nicht mehr roch und erst in Deutschland wieder entdeckte, wenn man die Koffer auspackte.

Chris eilte über den braun-gemusterten Teppichboden in Richtung der Passkontrollen. Er hatte sein Versprechen eingelöst und sich bei Ahay gemeldet. Dieser war nicht im Mindesten überrascht gewesen von ihm zu hören und hatte sich hocherfreut gezeigt, Chris auf dem Khadwana begrüßen zu dürfen.

Kurze Zeit später reihte er sich in die Schlange der ausländischen Ankömmlinge ein. Während er wartete, scrollte er die Liste der ungelesenen E-Mails durch. An einer Nachricht von Bernd blieb er hängen. „Alter, wie geil…", lautete der Betreff.

Neugierig klickte Chris darauf. „Gut angekommen? Hoffe, du kommst nicht ins Schwitzen, so wie ich. Stell dir vor, gestern stand tatsächlich Becky vor meiner Tür und wollte bei mir pennen. Krass oder? Naja, heute gehen wir an den See, du weißt schon, den für die ganz einsamen Stunden… Bleib sauber!"

Schmunzelnd steckte Chris sein Handy in die Jackentasche und trat vor einen jungen Mann dessen Namensschild ihn als C. Pyaar auswies. Trainee stand in dicken Buchstaben darüber.

„Hallo Sir, willkommen in Indien!"

Chris war von der freundlichen Begrüßung angenehm überrascht, denn seiner Erfahrung nach starrten die meisten Beamten nur missmutig in die Pässe. Wie oft hatte er bereits mit Kollegen darüber spekuliert, ob es den Mitarbeitern des Zolls so antrainiert wurde, um ihnen mehr Autorität zu verleihen.

Während der junge Beamte durch den Pass blätterte, mutmaßte Chris, dass es zwei Möglichkeiten gab. Entweder Mr. Pyaar war ein echter Patriot, der jedem Einreisenden einen schönen ersten Eindruck von Indien vermitteln wollte oder die Auszubildenden bei der Passkontrolle wurden neuerdings auf Freundlichkeit getrimmt.

Mitten in Chris Überlegungen platzte der immer noch freundlich lächelnde Mr. Pyaar: „Entschuldigen Sie Sir, Ihr Visum ist abgelaufen. Ich kann Sie leider nicht einreisen lassen."

„Was?" Chris wurde es heiß und kalt. Hatte er das Visum nicht vor seiner Abreise noch kontrolliert? Doch dann bemerkte er den Irrtum. „Das ist das falsche Visum. Das aktuelle ist weiter hinten."

„Oh, Sie reisen öfters nach Indien? Das freut mich Sir!“ Mr. Pyaar blätterte langsam weiter und fand schließlich das gültige Visum. Schwungvoll stempelte er den Pass, klappte ihn zu und schob das Dokument durch den Schlitz in der Scheibe. „Angenehmen Aufenthalt!“

Als Chris das Kofferband erreichte, kreisten bereits die ersten Gepäckstücke auf dem Band und wenig später konnte er seinen Koffer in Empfang nehmen.

Am Ausgang erwartete ihn ein Fahrer, der ihn direkt ins Hotel bringen würde. Der untersetzte Inder griff nach dem Koffer und gemeinsam eilten sie durch das Gebäude in Richtung Parkhaus. Obwohl die große Uhr an der Wand erst acht Uhr morgens zeigte, war die Luft bereits heiß und stickig und nur einer der unzähligen Ventilatoren an der Decke drehte sich. Um Strom zu sparen, würden die anderen erst später eingeschaltet werden.

Als sie das Parkhaus erreichten, bedeutete ihm der Fahrer, zu warten, während er den Wagen vorfuhr. Chris stieg ein und ließ sich in den Sitz fallen. Aus dem weichen Polster heraus betrachtete er das pulsierende Treiben der erwachenden Stadt. Der Gedanke, in einem fernen Land mit fremden Menschen und Kultur gelandet zu sein, obwohl er noch ein paar Stunden zuvor am heimischen Münchener Flughafen stand, faszinierte ihn jedes Mal aufs Neue.

Als er das Hotel betrat, entdeckte er in der Nähe der Rezeption Archisha. Es schien, als hätte sie bereits auf ihn gewartet. Zügig kam sie ihm entgegen. „Du musst nicht einchecken“, sagte sie, nachdem sie sich begrüßt hatten. „Packe einfach die Dinge, die du für eine Nacht brauchst in eine kleine Tasche und nimm gute Schuhe mit. Den großen Koffer stellen wir dann hier im Gepäckraum ab.“

Fragend schaute Chris sie an. Archisha lachte. „Hat Ahay dir gar nicht gesagt, dass ich dich fahre?“

Chris schüttelte den Kopf.

„Er hat mir den Vortritt gelassen, dir den Khadwana zu zeigen.“

„Ihr kennt euch?“

„Schon fast mein ganzes Leben lang!“ Sie rief einem jungen Inder an der Rezeption etwas zu, der zwei große schwarze Koffer auf einen Gepäckwagen hievte. Kurz darauf saßen sie in einem der unzähligen grüngelben Taxis, das sich durch die verstopften Straßen Delhis quälte.

19. Sonthofen, 08. Juni – Rebecca Rothschild

Als Becky am Samstagmorgen erwachte, duftete es bereits nach Kaffee. Wie Bernd heute Morgen mit ihrer Geschichte umgehen würde? Da sie mit der Unsicherheit nicht länger im Bett liegen wollte, warf sie die Decke zurück und betrat die Küche. Bernd hantierte gerade mit dem Frühstücksgeschirr und pfiff dabei vor sich hin. „Guten Morgen“, sagte er fröhlich, als er sie entdeckte.

„Guten Morgen, kann ich dir helfen?“

„Ja“, antwortete Bernd und drückte ihr einen Korb mit frischen Brötchen in die Hand. „Stell den doch bitte auf den Tisch und schenke uns Kaffee ein. Ich bin gleich fertig.“

Becky setzte sich an den Esstisch und goss die Tassen voll. Wann war sie zum letzten Mal so verwöhnt worden? Der Gedanke, dass sich jemand über ihre Anwesenheit freute, stimmte sie glücklich. Die Sonne schien am wolkenlosen Himmel und auf einmal sah die Welt viel freundlicher aus. Das beklemmende Gefühl von gestern Abend war neuer Zuversicht gewichen.

„Ich dachte, wir frühstücken und brechen dann zu einer kleinen Tour auf“, rief ihr Bernd aus der Küche zu. „Ich kenne einen versteckten Bergsee, an dem auch an Sonntagen kein Mensch ist. Das ist Ruhe pur - mit einem gehörigen Schuss Romantik!“ Bernd linste durch die offene Küchentür. „Das bringt dich bestimmt auf andere Gedanken.“

Becky lächelte dankbar. Mit keinem Wort erwähnte Bernd den letzten Abend. „Aber ich habe doch überhaupt keine Sachen hier“, erwiderte sie.

„Das meinst du“, sagte er. „Doch, tatatataaa!“ Bernd sprang mit einem Paar Turnschuhen in der Hand durch die offene Küchentür.

„Wo hast du die her?“, fragte Becky argwöhnisch beim Anblick ihrer Schuhe.

„Jasper hat über die Taxizentrale herausgefunden, wo du bist. Hat sich ganz schön aufgespielt wohin seine Kontakte reichen. Ich soll dich nochmal dran erinnern, dass du mit niemanden über die Erkenntnisse des gestrigen Abends reden sollst, sonst könnte das schwerwiegende Folgen haben. Was meint er denn damit?“

Becky seufzte. Dass Jasper ihren Aufenthaltsort jetzt kannte, passte ihr überhaupt nicht.

Es schien, als würde Bernd ihre Gedanken erraten. „Keine Angst, ich wollte auch nicht, dass Jasper uns heute dazwischen funkt. Ich habe gesagt, dass du nachher gleich zurück nach Würzburg fahren würdest und wenn er dich unbedingt sprechen möchte, solle er dich besser anrufen.“ Stolz über diesen, in seinen Augen, gelungenen Schachzug, biss er in sein Marmeladenbrötchen.

Becky griff nach dem Obstsalat, den Bernd frisch für sie zubereitet hatte. Auch wenn er sich wirklich viel Mühe gegeben hatte, ihr einen unbeschwerten Start in den Tag zu ermöglichen, wäre ihr wohler gewesen, Jasper hätte nicht gewusst, wo sie sich aufhielt. Er hatte etwas vor, das spürte sie.

20. Die Gruppe „Erben von Thoughts Hall“, 08.06.

03:47 Chris: Bin gelandet. Ahay hat keine Zeit, dafür nimmt mich Archisha mit.

06:17 Emma: Die Frau aus deinem Traum? Oh, Chris, sei bitte vorsichtig!

7:32 Bernd: Tausche alten Inder, gegen hübsche Inderin. Alter, du hast aber auch ein Glück. Wenn ich dich nicht so genau kennen würde, würde ich sagen, es gibt gar keinen Ahay… Genieß die Tage.

7:34 Bernd: @Emma: Nix für ungut!

7:41 Emma: @Bernd: Es sind nicht alle Männer wie du! Chris, bitte melde dich, so oft es geht.

8:12 Chris: Auf dem Khadwana wird es kein Handynetz geben. Vielleicht ja aber WLAN…

13:16 Chris: Bin jetzt im letzten Dorf vor dem Khadwana. Steigen nun vom Taxi aufs Motorrad um.

13:18 Bernd: Alter, du fährst doch gar nicht Motorrad!

13:23 Chris: Nur bei Archisha hinten drauf. Ach so, und übrigens, es gibt kein WLAN. Bin also bis Sonntagabend in der Gruppe abgemeldet.

13:26 Bernd: Schon klar. Dann viele schöne ungestörte Stunden!

13:29 Emma: @Bernd: Kannst du deine Bemerkungen vielleicht in privaten Nachrichten an Chris schicken? Das nervt…

13:50 Saliha: Männer…

21. Sonthofen, 08. Juni – Emma Sommer

Emma saß vor dem Stapel mit den Projektarbeiten ihrer Klasse und schaltete ihr Handy aus. Wenn sie bis heute Abend fertig werden wollte, durfte sie sich keine Ablenkungen leisten. Darüber hinaus hatte sie wenig Lust, Bernds dämliche Chatnachrichten zu lesen.

Den Auftakt zu ihrem bevorstehenden Urlaub bei Chris Großeltern hatte sie sich dennoch anders vorgestellt. Zu blöd, dass er so kurzfristig nach Indien musste. Nach einigem Hin und Her hatte sie sich letztendlich entschlossen, trotzdem am Mittwoch wie geplant zu fliegen. Chris würde nachkommen, so schnell er konnte.

Emma setzte sich auf die Terrasse und griff nach der nächsten Mappe mit dem Thema „Die geheimnisvollen Osterinseln.“ Die Aufgabe ihrer Schüler bestand darin, über Inseln zu berichten, die eine rätselhafte Geschichte in sich trugen. Seufzend nahm sie einen Schluck aus ihrem Eiskaffee. Sie hatte keine Lust!

Wider Erwarten kam sie zügig voran und drei Stunden später waren nur noch vier Mappen übrig. Müde warf sie einen prüfenden Blick auf die verbleibenden Themen: St. Helena, Galapagos, Bermudas, Clare Island.

Clare Island? Plötzlich war Emma hellwach. Neugierig öffnete sie die Mappe. Der Sohn ihres Kollegen Simon Gerber hatte Thoughts Hall auf Clare Island zum Thema gemacht. Gleich auf der zweiten Seite hielt Emma inne. Die Kopie eines Gemäldes zeigte die ehemalige Klosterschule. Sie betrachtete die in Öl gezeichnete Anlage aus dem 16. Jahrhundert, die beinahe wie eine Fotografie wirkte. Auf dem höchsten der vier Türme wehte eine Fahne, die einen von einem Quadrat geschnittenen Kreis zeigte. Auf der vom Meer abgewandten Seite entdeckte sie einen malerischen Park, an dessen Ende eine Reihe von Grabsteinen standen. Am geöffneten Tor befand sich ein Reiter, der ein Herz in seinen Händen hielt. Sie kannte das Bild bereits. Chris hatte eine Kopie davon in Indien erhalten.

Gespannt las sie die von Max Gerber erstellte Beschreibung: Der Reiter auf dem Bild ist ein Gelehrter Namens Hieronymus Laine, der gerade von einer Reise zurückkehrt und von seinem Freund Joseph Melone begrüßt wird. Auf Seite 5 habe ich einen Brief, den Laine an Melone geschrieben hatte, eingefügt.

Außerdem verbirgt das Gemälde ein echtes Geheimnis. Eine schwarze Statue, die oben rechts in dem von Felsen umgebenen Plateau zu sehen ist, wurde nachträglich in das Gemälde eingefügt. So geschickt, dass es mit bloßem Auge kaum zu erkennen ist. Die Frage, die einige Historiker beschäftigt, ist, welchem Zweck dient diese Veränderung und von wem wurde sie ausgeführt?

Emma atmete tief durch. Ihr erging es wie Chris. Egal, wo sie sich befand und was sie auch tat, Thoughts Hall war allgegenwärtig.

In dieser Nacht träumte sie von einem kleinen Jungen, der auf Zehenspitzen in einen spärlich ausgestatteten

Raum schlich. Die wenigen Möbel darin waren einfach, aber zweckmäßig. Auf Emma wirkte die Szenerie, als befände sie sich in einer Zeit, die weit in der Vergangenheit lag. Plötzlich wurde sie regelrecht in das Zimmer hineingezogen.

Vor der Tür entdeckte sie eine Gruppe von Menschen. Neugierig trat sie näher, als ihr eine quälende Trauer entgegenschlug. Nur der Junge, der auf einem Stuhl in der Mitte des Raumes saß, schien davon unberührt.

Erst jetzt registrierte Emma die alte Dame, die blass und eingefallen in dem schmalen Bett am Ende des Raumes lag. Ihr war klar, dass die Frau bald sterben würde. Deswegen also waren die Menschen dort draußen so bekümmert.

Der Junge, der die ganze Zeit auf dem Stuhl gesessen hatte, stand unvermittelt auf und beugte sich über die zerbrechliche Gestalt, die vor ihm lag.

„Hör gut zu, mein kleiner Verbündeter“, wisperte die Alte mit heiserer Stimme. Es bereitete ihr Mühe, zu sprechen. „Die Geschichten, die ich dir erzählt habe, sind allesamt wahr. Ich habe nichts ausgeschmückt oder weggelassen. In meinem Leben allerdings war die Zeit noch nicht reif dafür. Doch ich weiß, dass es schon bald soweit sein wird. Unsere Familie wird eine große Rolle dabei spielen. Es ist wichtig, dass du dich an mich erinnerst. Erzähle deinen Kindern und Kindeskindern weiter, was ich dir anvertraut habe!“

22. Auf dem Bodensee, 08. Juni, Saliha Karaca

Sein Brustkorb hob und senkte sich im Rhythmus seines Atems. Menschen im Schlaf zu beobachten hatte etwas Friedliches, dachte Saliha. Sie lag neben Jasper in eine Decke gewickelt an Bord seines Bootes und betrachtete den klaren Nachthimmel, der allmählich die Sicht auf seine unzähligen Sterne freigab. Damit sie Jaspers Einladung annehmen konnte, hatte sie extra ihren Dienst mit einer Kollegin getauscht und es nicht bereut. Der Tag war wunderschön gewesen und am Abend hatten sie in der kleinen, top ausgestatteten Küche libysch gekocht: gebratene Fischfilets mit Kartoffelfüllung und gebackenem Gemüse.

„Soweit ich weiß, gibt es Mbathn Kawali nur in Libyen - oder eben bei mir auf der Yacht", hatte Jasper augenzwinkernd gesagt. Dann hatten sie zusammen Blumenkohl in kleine Röschen geschnitten, das Ganze in einer Schüssel mit Salz, Pfeffer und Olivenöl verrührt und schließlich alles auf das ausgelegte Blech geben.

Jasper war nicht nur charmant, reich und schön, sondern auch äußerst zuvorkommend und unterhaltsam. Eben ganz anders, als alle anderen Männer, die jemals in ihr Leben getreten waren.

Als er sie bei der Ausfahrt aus dem Lindauer Hafen fragte, ob sie sich einen Ausflug über Nacht vorstellen könnte, hatte sie zuerst ablehnend reagiert. Doch im Laufe des Abends wurde ihr immer klarer, dass nicht Sex der

Grund war, warum sie auf seiner Yacht gelandet war. Sie waren Seelenverwandte, die in ihrer Jahrtausende alten Verbundenheit zusammengekommen waren, um ihr gemeinsames Schicksal zu heilen. Eine Eigenschaft, die sie nie hinter Jasper vermutet hätte, als sie ihn zum ersten Mal auf der Hütte getroffen hatte.

Konnte Bir sie in den Meditationen in unerforschte Welten führen, war Jasper ein Meister seines Faches. Mit ihm gelangte sie in Dimensionen, die die Menschen auf Erden noch nicht in der Lage waren zu leben. Saliha genoss die dortige Leichtigkeit des Seins und empfand die Rückkehr in ihren Körper stets als einengend, schwer und wenig lebenswert.

Nachdem Abendessen dann fragte er sie, ob sie Lust auf eine weitere Reise ihrer Seele hätte, oder zurück nach Lindau wolle und Saliha hatte eingewilligt, die Nacht auf dem Boot zu verbringen. Die Bilder ihrer letzten Meditation allerdings raubten ihr jetzt den Schlaf. Laut Jasper hätte sie die große Chance, den Seelenanteil in ihr in die Heilung zu führen, der damals für die Zerstörung Hobans verantwortlich gewesen war. Nun hatte sie die Möglichkeit, den Hobanern eine neue Heimat zu erschaffen. Der Preis jedoch, den sie dafür bezahlen müsste, wäre sehr hoch. Wie gerne würde sie jetzt Bir nach seiner Meinung fragen!

Saliha erinnerte sich an ihre Kindheit. Als Teenager hatte sie oft auf einem Felsen hoch über dem dunklen Waldsee gesessen und die unzähligen glitzernden Punkte, die das Sonnenlicht über die Wellen tanzen ließ, bewundert. Oft hatte sie gedacht, wie es wäre, einfach von hier oben hinunter zu springen. Würde sie durch den Tod in eine neue Welt gleiten? Ihre Seele hatte wohl damals bereits gewusst, dass einmal eine schwere Entscheidung bevorstehen würde.

Salihas Blick wanderte zurück zu Jasper, der immer noch tief und ruhig atmete. War nun die Zeit gekommen, Buße für die Sünden der Vergangenheit zu tun, auch wenn das am Ende ihren eigenen Tod bedeuten würde?

23. In den Bergen, 08. Juni – Bernd Wegener

Kurz nach zwei standen Becky und Bernd am Ufer des Sees, der eingerahmt von hohen Bergen friedlich in der Sonne glänzte. Die Glocken der Kühe läuteten in der Ferne und ein Greifvogel zog am strahlend blauen Himmel weit über ihnen seine Bahnen. „Und du bist sicher, dass du es bis zur Insel schaffst?“, riss Becky ihn aus seinen Gedanken.

Er sah ihren Blick, der demonstrativ auf seinen Bauchansatz fiel. Sofort straffte er sich. „Was glaubst du denn?“

Mit ihren nackten Zehen prüfte sie die Wassertemperatur. „Brrr, eiskalt!“

„Nur am Anfang, los komm!“ Bernd zog Hose und T-Shirt aus und legte sie ordentlich neben einen Baum. Dann rannte er mit lautem Geschrei in den See und tauchte unter. „Was ist, kneifst du?“, fragte er, als sein Kopf wieder erschien. Er hatte sich auf den Rücken gedreht und strampelte wild mit seinen Beinen, dass das Wasser nur so spritzte.

„Wehe, mich erwischt auch nur ein Tropfen!“, drohte Becky.

Bernd ließ sich treiben und beobachtete, wie sie ihr Top über den Kopf zog. Nun kam er doch noch in den Genuss, sie im Bikini zu sehen. Als Becky aus ihrem Rock schlüpfte, bemerkte er ein großes, weißes Pflaster auf ihrer Hüfte.

Ohne zu zögern, watete Becky ins Wasser und kam rasch auf ihn zugeschwommen.

„Was hast du da an der…“ Er konnte seinen Satz nicht vollenden, denn ein großer Schwall Wasser traf ihn mitten ins Gesicht. Bernd hustete. „Wie war das gerade? Wehe, mich erwischt ein Spritzer“, äffte Bernd sie nach. Er holte zum Gegenschlag aus, doch bevor er sich revanchieren konnte, tauchte Becky unter. Gebannt verfolgte er ihren Körper unter Wasser, der sich weiß leuchtend vom dunklen See abhob. Auf einmal erwischte sie ihn an den Beinen und zog ihn hinab in die Tiefe. Panisch begann er zu strampeln. Er hasste es, keine Luft zu bekommen. Nach kurzer Zeit lockerte sie ihren Griff und er erschien laut prustend über der Wasseroberfläche.

„Los, wer zuerst bei der Insel ist, hat einen Wunsch frei!“, rief sie und kraulte davon. Im gleichmäßigen Rhythmus ihres Arm- und Beinschlags glitt sie durchs Wasser und schnell entstand ein großer Abstand zwischen ihnen.

Anfangs versuchte Bernd wieder aufzuholen, doch erkannte er rasch die Ausweglosigkeit des Unterfangens und schlug ein gemächlicheres Tempo an.

Als Becky den Strand der Insel erreichte, hatte er gerade einmal die Hälfte der Distanz zurückgelegt. Das Wasser fühlte sich inzwischen empfindlich kalt an. Hoffentlich würde er keinen Krampf bekommen. Er drehte sich auf den Rücken, um wieder Atem zu schöpfen. Dabei fiel sein Blick auf die Bergwelt um ihn herum. An dem einzigartigen Panorama inmitten der Gamsschlucht konnte er sich nie sattsehen und nun war er sogar mit seiner Traumfrau an diesem wunderschönen Ort.

Als er schließlich wenige Minuten später an Land kletterte, lag Becky bereits mit geschlossenen Augen auf dem Rücken und sonnte sich. Bernd ließ seinen Blick von ihren rotlackierten Zehen aus über ihren wohlproportionierten Körper nach oben wandern und versuchte sich, dabei jeden Quadratzentimeter einzuprägen. Die Leberflecke auf ihrem Oberschenkel, die ein Dreieck bildeten; die zarten blonden Härchen auf ihrem Arm, die golden in der Sonne glänzten und ihre Brust, die sich im Atemrhythmus hob und senkte. Nicht das kleinste Detail wollte er verpassen.

Auf Beckys Lippen spiegelte sich ein Lächeln. Ob sie wusste, dass er sie anstarrte? Er trat neben sie und schüttelte seine Haare aus. Kleine Tropfen verteilten sich auf ihrer leicht gebräunten Haut. Ihr Bauch zuckte. Grinsend öffnete sie ein Auge. „Da bist du ja! Hast du unterwegs ein paar Algen gepflügt und sie dir ins Haar gesteckt?"

Bernd fuhr sich hektisch über den Kopf. Becky lachte laut auf. Ihm gefiel es, wenn sie lachte.

„Setzt du dich zu mir?“ Sie ergriff seine Hand und ein Gefühl der Vertrautheit durchzog ihn.

Bernd betrachtete ihre Finger. Sie waren schlank, die Nägel kurz und gepflegt. Rechts trug sie einen schmalen goldenen Ring. Plötzlich nahm Beckys Miene einen ernsten Ausdruck an.

„Kann ich meinen Wunsch gleich einlösen?“

Ihre Blicke trafen sich. Am liebsten würde er in ihren Armen versinken. Hier. Jetzt. Für immer. Sollte er sie einfach küssen? Bernd zögerte. Wenn es ernst wurde, fehlte ihm am Ende oft der Mut. „Klar“, sagte er stattdessen und hoffte, dass sie die Initiative ergriff.

„Was mir passiert ist, ist schwer zu begreifen. Ich verstehe es selbst nicht.“ In ihren Augen spiegelte sich Unsicherheit.

Bernd spürte den dicken Kloß in seinem Hals. Warum verhielt er sich in romantischen Momenten stets wie ein Stück Holz?

„Ich hab‘ gestern nicht alles erzählt, das würde ich gerne jetzt nachholen.“

„Ist das dein Wunsch?“ Bernd schaute sie enttäuscht an.

Becky erwiderte nichts. Plötzlich spürte er ihre Anspannung. Unwillkürlich rutschte er näher und streichelte ihre Hand. Sie war ganz zart.

„Ja, aber ich weiß nicht wie ich beginnen soll“, sagte

sie.

„Probiere es einfach Satz für Satz!“ Bernd lächelte ihr aufmunternd zu.

Becky holte tief Luft. Es schien, als müsse sie all ihren Mut zusammennehmen. Dann platzte es aus ihr heraus. „Jasper ist wahrscheinlich der Vater meines Sohnes!“

Bernds Gesichtszüge entglitten ihm und er blickte sie entgeistert an.

„Jasper weiß nichts davon“, fuhr Becky hastig fort.

In seinem Hirn überschlugen sich die Gedanken und er rutschte wieder ein Stück von ihr ab. Dann schüttelte er entsetzt den Kopf. „Wahrscheinlich? Wie viele kommen denn in Frage?“ Sein Tonfall war schärfer als beabsichtigt.

„Es ist nicht leicht, darüber zu sprechen. Wir hatten Mittsommer auf einem Berg gefeiert, die Nacht war dunkel und ich hatte zu viel gekifft.“ Plötzlich wirkte Beckys Gesicht verschlossen.

Er wartete. Sie wollte ihm ihr Herz ausschütten, das zeugte von Vertrauen.

„Leod hat sich ständig an mich herangemacht. Ich hatte keine Lust darauf und machte mich auf den Heimweg. Dabei habe ich mich verlaufen. Plötzlich traf ich auf einen Deutschen, der dort zeltete. Ich weiß nicht mehr, was genau passiert ist, ich war so anhänglich. Dann kam ein zweiter Mann dazu und...“

„Jeder durfte mal...“, platzte es aus Bernd heraus.

Beckys Ohrfeige traf ihn hart und unerwartet. Perplex rieb er sich seine Wange, während Becky aufsprang und zum See rannte. Er war zu weit gegangen und sofort tat es ihm unendlich leid.

Am Wasser drehte Becky sich noch einmal um. Er sah die Tränen in ihren Augen, spürte den Schmerz, den sie empfand, als sie ihm ihre Antwort ins Gesicht schleuderte: „Plötzlich lag ich mit zerrissenen Kleidern auf dem Boden. Es hat so verdammt wehgetan! Ich spüre seine Stöße in meinem Unterleib noch heute!“

Beckys Worte zogen ihm den Boden unter den Füßen weg. Er war ein Idiot. „Warte!“, rief er und rannte ihr hinterher, während sie bereits in Richtung Ufer schwamm. Er brauchte fast die gesamte Strecke, um sie einzuholen. „Ich habe geredet, ohne nachzudenken. Entschuldige, bitte!“, rief er außer Atem.

Endlich drehte Becky sich zu ihm um. Ihr Blick zerriss ihm das Herz. Sie öffnete den Mund, um etwas zu sagen, doch plötzlich zuckte sie zusammen. Erschrocken fasste sie sich an den Hals. „Ich glaub’, mich hat etwas Übles gestochen.“

Bernd sah das Blut an Beckys Hand, wie sie es abwusch und dann weiter schwamm. Kurz darauf kippte ihr Kopf nach vorne und sie versank wie ein Stein. Mit wenigen Zügen erreichte er ihren schlaffen Körper, der schwerelos durch das dunkle Wasser glitt.

Er griff nach ihrem Arm. Es kostet ihn seine ganze Kraft, sie wieder nach oben zu ziehen. Laut keuchend gelangte er mit ihr ans Ufer. Sie war bewusstlos, doch Gott sei Dank atmete sie. Er legte sie in die stabile Seitenlage und rannte zu seinen Sachen, um das Handy aus der Innentasche seines Rucksacks zu kramen.

Netzsuche, stand auf dem Display. Bernd fluchte. Schnell zog er die Schuhe an und rannte los. Schon nach ein paar Metern begann die Luft in seinen Lungen zu brennen und er bekam Seitenstechen. Das Tempo würde er nicht lange durchhalten. Er versuchte, ruhiger zu werden und seinen Atem zu kontrollieren.

Da rauschte plötzlich ein Mountainbike-Fahrer im knallpinken Telekom-Trikot mitten aus dem Wald. Bernd machte einen Satz zur Seite. Fast hätte er ihn umgefahren. „Hey, warte! Anhalten! Bitte, ich brauche Hilfe!"

Doch der Radler trat nur noch kräftiger in die Pedale. Bernd überhäufte ihn mit allen Schimpfwörtern, die ihm in den Sinn kamen, und kickte wütend ein paar Steine hinterher. Das Display zeigte noch immer keinen der heißersehnten Balken, die eine Netzverbindung bestätigten. Bernds Verzweiflung wuchs. Er fühlte sich hilflos wie noch nie zuvor in seinem Leben.

Endlich traf er an der nächsten Kreuzung auf ein älteres Paar, die sich ihm auf zwei E-Bikes näherten. Entschlossen stellte er sich ihnen in den Weg. „Sie schickt der Himmel!" Bernd hatte Mühe, zu Atem zu kommen, als er hastig die Situation erklärte. Die beiden versprachen, einen Krankenwagen zu schicken.

Zurück am See versuchte Bernd voller Panik Beckys Puls zu fühlen, doch es war aussichtslos. Sein Herz hämmerte zu stark. Deshalb beugte er sich zu ihren Lippen hinunter, um den Atem zu spüren. Aber da war nichts!

Er nahm seine Sonnenbrille ab und hielt sie vor Beckys Mund. Ein Trick, der vom letzten Erste-Hilfe-Kurs hängen geblieben war. Er betrachtete die Gläser. Erleichtert stellte er fest, dass sie angelaufen waren. Sie atmete!

Dann hörte er auch schon das Martinshorn und schloss erleichtert die Augen. Kurze Zeit später legten die Sanitäter Becky eine Sauerstoffmaske an und schoben sie auf einer Trage in den Rettungswagen. Im Krankenhaus angekommen, wurde sie sofort in die Notaufnahme gebracht. Bernd wartete schweren Herzens vor der Tür. Er rief Emma und Chris an, erreichte jedoch jeweils nur die Mailbox. Die Nummer von Beckys Eltern hatte er nicht und da er nicht wusste, wen er sonst benachrichtigen sollte, blieb er einfach sitzen und blätterte in einer Zeitschrift, ohne den Inhalt darin wahrzunehmen.

Knapp eine Stunde später öffnete sich endlich die Tür. Bernd sprang auf. „Wie geht es Becky?“

Der Arzt trat auf ihn zu. „Sind Sie mit Frau Rothschild hier?“ Bernd nickte.

„Sind sie ein Verwandter?“

„Ihr Freund“, dehnte Bernd die Wahrheit.

„Ich bin Dr. Wichard. Gehen wir bitte in mein Büro.“

Bernds Mund fühlte sich trocken an, während Dr. Wichard ihm seine Hand auf die Schulter legte und ihn in ein kleines Zimmer am Ende des Ganges bugsierte. Sein Herz klopfte bis zum Hals. Warum sagte der Arzt nichts?

„Setzen Sie sich bitte.“ Dr. Wichard holte tief Luft.

„Frau Rothschild hatte einen allergischen Schock." Der Arzt stützte seine Ellenbogen auf den Schreibtisch und faltete die Hände. „Es tut mir sehr leid, aber wir konnten nichts mehr für sie tun. Sie ist soeben verstorben."

24. Auf dem Khadwana, 08. Juni – Chris O'Sullivan

Die staubige Sandpiste im Hinterland von Delhi schien kein Ende zu nehmen. Seit etwa einer halben Stunde holperte Chris als Sozius hinter Archisha auf einem Motorrad ins Nirgendwo. Die Sonne ging bereits unter und er hoffte inständig, dass sie es noch vor Einbruch der Dunkelheit bis zu ihrem Ziel schaffen würden. Obwohl sie das Hotel bereits am späten Vormittag verlassen hatten, war es inzwischen schon nach halb sieben. Archisha hatte in Delhi noch ein paar Besorgungen gemacht und durch den schlechten Zustand der Straße waren sie nur sehr langsam vorangekommen.

Chris konnte sich nicht vorstellen, wie das „wahre Indien" aussehen würde, von dem Ahay gesprochen hatte.

„Man kann das nicht in Worte fassen. Du kannst es nicht verstehen, sondern nur spüren!", hatte Archisha gesagt, während ihre Augen geheimnisvoll funkelten.

Die gesamte Fahrt über war ihnen niemand begegnet. Menschenleer breitete sich die Piste vor ihnen aus und Chris schloss die Augen. Der laue Abendwind wehte sanft über sein Gesicht und Archishas Körper verströmte einen zarten Duft, der sich mit dem Geruch der vorbeiziehenden

Umgebung mischte. Immer höher schlängelte sich der Weg durch die Berge hinauf. Hier gab es keine Bäume und nur noch wenige Gräser, so dass selbst die Ziegen, die er zuvor hin und wieder am Wegrand entdeckt hatte, diesem öden Hügelzug fern blieben. Meilenweit nur Steine, Staub, Sand und ein Schwarm großer schwarze Vögel, die hoch über ihren Köpfen flogen, waren ihre Begleiter.

Archisha verlangsamte das Tempo, um ein riesiges Schlagloch zu umfahren, das sich fast über den gesamten Weg spannte. Zum Glück saßen sie auf dem Motorrad, ein Auto hätte hier längst kapituliert.

Dann sah er ihr Ziel. Instinktiv wusste er, dass dies der Ort sein würde, zu dem Archisha mit ihm wollte. In einigen hundert Metern Entfernung auf der Spitze des mächtigen Bergs, der sich nach der letzten Kurve vor ihnen auftat, stand ein Haus. Es war nicht groß, doch wirkte es kraftvoll und erhaben. Die helle unverputzte Steinmauer hob sich majestätisch von der dunklen Erdfarbe des Bodens ab und im Glanz der untergehenden Sonne wirkte das Gebäude mit den kleinen Türmchen in den Ecken wie aus einer anderen Welt. Archisha gab wieder Gas und Chris hätte um ein Haar das Gleichgewicht verloren. Reflexartig hielt er sich an ihrem Bauch fest.

Wenige Minuten später stoppte sie ihr Zweirad vor einer steilen Steintreppe, die die letzten Meter bis zur Tür hinaufführte. Chris stieg ab und trat ein paar Schritte in Richtung Abhang. Da löste sich eine Reihe von Steinen und rollten in einer Staubwolke hinab. Weit unter ihnen breitete sich eine mit Gras und Büschen bewachsene Ebene bis zum Horizont aus. Durch sie hindurch schlängelte sich ein Fluss, der im Licht der letzten Sonnenstrahlen glänzte.

„Schau mal, ein Savannenadler." Chris folgte Archishas Zeigefinger in Richtung Himmel, wo sich soeben die glutrote Sonne für heute von diesem Teil der Erde verabschiedete.

„Unter uns erstreckt sich die Halbwüste Thar. Die Adler leben im Tal-Chhapar, das ist ein kleines Naturschutzgebiet in Churu."

Chris legte den Kopf in den Nacken und atmete tief ein. Die Luft war klar und rein, so unverbraucht und frisch, wie er es zuvor an keinem anderen Platz erlebt hatte. Außer den gelegentlichen Schreien eines Vogels und dem Rauschen des Windes herrschte eine absolute Stille.

„Breite deine Arme aus", forderte Archisha ihn auf, die plötzlich ganz nah bei ihm stand.

Ohne sie anzuschauen, folgte er ihrer Aufforderung und schloss dabei die Augen. Er wusste nicht, auf was er achten sollte. Doch mit einem Mal übermannte ihn eine mächtige Kraft, die ihn am Rücken zu packen schien und in die unendlichen Weiten der Lüfte trug, weit weg von seinen Albträumen und all den damit verbundenen Ängsten. Mit einem Male fühlte er sich unerschütterlich. Wie ein Fels in der Brandung, wie jemand, der stets Herr der Lage war und auf alles eine Antwort wusste. Eine ganze Weile stand er da und sog den Augenblick in sich auf, dann öffnete er die Augen und blickte fragend zu Archisha.

Sie lächelte wissend: „Du hast es gespürt, habe ich recht?“

Chris nickte. Am liebsten wollte er dieses Gefühl nie wieder loslassen, es konservieren, für immer.

„Das ist das Herz Indiens. Der Pulsschlag des Landes, den du hier oben in unverfälschter Reinheit empfangen kannst. Damit öffnet sich für jeden Menschen das Tor zur göttlichen Energie.“

„Zu welchem Gott?“, fragte Chris.

„Nenne ihn Jahwe, Allah, Brahma oder Gott. Es ist ganz egal, denn es ist immer die gleiche Kraft. Viele Menschen glauben, es ginge um einen bestimmten Weg, der zu Gott führt. Doch in Wirklichkeit waren all die Propheten keine Botschafter irgendwelcher Religionen, sondern einzig und allein Verkünder der Liebe, die den Menschen die ewige Sicht auf die Welt zeigen wollten, welche stets im Augenblick begründet liegt. Bei der Frage des Glaubens geht es nicht darum, was richtig oder falsch ist, sondern zu erkennen, wer du bist. Dazu schlägt Gott dir ein Leben lang einen Weg vor. Um ihn zu wählen, brauchst du Mut und den unbedingten Willen, das loszulassen, was dich bislang ausgemacht hat. Entscheidest du dich dafür, wird Gott dich begleiten. Doch Gott zwingt dich nicht. Du kannst auch den Weg gehen, den dein Verstand dir wertvoll erscheinen lässt. Der Preis ist allerdings, dass du dabei deinem göttlichen Plan nicht begegnen wirst.“

Archisha legte ihre Handflächen vor ihrer Brust aneinander und senkte dabei den Kopf. „Probiere das mal aus. Wenn du genau hinhörst, taucht sie auf, die Kraft der Ausgeglichenheit und der tiefsten inneren Ruhe. Das Om. Dazu vermag es aber einer gewissen Übung." Sie blickte zu ihm auf und lächelte.

Chris versuchte, das Vibrieren des Urklangs wahrzunehmen, aber alles, was er hörte, war das Rauschen des Windes.

„Es gibt noch einen Weg, das Om zu erfahren. Ich zeige ihn dir, lass uns reingehen", sagte sie nach einer Weile und hielt ihm ihre Hand hin. Zögernd ergriff er sie und Archisha führte ihn zurück zu der steinernen Treppe.

Die Sonne war inzwischen hinter den Bergen verschwunden und jemand hatte Fackeln vor dem Eingang entzündet. Das Spiel der Flammen auf der Hausmauer in der Dämmerung verstärkte das mystische Gefühl, das ihn, seit seiner Ankunft hier oben, befallen hatte. Als er den Fuß auf die unterste Treppenstufe setzte, hörte er in der Ferne das Heulen eines Tieres.

„Schakale", sagte Archisha, die seinen fragenden Blick bemerkte.

Rechts neben der Tür befand sich ein kleines Regal, in dem einige Schuhe standen. Archisha platzierte ihre dunkelblauen Mokassins neben einem Paar brauner Sandalen. Chris sah dies als Aufforderung an, seine Schuhe ebenfalls auszuziehen, und öffnete die Schnürsenkel seiner Turnschuhe.

Der Raum, den sie daraufhin betraten, war mit schweren, dunklen Holzdielen ausgelegt. In den Regalen an der Wand brannten einige Kerzen und ein würziger orientalischer Geruch schlug ihm entgegen. Er glaubte, Weihrauch zu erkennen, stellenweise erinnerte ihn der Duft aber auch an den Coffee-Shop in Amsterdam, in dem er vor fast einem Jahrzehnt seinen bislang einzigen Joint geraucht hatte.

Archisha dirigierte ihn weiter in einen hellen Raum, an dessen Ende eine Tür auf die weitläufige Terrasse hinausführte. Neben einer Buddhafigur stand ein Strauß frischer Blumen in einer kniehohen Vase aus Ton und auf dem Boden lagen bunte Kissen und Decken.

Beruhigende Klänge drangen an sein Ohr, die einmal höher und einmal tiefer durch den Raum schwangen. Er brauchte einen Moment, um zu lokalisieren, woher die Töne kamen. Dann entdeckte er einen hageren Mann in einem orangefarbenen Gewand, der in der hinteren Ecke im Schneidersitz auf dem Boden saß. Vor ihm standen goldene Schalen in verschiedenen Größen, die er mit einer Art Paukenschlägel immer wieder zum Erklingen brachte.

Archisha trat auf ihn zu und flüsterte ihm etwas ins Ohr. Der Mann nickte und zog zwei Klangschalen zu sich heran. Dann griff er nach einem Holzklöppel und legte die größere der beiden Schalen auf die flache Hand. Mit leichtem Druck führte er den Klöppel in einer gleichmäßigen Bewegung am oberen Rand entlang. Der Ton versetzte Chris Körper in eine wohlige Schwingung. Plötzlich begann der Mann mit klarer, heller Stimme zu singen.

Omatasat A Suray Bat
Guraijy Nadeh Sat
Omatasat A Suray Bat
Jero Dawi Da Madehh

„Wunderschön“, flüsterte Chris nach einer Weile ehrfürchtig, da er es unpassend fand, laut zu sprechen. „Das Lied ist unglaublich ergreifend, aber der Ton, den die Klangschale erzeugt, ist einzigartig. Ich kann nicht in Worte fassen, wie ich empfinde.“

Archisha lächelte. „Es ist einer der Urtöne der Erde, der eine sehr hohe Schwingung erzeugt. Nicht viele Menschen sind in der Lage, ihn zu hören. Tatsächlich haben manche auch schon den Raum verlassen oder kippten in Ohnmacht.“

„Was ist das für ein Ort, der so viel Kraft versprüht?“

„Die gewaltige Erdenergie, die durch den Khadwana strömt, ist seit Jahrtausenden ein begehrter Pilgerort zu dem viele, hochschwingende Menschen gekommen sind. Diese Energie ist noch heute zu spüren, vor allem tief im Inneren des Berges, wo sich ein gewaltiger Tempel befindet. Ahay und ich haben ihn deshalb zu unserer Wirkungsstätte erkoren. Kraftorte dieser Art finden wir rund um den Globus. Sie setzen Energie frei für Heilung und Bewusstseinserweiterung. Manche nehmen die Kraft bewusst wahr, so wie du. Für andere ist sie erst einmal nicht greifbar und doch durchzieht sie den Körper. An diesen Orten existiert ein Zugang zu höheren Wirklichkeiten, die mit unserem irdischen Denken nicht in Einklang zu bringen sind. Raum und Zeit verlieren sich und du rückst wieder näher an deinen Ursprung, an den Ursprung allen Seins.

Es wird die Zeit kommen, da wirst auch du den Tempel im Innern des Berges besuchen und dabei die Kraft in dir spüren, die dich zu Klarheit, innerem Frieden und letztlich zu deinem Selbst führen wird. Trägst du die Kraft erst einmal in dir, wirst auch du ein Sender dieser Kraft sein, die du an die mit dir verbundenen Menschen weitergibst. Ich bin gespannt, wie du den Ort erleben wirst. Manche haben dort Visionen, berührende Träume oder einfach nur ein tiefes Gefühl, endlich angekommen zu sein." Sie lächelte geheimnisvoll. „Aber noch ist die Zeit nicht gekommen! Willst du Tee?"

Chris, der sich auf eines der Kissen gesetzt hatte und dem Mann mit den Klangschalen lauschte, nickte, während sein Blick über die unendlichen Weiten der Hügellandschaft schweifte.

In der Ecke neben der Tür stand auf einem Tischchen ein mit Holzkohle beheizter Samowar. Daher kam der Geruch nach Rauch, den er am Anfang wahrgenommen hatte. Woher der Rauch aber seine Würze bekam, blieb ihm nach wie vor verborgen.

Archisha trat an den kunstvoll gearbeiteten Wasserkessel, stellte eine der Teetassen unter den Abflusshahn und füllte sie. Anschließend griff sie nach einer zweiten und wiederholte die Prozedur. Nach kurzer Zeit kam sie mit zwei dampfenden Tassen zurück und setzte sich neben ihn. „Darjeeling, nun kannst du den schwarzen Tee einmal in seiner ursprünglichen Heimat kosten."

Chris nippte an seinem Tee. Er hatte sich nie viele Gedanken über den Glauben an Gott gemacht. Religion war ihm nicht wichtig, sondern seiner Meinung nach in erster Linie für viele Ungerechtigkeiten und Kriege verantwortlich, mit denen die Menschheit in den letzten 2000 Jahren überzogen wurde. Für ihn bedeutete sie immer ein Synonym für Machtgier und Intoleranz.

Doch auf diesem einsamen indischen Berg wurde ihm bewusst, dass Gott mehr war. Die Atmosphäre hier oben hatte etwas Übersinnliches, ja Göttliches. Er beobachtete Archisha über den Rand seiner Teetasse. Alles kam ihm so unwirklich vor. Die Frau, die er vor zwei Wochen noch nicht einmal kannte, das Haus, sein Leben. Er stellte sich vor, wie es verlaufen wäre, wenn er in Indien geboren worden wäre. Friedlicher? Oder armseliger? „Wie zufällig es doch ist, in welche Welt wir hineingeboren werden und wie selbstverständlich sich das Leben in dieser Heimat anfühlt", sagte er plötzlich laut.

„Nichts im Universum geschieht zufällig", entgegnete sie und trat auf die Terrasse hinaus. „Deine Seele hat sich ihren Platz ausgesucht!"

Chris stellte seine Tasse auf ein Tischchen neben dem Samowar und folgte ihr. Sein Kopf war voll von den Eindrücken der letzten Stunden. Er nahm ein paar tiefe Atemzüge. „Warum hast du mir den Umschlag mit dem Bild gegeben?“

„Wenn die Zeit dazu reif ist, wird das Bild dich zur Lösung führen.“

Er schaute sie irritiert an. „Zu welcher Lösung?“

Archisha griff nach seiner Hand. „Hab’ Geduld, schon bald wirst du Antworten auf deine Fragen bekommen.“

25. Die Gruppe „Erben von Thoughts Hall“, 08.06.

16:40 Bernd: Scheiße Leute, wo seid ihr alle???????????? Es ist etwas Schreckliches passiert und keiner von euch geht ans Handy! Becky ist tot!!!

26. Sonthofen, 08. Juni – Bernd Wegener

Zum x-ten Mal hatte Bernd an diesem Abend Emmas und Chris Handy-Nummern gewählt. Schließlich warf er sein Telefon frustriert auf das Sofa. Wozu gab es die Dinger überhaupt, wenn keiner ranging?

Becky war von Jasper vergewaltigt worden. Er hätte so gerne mit ihr darüber gesprochen. Warum hatte er sich nicht einfach zusammengerissen, nur dieses eine Mal! Dann wäre Becky nicht aufgesprungen und vor ihm davongelaufen. Und würde vielleicht noch leben. Tränen, die von einer ohnmächtigen Wut zeugten, stiegen ihm in die Augen und er schlug mit der Faust in eines der Sofakissen.

Um sich abzulenken, griff er nach der Fernbedienung und zappte durch die Programme. Denn noch etwas trieb ihn um. Als er am See auf den Krankenwagen gewartet hatte, konnte er nicht anders. Die Neugier war zu groß und so riss er das nasse Pflaster ab, das auf Becky Hüfte klebte. Es war keine große Überraschung, vielmehr hatte er bereits geahnt, dass darunter ein Tattoo erscheinen würde. Eines, das ihr auf die Haut gebrannt worden war.

Becky war also ein Teil des bizarren Rituals gewesen und nicht Saliha, wie er zuerst vermutet hatte. Doch weshalb hatte sie diese schmerzvolle Aktion über sich ergehen lassen und wer war der Mann, der es aufgebrannt hatte?

Ein fremder Klingelton riss ihn aus seinen Gedanken. Es dauerte einen Moment, bis er realisierte, dass es Beckys Handy war, welches noch immer in der Küche am Ladekabel hing. Auf dem Display leuchtete eine Nummer mit ausländischer Vorwahl. Als Bernd sich meldete, herrschte ein kurzes Schweigen, doch dann fragte ein Mann in englischer Sprache nach Becky.

„Wer sind Sie?“, fragte Bernd.

„Mein Name ist Leod Bowen. Ich bin ein alter Freund aus Wales.“

Leod. War das der Leod, von dem Becky erzählt hatte? „Becky ist tot“, sagte Bernd wenig einfühlsam.

Wieder war es am anderen Ende einen Moment still. „Dann waren sie also schneller.“

Bernd hörte, das Leod mit den Tränen kämpfte.

„Becky hatte gestern davon gesprochen, dass wir ihren Mörder finden müssen, bevor er zuschlägt. Wissen Sie was sie damit meinte?“, fragte Bernd nach einer Weile.

„Ich bin in Lindau, können wir uns treffen?“

Bernd dachte einen Augenblick nach. Schmerzerfüllt erinnerte er sich an Beckys Blick, bevor sie zurückgeschwommen waren. „Wohin soll ich kommen?“

„Ich bin im Hotel Sonne. Sagen wir um 18 Uhr an der Bar?“

27. Auf dem Khadwana, 08. Juni – Chris O’Sullivan

Chris lehnte sich an das Geländer auf der Terrasse, nicht ohne vorher dessen Stabilität getestet zu haben, und ließ seinen Blick über das karge Land in die Ferne schweifen. Am Horizont konnte er die Dünen und Kiesebenen der Thar erkennen und im Osten erstreckten sich bewohnte Siedlungen.

Chris atmete tief ein. Der milde Abend war kein Vergleich zu der drückenden Schwüle in Delhi. Er konnte sich nicht sattsehen an dem überwältigenden Ausblick ins Tal. Da war sie wieder, die unbeschreibliche Kraft, die von dem Ort ausging. Stärker und heftiger als je zuvor durchfuhr sie seinen Körper. Es war eine tiefe, intensive Verbindung. Vertraut und heimelig und doch fremd. In Indien war das Leben einfacher, improvisierter und weniger hektisch. Die Menschen begegneten ihm meist aufgeschlossen und er liebte die stimmungsvolle Atmosphäre in Häusern wie diesen.

„Hast du dich schon mal gefragt, ob du an einem anderen Ort glücklicher wärst?“, fragte er und dachte dabei an die Möglichkeit, die ihm sein Großvater bot. Würde er den Mut aufbringen, es auszuprobieren?

Die junge Inderin trat neben ihn und ein Hauch von Jasmin umströmte seine Nase. „Seit meinem achten Lebensjahr nicht mehr“, erwiderte sie. „Ab da habe ich gelernt: Alles hat seinen Sinn und dient einem höheren Ganzen. Damit ist es nicht relevant wo du lebst, sondern wie!“

Er runzelte die Stirn und Archisha lachte.

„Das klingt komplizierter als es ist. Deine Seele ist hier auf der Erde, um einen Auftrag zu erfüllen. Sobald der Augenblick gekommen ist, kannst du dich deiner Aufgabe nur unter großen Entbehrungen entziehen und wenn du es tust, wirst du keine Zufriedenheit erfahren. Deshalb rate ich dir: Folge deiner inneren Stimme und du wirst reich beschenkt werden. Habe keine Angst davor, neue Wege zu gehen und dabei Vertrautes zurückzulassen. Furcht blockiert, sie bringt dich nie weiter. Also folge deinem Herzen und du wirst, wie Gott dich erdacht hat.“

„Und wie spüre ich, dass mein Herz etwas möchte und nicht der Verstand?“

„Eine sehr gute Frage.“ Archisha dachte einen Moment nach. „Hör auf die kleinen Impulse, die plötzlich aus dem Nichts zu kommen scheinen. Sei achtsam und demütig und glaube daran, dass du es mit stetiger Übung schaffen wirst.“ Sie löste sich vom Geländer und wandte sich um.

An der Balustrade stand ein hübsch gedeckter Tisch, um den jemand Windlichter in Gläsern arrangiert hatte, die den Kübelpflanzen zu geheimnisvollen Schattenspielen verhalfen. „Ahay hat mir einst einen sehr weisen Spruch mit auf den Weg gegeben: Entscheidend sind nicht Wissen und Können, sondern Glauben und Vertrauen. Tief in dir steckt der Grund, warum du hier auf Erden bist. Vertraue darauf, dass du den richtigen Weg gehst, auch wenn er manchmal steinig und mühsam erscheint. Dein Seelenweg eröffnet sich dir, wenn du damit beginnst, dein Herz mit der göttliche Kraft, die uns ständig und überall umgibt, zu verbinden. Das entstandene Licht wird dir deinen Weg erleuchten. Und bitte, sei dir eins bewusst, werte nicht: Alles im Leben hat seinen Sinn!

Du willst wissen, ob du den Weg deines Herzens auch verfehlen kannst? Nein, es ist immer der Weg, der sich ohne nachzudenken gut anfühlt, egal wie irrsinnig er auch erscheinen mag, wenn du ihn zu gehen beginnst.“

Chris betrachtete Archisha. Mit den offenen Haaren sah sie noch jünger aus, doch umgab sie eine Vollkommenheit, wie er es nur von deutlich älteren Menschen kannte.

Langsam begann sich die Dämmerung über das Tal zu legen und nach und nach tauchten in der Ferne vereinzelte Lichter auf. „Ich habe von dir geträumt“, sagte er unvermittelt. „Noch bevor ich dich zum ersten Mal hier getroffen habe, hast du in meinem Traum versucht, mir das Leben zu retten, nachdem ein Mann mich niedergestochen hat."

„Die Welt, in der wir leben, ist ein Wunder, wenn wir gelernt haben, sie richtig zu lesen", sagte Archisha und ein Lächeln umspielte ihre Lippen. „Ich will dir erklären, wieso du diesen Traum hast."

Eine hagere Inderin betrat lautlos die Terrasse, um Tee nachzuschenken. Archisha nahm sogleich einen Schluck aus ihrer dampfenden Tasse und Chris wunderte sich, dass sie sich nicht die Lippen verbrannte.

„Das Universum entstand aus einem mächtigen Gedanken einer schöpferischen Kraft. Denn die Grundlage der Wirklichkeit in der wir leben, ist nicht etwa Materie, sondern ein allumfassendes Bewusstsein. Das heißt, etwas Geistiges erschafft etwas Physisches. Von diesem schöpferischen Geist haben wir uns getrennt, als wir hier auf die Erde kamen und doch spüren wir, dass es eine Welt jenseits unserer Vorstellung und allen Wissens gibt. Manche Menschen finden den Zugang zu dieser Welt wieder. Dadurch kennen wir die großartige Bestimmung der Erde. Sie war auserkoren, das Licht im Universum zu sein, hell erleuchtet und voller Liebe. Das biblische Paradies hat es wirklich gegeben und die Möglichkeit, dass wir wieder dorthin zurückkehren können, war noch nie so nah wie heute. Doch damit die Rückkehr gelingt, müssen alte Denkmuster aus den Köpfen der Menschen verschwinden, die eine fremde Macht in ihre Köpfe gepflanzt hat."

Chris erinnerte sich an das Gespräch im Nirula's. „Ahay sprach davon, dass wir dem Großteil der Bevölkerung die Augen öffnen werden. Weißt du, was er vor hat?“

„Gaia, die Schutzpatronin der Erde, hat eine Kraft erschaffen, die den Glauben an die materielle Welt zerbrechen kann. Danach wird der Mensch wieder in der Lage sein, sich im Kollektiv dem Einfluss des göttlichen Universums zu öffnen. Es wird ein Wandel erfolgen von der Illusion der Trennung hin in die Wirklichkeit der Verbundenheit, mit allem was uns umgibt, denn das gesamte Leben im Kosmos entspringt einer einzigen Urquelle. Kämpfe, Konkurrenzdenken und Machtstreben werden ein Ende haben, stattdessen werden Solidarität und Gemeinwohl wieder in den Mittelpunkt rücken.“

Archishas Wangen glühten vor Erregung. „Du hast mich in deinen Träumen gesehen, weil ich dabei war, als Gail die Erde verlassen musste, da Nathan Brady ihr das Leben nahm. Der Traum ist eine Warnung, die deine Seele dir schickt, damit du diesmal die richtige Entscheidung triffst.“

Ihr Blick nahm einen geheimnisvollen Ausdruck an. „Glaube mir, etwas Großartiges steht uns bevor und wir werden eine entscheidende Rolle darin spielen. Vertraue deinem Gefühl. Noch ein paar Tage, dann ist es soweit, dann wird das Herz der Erde ihr wahres Gesicht zurückgeben und allen Egoismus auslöschen!“

„Das Herz aus meinem Traum?“, fragte Chris überrascht. Nun sprach auch sie davon.

„Ein Herz aus Rosenquarz, aufgeladen mit der göttlichen Liebe, wird den Wandel auf diesem Planeten ins

Rollen bringen und wir werden in der Lage sein Gaias Bewohner zurück ins Paradies zu führen! Doch müssen wir sehr vorsichtig sein. Es darf nichts schief gehen, es ist unsere letzte Waffe. Falls wir versagen, ist die Erde dem Untergang geweiht."

Vorsichtig nippte er an seinem heißen Tee. „Hast du gerade wir gesagt?" Chris schaute Archisha verständnislos an.

„Das ist der Grund, warum Ahay dich hier her gebeten hat. Du bist Teil des Teams."

Chris lachte irritiert auf. „Ich? Von welchem Team sprichst du?"

In dem Moment öffnete sich die Tür, und die Kellnerin balancierte ein großes Tablett sowie einen Korb mit Naan, an den Tisch. Sie hatte eine goldene Kette im Haar, deren Anhänger ihr in die Stirn hing. Mit einem entschuldigenden Lächeln auf den Lippen verschwand sie genauso leise, wie sie gekommen war.

„Komm, setzen wir uns. Das Essen hier ist unschlagbar!"

Chris zählte sechs tönerne Töpfe, die alle auf kleinen Stövchen köchelten. Archisha hob den ersten Deckel unter dem ein herrlich duftendes Lammfleisch in dunkler Soße schwamm.

Sie nahm ein Stück Naan, tauchte es in den Topf und löffelte geschickt ein kleines Fleischstück heraus. „Es schmeckt herrlich, greif zu."

Ein wenig ratlos schaute Chris sich um. Er entdeckte

weder Besteck noch einen Teller.

„Du musst das Naan in etwa so falten.“ Mit geübten Fingern drückte sie das indische Fladenbrot zusammen und formte es wie einen Löffel.

Chris tat es ihr nach, hatte aber wie bereits im Nirula‘s Schwierigkeiten, ein Stückchen Fleisch zu ergattern. Kurzerhand griff er nach einem weiteren Naan und schob damit das Lamm auf den eingetunkten Fladen.

Archisha lachte: „Das ist jetzt zwar nicht die indische Art, aber erfüllt seinen Zweck.“

Einen Moment lang genossen sie schweigend das Essen. Das Fleisch war wunderbar zart. Chris schmeckte Koriander und Kreuzkümmel aus der Soße heraus. Die Schärfe trieb ihm Schweißperlen auf die Stirn. Trotzdem empfand er sie nicht als unangenehm.

„Ich will dir die Geschichte des Herzens erzählen. Es war einst im Besitz von Nur Jahan, der mächtigsten Frau Indiens der damaligen Zeit. Sie bekam es über ihren Bruder Hasan, der es von einer Reisenden aus Europa erhalten hatte. Das Herz ist ein Symbol für das Licht der Welt, der Liebe und den Frieden auf Erden.“

28. Agra, 25. Mai 1611 – Abu’l-Hasan Asaf Khan

Hasan stand abseits der Menschenmassen, die vor dem Palast ausgelassen die Hochzeit des indischen Mogulherrschers Jahangir mit seiner 20. Frau feierten. Soeben verkündete die frischvermählte Braut: „Ich, Nur Jahan, Licht der Welt, werde dich, Jahangir, dem Eroberer der Welt, auf deinem Weg unterstützen und deine Last auf meinen Schultern tragen, solange mein Herz schlägt und so lange meine Lungen sich mit Atemluft füllen. Ich will Frieden und Liebe über unser Volk und die benachbarten Völker bringen. Wir werden der Erde das Licht zurückzugeben, damit diese und mit ihr all die auf ihr lebenden Geschöpfe in friedlicher Eintracht existieren können, ohne Kriege, ohne Leid, ohne Hass."

Hasan traute seinen Ohren nicht. Die Frau eines Mogulherrschers hatte das Recht, ihren Namen zu ändern und seine kleine Schwester Mehrunnisa wurde nun von ihrem Mann ausgerechnet Nur Jahan, Licht der Welt, genannt – genauso wie es Gail damals vorhergesagt hatte.

Mit einem Schlag war seine Vergangenheit wieder zurück und mit ihr das schlechte Gewissen. Über die Jahre hatte er alles erfolgreich verdrängt, hatte sich in Arbeit gestürzt und am Hof Karriere gemacht. Doch niemand konnte sich gegen den Willen der göttlichen Macht stemmen. Hatte sich das Universum für einen Weg entschieden, mussten die Geschöpfe ihm folgen oder man war dem Tod geweiht.

Er hatte keine Wahl, er musste seine Schwester so schnell wie möglich sehen. Noch am Abend des nächsten Tages hatte er die Gelegenheit dazu. Nur Jahan empfing ihn im Palast der Sonne, in dem die Frauen des Mogulherrschers wohnten. Er saß in einem hellen, lichtdurchfluteten Raum und betrachtete das Gemälde einer Landschaft, die

Hasan an Kandahar erinnerte.

Er war damals acht Jahre gewesen, als seine Familie ein paar Monate in dieser Stadt gelebt hatte. Sie waren aus Persien geflohen und auf dem Weg nach Indien kurz vor Aşgabat von Räubern überfallen worden. Fast alles wurde ihnen geraubt, aber wenigstens konnten sie ihr Leben retten.

Asmat, seine Mutter, wurde jedoch stark verwundet und die ganze Familie bangte um ihr Leben. Wie durch ein Wunder trafen sie damals in Aşgabat auf eine junge Frau aus dem Abendland, die die Kunst des Heilens beherrschte. Solange seine Mutter sich schonen musste, kümmerte sie sich um Hasan und seine beiden Geschwister. Mit ihren roten Haaren und ihrer blassen Haut kam sie ihm wie ein Engel vor. Er konnte nicht genug davon kriegen, ihr Haar zu berühren und als sie ihm eines Tages eine lange Locke abschnitt und ihm gebunden mit einem leuchtend blauen Band überreichte, war es das schönste Geschenk, das er je erhalten hatte.

Hasan erinnerte sich genau an den Tag, als die junge Frau mit dem fremdländischen Namen Gail ihm das Herz gegeben hatte. Nach Wochen in Kandahar hatte seine Familie den Ort Hals über Kopf verlassen und war mit dem Heer des damaligen Mogulherrschers Akbar an den Hof in Delhi gereist, da sein Vater dort eine gute Stellung erhalten hatte. Kurz darauf hatte Gail eine Tochter geboren. Jasmin war wie eine kleine Schwester mit ihm aufgewachsen.

Noch immer bedauerte er, dass Jasmin als junge Frau nach dem Tod ihrer Mutter in deren Heimat fuhr, um ihr Andenken für die Nachwelt zurückzubringen, wie sie sich damals ausgedrückt hatte. Zu gerne würde er wissen, was aus ihr geworden war.

Nur wenige Sommer hatten sie zusammen in Frieden und Wohlstand gelebt, bevor der Mann aus Gails Heimat aufgetaucht war. Wie aus dem Nichts hatte er den sonnigen Nachmittag im Garten des Hofes mit Gails Blut besudelt.

Hilflos hatte Hasan neben der schwerverletzten Gail gestanden, bis er erkannte, dass sie ihm etwas mitteilen wollte. Er beugte sich zu ihr hinunter.

„Hasan, höre mir zu. Ich möchte dir ein Geheimnis anvertrauen."

Hasan unterdrückte seine Tränen, um die leise Stimme der Sterbenden besser zu verstehen.

„Du bist ein starker Junge. Das weiß ich. Und du musst weiterhin stark sein. Was ich dir jetzt sage, darfst du keinem Menschen erzählen. Das Leben aller Menschen hängt davon ab."

„Von allen Menschen auf der ganzen Welt?", hatte er damals geschluchzt.

„Ja Hasan, das Leben von allen Menschen auf der ganzen Welt. Nimm das Messer und schneide meine Röcke auf. An meinem linken Bein ist ein Bündel. Nimm es an dich und verwahre es für mich."

Er griff nach dem blutigen Messer und begann den Stoff aufzuschlitzen. Etwas verlegen betrachtete er ihre weißen Schenkel. Dann löste er das Band an ihrem Bein. „Was ist das?“, fragte er und schaute auf das Säckchen in seiner Hand, in dem ein Herz aus Rosenquarz lag.

„Das ist das Herz der Menschheit. Das Licht der Welt. Es ist dafür erschaffen worden, das Leben auf der Erde zu retten.“

„Und wie?“

„Ich kann dir darauf keine Antwort geben. Vertraue darauf, dass das Herz dich leiten wird. Du wirst den richtigen Personen begegnen.“

All das lag inzwischen Jahre zurück und Hasan besaß das Herz noch immer, ohne je mit jemanden darüber gesprochen zu haben. Mit der Zeit allerdings wuchs die Bürde zu einer schweren Last heran. Doch damit sollte nun Schluss sein. Gleich würde er es seiner Schwester Mehrunnisa schenken, der neuen Nur Jahan, dem Licht der Welt.

29. Auf dem Khadwana, 08. Juni – Chris O’Sullivan

Während der Nachtisch, in Honig gebackene Bananen, serviert wurde, hielt Archisha inne mit ihren Erzählungen von Hasan und Nur Jahan. Erst als die hagere Inderin in ihrem knallgelben Sari wieder im Haus verschwunden war, fuhr sie fort.

„Den Rest seines Lebens zweifelte Hasan, ob es die richtige Entscheidung war, das Herz an seine Schwester gegeben zu haben. Nur Jahan wurde am Palast mehr und mehr die Drahtzieherin hinter Jahangir, der langsam seine Alkohol- und Drogensucht nicht mehr beherrschen konnte. Sie war eine sehr angesehene Persönlichkeit und im Grunde genommen die heimliche Herrscherin des Mogulreiches. Das führte sie auf die Anwesenheit des Herzens zurück, das sie in einem kleinen Tempel aufbewahrte, den sie den Tempel des Lichts nannte und in den sie sich häufig zum Gebet zurückzog.

Das Verhältnis zu ihrem Bruder verschlechterte sich zusehends. Aus Angst vor Hasan ließ sie mittlerweile den Tempel des Lichts rund um die Uhr bewachen. Hasan war in der Zwischenzeit ein einflussreicher Gegner geworden, denn seine Tochter hatte vor Jahren einen Sohn von Nur Jahans Mann geheiratet.

Nur Jahan befürchtete, dass Hasan Jahangirs Sohn als Erbe in Position bringen wollte. Damit hätte er zwei Fliegen mit einer Klappe geschlagen. Hasan würde seine Macht weiter ausbauen, denn dann wäre seine Tochter die Frau des Herrschers und gleichzeitig wäre Nur Jahan entmachtet.

Hasan hingegen haderte mit Nur Jahans Sturheit und hätte sie und ihren gehassten, von Drogensucht gekennzeichneten Mann, lieber früher als später aus dem Weg geräumt.

Im Jahre 1626, Nur Jahan war inzwischen 49, witterte Hasan seine Chance. Jahangir wurde auf dem Weg in sein geliebtes Kaschmir von Rebellen gefangen genommen und Hasan ließ seine Beziehungen spielen, um seinen Schwiegersohn und dessen Tochter endlich zum Herrscherpaar zu machen. Doch noch einmal schaffte Nur Jahan die Wende. Aufgrund ihres Verhandlungsgeschicks kam Jahangir frei. Hasan wetterte und zeterte, doch ein Jahr später schließlich, am 28. Oktober 1627, starb Jahangir auf dem Weg nach Lahore. Hasan reagierte sofort und stellte Nur Jahan, die ihren Mann begleitet hatte, unter Hausarrest. Danach übernahm Hasans Sohn den Thron und nannte sich Shah Jahan, König der Welt.

Er war keiner, der übermäßig am Gemeinwohl interessiert war, sondern er errichtete Denkmäler, die heute noch die Gegend prägen. Seine Frau Mumtaz Mahal, was Juwel des Palastes bedeutet, erhielt das Herz. Zu seinem Bedauern hatte es Hasan sein ganzes Leben lang nicht mehr zu Gesicht bekommen.

Zunächst schenkte es auch Mumtaz viel Kraft. Wie Nur Jahan hatte auch sie großen Einfluss auf ihren Mann und setzte sich für Arme und Entrechtete ein. Jedoch war die Zeit reif für die eigentliche Bestimmung des Herzens und da sich Mumtaz dagegen wehrte, wandte es sich von ihr ab.

Nur knapp vier Jahre nach der Machtübernahme starb sie in Folge von Komplikationen bei der Geburt ihres 14. Kindes. Shah Jahan fand das Herz in ihren Schlafgemächern, maß ihm aber keine Bedeutung zu und legte es als Beigabe in ihr Grab. Dort liegt es bis heute."

Chris hatte Archisha schweigend zugehört. „Hat Shah Jahan nicht das Taj Mahal erbauen lassen?"

„Ja, es ist die Grabstätte seiner Frau, Mumtaz Mahal." Nachdenklich betrachtete Chris die junge Inderin. Er fühlte einen seltsamen Stich im Magen, als in ihm das Gefühl aufstieg, sich dieser Geschichte nicht mehr entziehen zu können. Im Gegenteil, eine Kraft schien ihn immer stärker daran zu binden. „Und was willst du jetzt machen?"

„Wir holen es uns zurück."

Chris verschluckte sich am Rest des Lamms. „Du willst in ein Grab im Taj Mahal einbrechen?"

Archisha nahm ein neues Stück Brot, tunkte es in den Topf und steckte es sich in den Mund. Dann warf sie Chris einen abschätzend Blick zu. „Ich werde nicht alleine gehen. Du musst mir dabei helfen."

Chris lachte laut auf. „Ich? Niemals!"

An Archishas Blick erkannte Chris, dass die junge Inderin es ernst meinte.

„Sag mal, bist du verrückt? Das ist Totenschändung, Diebstahl von kulturellem Erbe, Hausfriedensbruch und was sonst noch alles! Wenn sie uns erwischen, wandern wir in den Knast!"

„Das wird nicht passieren. Niemand wird etwas bemerken."

„Ach ja?", ereiferte sich Chris. „Was macht dich da so sicher?"

„Das Universum will, dass es so geschieht."

„Ach so, das Universum will, dass es so geschieht! Dann ist das natürlich ganz was anderes! Also was soll's.

Klauen wir das Ding, wenn wir damit die Welt retten können. Nur blöd, dass ich gerade nicht im Training bin. Wenn ich das gewusst hätte, hätte ich zu Hause noch geübt und zuallererst die goldenen Kronleuchter aus Schloss Neuschwanstein entwendet."

Chris biss ein Stück von seinem Naan ab und kaute ärgerlich darauf herum.

„Lass es mich dir bitte in Ruhe erklären, warum es nur diese Option gibt."

„Es ist mir völlig egal, ob ihr glaubt, dass es da nur eine Möglichkeit gibt", fiel er ihr ins Wort, „mit ein bisschen Nachdenken tun sich immer andere Wege auf. Für mich steht fest, dass ich es nicht mache. Da gibt es nichts zu diskutieren. Mir ist egal, wo das Herz liegt. Dadurch wird sich die Welt auch nicht verändern. Ich sehe nicht, was ich damit zu tun habe."

„Gaia hat das Herz mit einem Schutz versehen. Es kann nur von einer alten Seele, die es bereits einmal besessen hatte, aus dem Grab entnommen werden." Archisha Gesicht nahm einen entschuldigenden Ausdruck an. „Es tut mir leid, aber momentan gibt es nur zwei Seelen auf der Erde, die diese Voraussetzung erfüllen."

„Ist doch super, dann kann es ja der andere machen."

Archisha schüttelte den Kopf. „So einfach ist das nicht."

„Warum, ich sehe darin keine Schwierigkeit oder hat er bereits abgelehnt?"

„Nein. Ich habe sie noch gar nicht gefragt."

„Und warum nicht?“

„Weil dir das noch weniger recht wäre, denn die andere Person ist Emma. In ihr ist die Seele von Hieronymus Laine zurückgekehrt.“

Chris starrte sie entgeistert an. Das alles war absolut lächerlich.

„Wenn der Zeitpunkt gekommen ist, den das Universum für günstig erachtet, müssen wir die Mission durchführen. Wenn wir uns gegen den Willen des Universums stellen, wird keiner der Erben überleben.“ Archisha nahm einen Schluck Tee. „Im Jahre 1576 wurden Joseph Melone und dessen Freund Hieronymus Laine von Nathan Brady getötet, der das Herz vernichten wollte. Gail hingegen gelang die Flucht, die sie bis nach Indien führte. Sie schaffte es, das Herz vor Hoban in Sicherheit zu bringen. Dadurch bewahrte sie den folgenden Generationen die Möglichkeit, die Erde auf den Weg der Liebe zurückzuführen, sobald sich die Erben von Thoughts Hall wieder zusammengefunden haben. Und das ist jetzt der Fall.“

Der flackernde Schein der Kerzen begann zu verschwimmen. Birs Stimme auf der Wildegger Alm erklang plötzlich in seinem Kopf: Gemeinsam haben wir, die Erben von Thoughts Hall, geschworen, solange auf die Erde zurückzukehren, bis Hoban besiegt ist. Deine Seele hieß damals Gail O’Sullivan.

„Sagt dir der Name Arthur McCloud etwas?“

Archisha nickte. „Er spielte die entscheidende Rolle, als Nathan Brady den Schwur der Erben einst mit einem

Fluch belegte. Das Kloster ging in Flammen auf und Arthur war verschwunden. Sollte daher seine Seele nach einer erneuten Zusammenkunft der Erben vermisst werden, würde dies fortan das Sterben aller Mitglieder im Bund der Erben von Thoughts Hall auslösen. Der Fluch wird nur gebrochen, wenn die Zeremonie zum Sieg des Lichts vollzogen wird."

Mit einem Mal hatte Chris schreckliche Kopfschmerzen und es gelang ihm kaum noch, einen klaren Gedanken zu fassen. Die Ereignisse wurden also mit dem Verschwinden Arthur McClouds eingeleitet. Jasper hatte Bir in der Küche der Gamsenhütte so genannt. Bernd hatte ihn nicht nur einmal damit aufgezogen. Bir war verschwunden, daran gab es nichts zu rütteln. Verzweifelt suchte er nach einem Strohhalm, an den er sich klammern konnte. „Und was, wenn doch alles nur Zufall ist?"

Archisha schüttelte den Kopf. „Eure Seelen sind an diesen Schwur gebunden. Sie werden sich erneut treffen und vollenden, was vorbestimmt ist. Das ist jetzt der Fall und das Herz ist der Schlüssel, um den Fluch zu durchbrechen. Sonst wird sich die Geschichte von damals wiederholen, als zunächst Arthur McCloud verschwand und danach Emilia Montgomery, Joseph Melone, Hieronymus Laine und Gail O'Sullivan eines gewaltsamen Todes sterben mussten."

Chris schluckte. Er wusste, was das in die Gegenwart übertragen bedeutete. Nach Birs verschwinden würde Becky sterben. Doch plötzlich keimte Hoffnung in ihm auf, denn die Rückkehr von Joseph Melones Seele wurde bislang noch von niemandem erwähnt. „Und wo steckt Melones Seele? Solange dessen Seele nicht auf die Erde zurückkehrt, wird gar nichts passieren."

Archisha strich mit ihren Händen kleine Fältchen auf der weißen Tischdecke glatt. „Das ist richtig. Doch leider kann ich dir keine Hoffnungen machen, denn das ist das letzte untrügliche Zeichen, dass die finale Schlacht im Kampf um das Vermächtnis begonnen hat." Archisha hob ihren Blick und schaute Chris direkt in die Augen. „Melones Seele ist bereits auf dem Weg zur Erde. Sie erlebt die Wiedergeburt in eurem Baby."

Nach dem Abendessen wollte Chris alleine sein. Das Gespräch mit Archisha hatte ihn aufgewühlt. Er folgte den Stufen aus Sandstein, die zum oberen Abschnitt der Straße führten, auf der sie heute Nachmittag hergefahren waren. Der dunkle, klare Himmel war tief beeindruckend. So viele Sterne auf einmal hatte er noch nie gesehen.

Am Ende der schmalen Treppe setzte er sich auf die letzte Stufe und schaute ins Tal. Auf dieser, der Terrasse abgewendeten Seite, entdeckte er drei kleine Siedlungen, die spärlich beleuchtet waren. Gedankenverloren starrte er in die Lichter der Dörfer. Bald begannen sie vor seinen Augen miteinander zu verschwimmen.

Auf einmal entdeckte er, wie weit unter ihm ein Feuer aufloderte. Wahrscheinlich verbrannte jemand Müll oder Pflanzenreste. Immer höher züngelten die Flammen.

Plötzlich spürte er eine Hand auf seiner Schulter. „Das Dorf heißt Tawdiash. Dort lehrte mich Ahay zu meditieren und meine innere Mitte zu finden. Ich lernte, dass es mehr gab zwischen Himmel und Erde, als das, was wir sehen können. Es ist stets der eigene Blick auf die Situation, die den Menschen nach Bewertung und Abwägung zum Handeln bewegt. Die Kunst ist, dass du dich nicht von deiner Angst, sondern von deinem Herz leiten lässt. Erst dann bist du wirklich frei und wirst deiner Bestimmung folgen!"

Archisha wandte sich ihm zu und sah direkt in seine Augen. „Es wäre eine Verschwendung des Seelenwegs, wenn du zu etwas bestimmt wärst und würdest aus reiner Angst nicht handeln. Vertraue mir. Das Herz wird dir nach seiner Befreiung den Weg der Liebe weisen. Denn es wird vom Licht angezogen, nicht von den Schatten der Welt!"

Chris sah in die tiefbraunen Augen der jungen Inderin. Dabei kam es ihm vor, als blickte er direkt in die Seele der Erde. Mit einem Mal erkannte er ihre Leiden, spürte den Schmerz und sah all die geschundenen Flecken und Narben, die einem riesigen Brandherd gleich, sich immer weiter ausbreiteten. Aber es war nicht nur die Erde, die er sah. Es war, als ob er gleichzeitig in die Seelen aller Menschen blickte, die ihm tiefe Verletzungen offenbarten. Er spürte Angst, Trauer und Hass, die auf ihnen lasteten. Das Innere jedes Einzelnen schien ein Abbild der verletzten Erde im Miniaturformat zu sein.

Das aufkommende Gefühl behagte ihm nicht, denn es führte ihn in eine Richtung, die er sich weigerte einzuschlagen. Doch konnte er es überhaupt noch verhindern?

Hier oben auf dem heiligen Khadwana drang eine Kraft in ihn ein, die ihm ein Gefühl der Unbesiegbarkeit gab und plötzlich fühlte sich auch ein Einbruch ins Taj Mahal nicht völlig falsch an. Dieser Gedanke machte ihm Angst.

„Du kannst alles, was du glaubst, denn du bist, was du denkst. Veränderung erfordert Hartnäckigkeit, Mut und ein reines Herz. Das alles trägst du in dir, Chris O'Sullivan. Jeder Mensch besitzt die Möglichkeit, sich seine Realität zu erschaffen. Nur glauben sie nicht daran, dass sie dazu fähig sind, genau wie du!"

Konnte die Welt wirklich so einfach sein? Er betrachte Archisha. Ihre Augen blickten ihn so tiefgründig und zugleich liebevoll an und wenn er etwas sagte, hatte er den Eindruck, dass sie mit jeder Faser bei ihm war und ihm aufmerksam zuhörte. „Was passiert, wenn ich meine Aufgabe vollende und das Herz an seinen richtigen Platz bringe?", fragte er zögernd.

„Du, sowie alle anderen Menschen auf der Erde werden reich beschenkt."

„Womit?"

„Du bist doch Christ?"

Chris nickte.

„Hast du dich nie gefragt, warum den Menschen der Weg ins Paradies versperrt bleibt, obwohl Jesus für die Sünden der Menschheit gestorben ist? Damit müsste doch auch der sogenannte Sündenfall aus der Welt geschaffen sein.“

Chris schwieg. Er wusste es nicht und er hatte sich auch noch nie Gedanken darüber gemacht.

„Der Grund ist: Wir hatten von Anfang an keine Chance, weil sich Hobans Hochkultur bereits vor uns hier auf Erden formiert hat. Doch Gaia nahm den Kampf auf und erschuf ein Herz, das ausgewählte Seelen mit der reinsten Frequenz der Herzensliebe aufgeladen haben. Wenn der Zeitpunkt gekommen ist, werden wir uns das Paradies zurückholen und die Erde darf endlich so sein, wie sie erdacht worden war!“

30. Die Gruppe „Erben von Thoughts Hall“, 09.06.

08:17 Emma (Sprachnachricht): Guten Morgen. Wie schrecklich mit Becky. Tut mir leid, ich hatte gestern mein Handy gar nicht mehr eingeschaltet. Das Thema verfolgt uns. Gestern habe ich Präsentationsmappen von meinen Schülern über besondere Inseln korrigiert, die sie sich selbst ausgesucht hatten. Ein Schüler wählte tatsächlich Clare Island! In seiner Mappe war das Bild, das Chris von Archisha bekommen hatte. Wisst ihr, wer es gezeichnet hat? Arthur McCloud!

Außerdem verbirgt das Gemälde ein echtes Geheimnis, denn die schwarze Statue oben rechts in dem von Felsen umgebenen Plateau wurde nachträglich in das Bild eingefügt. So geschickt, dass man es mit bloßem Auge nicht erkennen kann. Die Frage ist, warum wurde das gemacht und von wem?

In der Nacht habe ich wirres Zeug geträumt, von Bir und einer alten Frau, die im Sterben lag.

10:42: Saliha: Die Träume sind der Zugang zur Seele. Sie helfen dir, dich besser zu verstehen. Wenn man sie deuten kann, unterstützen sie dich, den richtigen Lebensweg einzuschlagen.

10:44 Emma: Kannst du das?

10:59 Saliha: Träume deuten? Nein. Bir hätte es gekonnt.

16:35 Chris (Sprachnachricht): Ich sitze hier auf dem Khadwana und weiß nicht, wann meine Nachricht gesendet werden kann, aber ihr werdet nicht glauben, was Archisha heute Abend behauptet hat: Ich soll helfen, ein Herz aus Rosenquarz zu finden, weil es der Menschheit das Paradies zurückbringen wird.

16:37 Chris (Sprachnachricht): Wir fahren nachher ins Dorf. Archisha muss telefonieren und so bekommt ihr hoffentlich endlich meine Nachrichten zugestellt. Es ist echt unglaublich. Ich muss erst mal meine Gedanken sortieren, denn die Geschichte geht noch weiter: Archisha hat wie Bir die Erben von Thoughts Hall erwähnt! Und noch schlimmer: Auf den Erben lastet ein Fluch. Damals vor über 500 Jahren verschwand Arthur McCloud. Innerhalb kürzester Zeit starben daraufhin Emilia Montgomery, Joseph Melone, Hieronymus Laine sowie Gail O'Sullivan.

Wisst ihr, was das bedeutet? Bir hat mit seinem Absturz den Fluch ausgelöst. Wenn wir nichts unternehmen, wird sich die Geschichte laut Archisha wiederholen und einer nach dem anderen wird sterben.

Doch es gibt etwas, das ich tun kann, um den Fluch zu brechen.

16:52 Chris: Fuck! Jetzt hat es eure Nachrichten erst geladen und ich habe von Beckys Tod gelesen. Leute, ich glaube, wir stecken wirklich in der Klemme. Der Fluch schwebt bereits über den Erben. Bernd, du fährst sofort zu Emma und passt auf sie auf.

17:01 Bernd: Alter, ich bin gerade auf dem Weg ins Hotel Sonne nach Lindau und treffe mich mit einem alten Bekannten von Becky, der vorhin auf ihrem Handy angerufen hat. Danach fahre ich sofort zu Emma.

17:03 Emma: Jetzt mal langsam. Mir geht es gut. Warum sollte Bernd kommen? Solange Melones Seele nicht auftaucht, kann mir doch gar nichts passieren.

17:05 Chris: Die fehlende Seele ist bereits auf dem Weg zu uns.

17:09 Bernd: Okaayy... und hat deine hübsche Inderin dir

auch mitgeteilt, wo sie im Moment steckt?

17:11 Chris: Liebling, ich hätte es dir gerne anders gesagt. Melones Seele hat sich unser Baby ausgesucht, um auf die Erde zurückzukehren.

17:13 Jasper: Herzlichen Glückwunsch an das verliebte Paar. Und mein Beileid zu Beckys Tod.

17:19 Emma: Aber ich bin doch gar nicht schwanger!!

17:23 Bernd: Darauf würde ich mich nicht verlassen. Hast du auch erfahren, wie wir den Fluch stoppen können?

17:26 Chris: Wir brauchen das Herz. Archisha will es mit mir aus einem Sarg holen.

17:30 Emma: Was????

17:33 Bernd: Wirst du zum Leichenschänder?

17:36 Chris: Schlimmer. Der Sarg steht im Taj Mahal. Dort müssen wir einbrechen.

17:38 Emma: Spinnst du? Lass den Blödsinn!

17:40 Chris: Und wenn Archisha recht hat?

17:43 Jasper: Mach doch einen Schwangerschaftstest, dann hat das Rätselraten ein Ende!

17:47 Emma: Ich halte zwar nichts von dem Quatsch, aber ich mache den Test gleich morgen früh. Und Chris: Davor unternimmst du gar nichts!

31. Lindau, 09. Juni – Bernd Wegener

Es war kurz nach sechs, als Bernd die Hotelbar betrat. Sie besaß keine Fenster und er hatte zunächst Mühe, sich an das schummrige Licht zu gewöhnen. Hinter der hölzernen Theke polierte ein Kellner Gläser. Bernd orderte ein Weißbier und setzte sich auf einen Barhocker, als jemand zu ihm trat.

„Bist du Bernd?“

Bernd drehte sich um. Seine Augen weiteten sich vor Entsetzen, als er Leod erblickte. Vor ihm stand ein Mann, dessen Gesicht von unzähligen Narben gezeichnet war. Er nickte zögernd.

„Freut mich, ich bin Leod.“ Sie schüttelten sich die Hände.

„Was ist mit deinem Gesicht passiert?“, entschied sich Bernd für die Flucht nach vorne, während Leod ein Pils bestellte.

„Ist eine blöde Geschichte.“ Leod setzte sich neben ihn. „Ich saß zu Hause in Irland vor einem Glas Pale Ale im Pub so wie hier an der Theke und hatte bereits definitiv zu viel getrunken, als zwei Deutsche sich neben mich setzten. Es kam zum Streit und plötzlich packte mich einer der beiden und ich flog durch die große Glasscheibe neben der Eingangstür."

„Autsch!" Bernd verzog das Gesicht. Schon die Vorstellung allein verursachte ihm Schmerzen.

Der Barkeeper servierte das Bier und die beiden stießen an. Leod nahm einen großen Schluck. „Die plastische Chirurgie hat sich aber großartig entwickelt und mein Arzt hat mir versprochen, dass sie das eines Tages ganz gut hinkriegen werden. Doch fehlt mir dazu noch eine Stange Geld." Mit dem nächsten Zug leerte Leod sein Bier und bestellte gleich noch eines. „Sollen wir rausgehen? Die haben einen netten Biergarten hier."

Bernd schüttelte den Kopf. Beim Anblick von Leods Gesicht war er ganz froh, hier im Halbdunkel zu sitzen. „Vielleicht ist es besser, wenn nicht so viele Leute mitbekommen, was wir zu reden haben", meinte Bernd und deutete auf eine Sitzgruppe in der hintersten Ecke der Bar.

Leod zuckte mit den Schultern. „Einverstanden."

Sie warteten bis Leods Glas wieder gefüllt vor ihm stand, dann nahm Bernd Bier und Bierdeckel und erhob sich. Leod folgte seinem Beispiel.

In der Ecke rutschte Bernd auf die Bank. Zu seiner Überraschung setzte sich Leod daneben und nicht auf den Stuhl gegenüber. „Woher kennst du Becky?"

Bevor Leod antwortete, nahm er erneut einen Schluck aus seinem Glas und wischte sich danach mit dem Handrücken den Mund ab. Bernd fragte sich, wie viel Gläser Leod noch schaffen würde, bevor er sein erstes Bier ausgetrunken hatte.

„Ich habe Becky vor 10 Jahren in Wales kennengelernt, ein halbes Jahr nachdem die Sache mit meinem Gesicht passiert ist. Ich wandelte damals auf den Spuren eines alten Walisers. Sein Name war Nathan Brady. Die Suche führte mich auf eine abgeschiedene Burg in den Cambrian Mountains. Dort traf ich auf eine Gruppe von Leuten. Wir meditierten und beteten für eine bessere Welt."

Bernd zog die Augenbrauen hoch, ohne ihn zu unterbrechen. Was Menschen nicht alles machten.

„Der Wald lieferte, was wir zum Leben brauchten. Niemand verirrte sich normalerweise zu uns, doch kurz vor unserer geplanten Sonnwendfeier tauchte Becky auf. Ich verliebte mich in sie und ich glaube, sie fand mich auch anziehend, trotz meines abschreckenden Gesichts."

So konnte man sich täuschen, dachte Bernd, verkniff sich aber zu sagen, dass Becky ihn als aufdringlich empfunden hatte. „Wer war dieser Nathan Brady?"

„Er begegnete mir zum ersten Mal auf Clare Island in besagter Bar. Brady war so zusagen der Auslöser meines Fenstersturzes." Leod lachte laut auf und hielt sich an seinem Glas fest. „Auf der Theke stand ein Ständer mit Postkarten für Touristen. Eine davon zeigte das Porträt von Nathan Brandy, der vor 500 Jahren auf Thoughts Hall sein Unwesen trieb." Leod packte ihn am Unterarm. Seine

Hand war kalt und feucht. „Glaube es oder nicht. Sein Blick, der mich von der Postkarte aus anstarrte, hat mich seit frühester Kindheit verfolgt, ohne zu wissen, dass er ihm gehörte. Dann kamen die beiden Deutschen herein. Ein großer Dicker und ein muskulöser Blonder."

Ungläubig starrte er Leod an. Ein Mann mit stechendem Blick, davon hatte auch Bir gesprochen, nachdem Chris ihm über die Vorkommnisse im Red Fort berichtet hatte.

„Du warst doch auch oben auf der Hütte mit Becky?", riss ihn Leod aus seinen Gedanken.

Bernd nickte.

Leod nahm sein Handy und zeigte ihm ein Bild auf Beckys Facebookseite. Bernds Magen zog sich zusammen, als er das Foto sah. Becky mit Jasper auf dem Boot im Lindauer Hafen mit zwei Sektgläsern in der Hand.

„Eigentlich hätte ich mich an diesem Abend mit Becky getroffen, doch dummerweise blieb mein Bus mit Motorschaden auf halber Strecke zum Flughafen stehen und ich verpasste mein Flugzeug." Leod fixierte ihn mit hellen, leuchtenden Augen, die im krassen Gegensatz zu seinem vernarbten Gesicht standen. „Dieser Typ hier, Jasper, wie ich seit gestern weiß, hat mich damals durch die Scheibe geworfen. Was für ein Zufall, oder?" Leod trank sein Bier aus und winkte dem Kellner mit dem leeren Glas, ohne dass dieser Notiz von ihm nahm.

„Und weißt du, wie es dazu kam? Ich saß an der Theke und hielt Jasper die besagte Postkarte unter die Nase.

Keine Ahnung was mich dazu bewegt hat. Plötzlich herrschte ich ihn an, er solle mich nicht so anschauen wie dieser Bastard. Ohne Witz, ich war echt überzeugt, es wären Bradys Augen mit denen er mich fixierte! Obwohl ich völlig betrunken war, sah ich die Veränderung in Jaspers Gesicht. Dieser Name war ihm definitiv ein Begriff. Aber er ging nicht darauf ein. ‚Geh heim Junge und schlaf deinen Rausch aus', meinte er beschwichtigend, doch ich ließ nicht locker, lallte, ihm diese vermaledeiten Augen auszustechen. Jasper lachte, doch da hatte ich plötzlich das Messer in der Hand. Ehrlich, ich weiß nicht warum, ich bin normalerweise niemand, der sich prügelt, schon gar nicht mit Waffen. Es kam zum Kampf. Trotz des Messers war Jasper stärker und schließlich flog ich mit dem Kopf voraus durch die Fensterscheibe."

Nachdenklich starrte Bernd in sein Glas. „Weißt du, dass Jasper Becky vergewaltigt hat, nachdem sie bekifft an Mittsommer den Berg verlassen hatte."

Entsetzt schaute Leod in an. „Ist nicht dein Ernst?"

Bernd nickte nur und trank sein Glas aus. Plötzlich hatte er große Lust, seinen Frust im Alkohol zu ertränken. „Glaubst du, dass Jasper etwas mit Beckys Tod zu tun haben könnte?"

„Möglich. Zumindest taucht er mir in der Geschichte zu häufig auf der falschen Seite auf."

Bernd winkte dem Ober und bestellte für sich und Leod ein neues Bier.

„Was ist so besonders an seinem Blick?", fragte Bernd,

als sie den ersten Schluck von ihrem frisch gezapften Bier genommen hatten.

„Aus ihm blickt die Hölle Hobans!“

Bernd betrachtete Leod skeptisch von der Seite und erkannte, dass sich langsam der Alkoholkonsum des Abends in seinen Augen abzeichnete.

„Brady belegte den Schwur der Erben mit einem Fluch.“

„Was wollt ihr bloß alle mit diesen gottverdammten Erben?“ Bernd wurde mit einem Mal laut und blickte sich erschrocken um. Doch sie waren nach wie vor die Einzigen in der schummrigen Bar. Die anderen Gäste hatten es vorgezogen, die letzten Sonnenstrahlen des Tages draußen im Biergarten zu genießen.

Leod rückte näher an Bernd heran und senkte die Stimme. „Wir sind etwas unglaublich Großem auf der Spur, doch Hoban stellt sich uns in den Weg.“

Leods Nähe behagte Bernd ganz und gar nicht und er drückte sich die letzten verbleibenden Zentimeter in die Ecke. Nun würde er ihm nicht mehr weiter ausweichen können.

Eindringlich starrte Leod ihn an. „Da draußen ist jemand, der die Erben von Thoughts Hall töten wird. Alle, ohne Gnade und es obliegt uns, das zu verhindern!“

32. Die Gruppe „Erben von Thoughts Hall“, 10.06.

06:04 Emma: Schwanger!

06:09 Chris: Glückwunsch mein Liebling. Auch wenn ich mir den Augenblick romantischer vorgestellt hätte...
Die Würfel sind gefallen, wir sind bereits auf dem Weg ins Taj Mahal!

06:11 Emma: Warte! Gibt es wirklich keine andere Lösung?

06:14 Chris: Archisha sagt, es wird nichts passieren, weil ein Teil der Wachen auf unserer Seite steht.

06:25 Jasper: Hole das Herz, O'Sullivan und schreibe deine Heldengeschichte! :-) Viel Glück!

06:29 Emma: Das beruhigt mich nicht. Sei vorsichtig, bitte!

33. Die Gruppe „Erben ohne Jasper“, 10.06.

Bernd hat die Gruppe „Erben ohne Jasper“ erstellt.

Bernd hat Saliha hinzugefügt.
Bernd hat Chris hinzugefügt.
Bernd hat Emma hinzugefügt.

Bernd hat Bir hinzugefügt.

08:02 Bernd: Leute, ich habe im Schock über Beckys Tod eine entscheidende Kleinigkeit vergessen: Jasper und Becky kannten sich aus Wales! Er hat sie dort vor knapp zehn Jahren vergewaltigt und sie befürchtet ihr Sohn ist dabei entstanden. In jedem Fall ist Jasper nicht der, der er vorgibt zu sein! Lasst uns besser die wichtigen Dinge in dieser Gruppe ohne ihn kommunizieren!

34. Agra, 10. Juni – Chris O'Sullivan

Archisha stoppte den Wagen am Rand einer kleinen Siedlung und stellte den Motor ab. Auf dem staubigen Parkplatz standen nur wenige Autos. Chris löste den Sicherheitsgurt und atmete tief durch. Seit dem Abendessen spürte er einen starken Druck in seiner Magengegend, als hätte ihm jemand eine Faust in den Bauch gerammt. Noch lag ihr Ziel ein Stück entfernt.

Um die Außenfassade des Taj Mahals vor zerstörerischen Abgasen zu schützen, war eine Sperrzone für Fahrzeuge eingerichtet worden und deshalb mussten sie das letzte Stück zu Fuß zurücklegen. Am liebsten würde er allerdings jetzt umkehren.

Als sähe Archisha ihm seine Zweifel an, versuchte sie ihn zu ermutigen: „Du weißt, dass wir keine andere Wahl haben." Für einen kurzen Moment lag ihre Hand auf seinem Arm. „Fürchte dich nicht, das Schicksal steht auf unserer Seite. Du musst lernen zu vertrauen!“

Sie stieg aus und Chris folgte ihr. Er konnte nicht verhindern, dass seine Knie zitterten. Lerne zu vertrauen! Als ob ihm das in seiner jetzigen Situation helfen würde.

Die Straßenlaterne, die an einem Kabel über dem Parkplatz hing, tauchte den Platz in ein fahles Licht. Am Rand auf einer schmalen Mauer saßen eine Handvoll Männer und rauchten. In dem Hageren, der mit weit aufgeknöpftem Hemd und zerrissener Hose zu ihnen herüber starrte, glaubte Chris den Mann wiederzuerkennen, der ihm heute Nachmittag besonders aufdringlich eine völlig überteuerte Postkartenserie verkauft hatte, als sie im Strom der Touristen das Taj Mahal erkundeten. Jetzt ärgerte er sich darüber, nachgegeben zu haben.

Das leise Stimmengewirr verstummte, als er zusammen mit Archisha die Gruppe passierte. Chris schob seine Baseballmütze tiefer ins Gesicht und sein Herz schlug schneller. Es kam ihm vor, als könne man ihm ansehen, dass er gleich in die bekannteste Grabstätte Indiens einbrechen würde.

Als sie die letzten Häuser hinter sich gelassen hatten, verschwand Archisha plötzlich wortlos in einem Gebüsch. Unschlüssig blieb Chris stehen und starrte in die dunkle Ansammlung von Laubgehölzen am Wegesrand, Tulsi Büsche, die in unregelmäßigen Abständen nebeneinander gepflanzt waren. Bei seinem ersten Aufenthalt in Delhi hatte ihm ein Taxifahrer erzählt, dass ein Tulsi für Schutz,

Gesundheit und ein langes Leben stünde.

„Hilfst du mir mal?“, flüsterte Archishas Stimme aus der Dunkelheit. Dann tauchte sie plötzlich auf, mühsam ein Fahrrad über den unebenen Untergrund schiebend. „Damit sind wir schneller“, sagte sie und drückte ihm das Rad mit einem breiten Lächeln in die Hand.

Skeptisch betrachtete er das heruntergekommene Vehikel im Schein der Straßenlaternen. Der Zug der Vorderbremse war gerissen und der hintere Reifen fast platt. Dieses Fahrrad machte den Eindruck, als könnte es ihn nicht einmal zwei Meter weit tragen.

„Das bezweifle ich“, murmelte Chris, als Archisha sich auf ein zweites Fahrrad schwang, das sich in ähnlicher Verfassung befand. Sie rollten los, ohne Licht, während Chris Mühe hatte, Archisha auf der mit Schlaglöchern durchzogenen Sandpiste zu folgen. Dabei ratterte sein Zahnrad bei jeder Umdrehung unaufhörlich, so dass er befürchtete, ihr Kommen bereits lautstark anzukündigen. Noch nie in seinem Leben hatte er eine solche Angst verspürt.

Mit der Zeit wurden die Straßenlaternen spärlicher, während Bäume und Büsche immer dichter standen und das Mondlicht daran hinderten, zu ihnen durchzudringen. Niemand begegnete ihnen. Nur das ferne Jaulen eines Hundes begleitete ihre Fahrt.

Trotz des milden Fahrtwindes rann ihm ein kalter Schauer über den Rücken. Was, wenn heute Nacht etwas schief liefe? Sein ungutes Gefühl steigerte sich, als sie die mit Überwachungskameras bestückte Außenmauer des Taj Mahals erreichten. Unüberwindbar ragte sie wie bei ihrem Besuch heute Nachmittag in die Höhe, nur die Soldaten, die aus Angst vor terroristischen Anschlägen davor patrouillierten, waren jetzt verschwunden.

Sie versteckten die Räder im Straßengraben und gingen in Richtung einer kleinen hölzernen Tür, die sich abseits des Haupteingangs befand. Archisha drückte die Klinke herunter, für Chris die letzte Gelegenheit, das Vorhaben doch noch abzubrechen. Einen Moment zögerte er, doch dann ließ er sie ungenutzt verstreichen. Wie von Archisha vorhergesagt, schwenkte die Tür problemlos auf und die beiden huschten hindurch.

Sie befanden sich ungefähr in der Mitte des Geländes auf halber Höhe zwischen Haupteingang und Mausoleum. Neben den Wegen standen überall verteilt einzelne, schlank gewachsene Büsche im Gras. Oder waren es Wachen? Angestrengt starrte Chris in die Dunkelheit. Doch nichts bewegte sich.

Im Schutz der Mauer schlichen sie in Richtung der Gräber. Gerade als sie aus dem Schatten der Bäume traten, kämpfte sich der Mond durch die Wolken und tauchte den Park in eine mystische Atmosphäre. Chris stockte der Atem. Vor ihm schimmerte der Marmor des imposanten Totenhauses in einem gespenstischen Weiß. Ehrfurchtsvoll sog er den Moment in sich auf. In der Stille der Nacht spürte er ganz deutlich die Kraft, die von diesem Ort ausging und trotz seiner Angst fühlte er sich auf eine unbeschreibliche Art willkommen. Ihm war, als hätte ihn der Ort schon lange Zeit sehnsüchtig erwartet.

„Komm weiter“, drängte Archisha, „nicht alle Wachen sind auf unserer Seite.“

Ohne Zwischenfall passierten sie den Eingang, der zur letzten Ruhestätte von Shah Jahal und seiner Frau Mumtaz führte. Die weiße Mauer im Innern reflektierte das einfallende Licht und machte eine Taschenlampe unnötig. Prachtvoll leuchteten die mit Edelsteinen versetzten Mosaike von den Wänden. Schon heute Nachmittag hatte der Fremdenführer das Geschick der Edelsteinschneider gepriesen, die die Kunstwerke mit einer ungeheuren Passgenauigkeit fertigten, doch in der friedlichen Stimmung der Nacht, wirkten sie beinahe, als hätte Gott sie mit eigenen Händen erschaffen.

Fasziniert starrte Chris auf das Farbenspiel, während Archisha bereits an die beiden Särge in der Mitte des Raumes herantrat. Diese standen, umschlossen von einer achteckigen Marmorwand, aus der aufwendige Verzierungen herausgemeißelt worden waren, auf zwei prunkvollen Sockeln.

Chris folgte Archisha durch eine der beiden Öffnungen und stellte sich neben sie an das Kopfende des kleineren Sarges. „Wird nicht ganz leicht sein“, sagte er beim Anblick des mit Blumenmosaiken geschmückten Deckels. Als er den rauen Stein ergriff, durchzuckte eine glühende Hitze seine Hände. Sofort ließ er ihn los und trat einen Schritt zurück. „Ihr scheint nicht zu gefallen, was wir hier tun.“

Archisha schüttelte den Kopf. „Mumtaz Mahal hat das Herz bald 500 Jahre für uns aufbewahrt. Glaub' mir, sie ist froh, wenn sie die Bürde endlich los ist.“ Entschieden griff sie nach dem Stein und Chris blieb nichts anderes übrig, als widerstrebend mit anzupacken. Unter großer Anstrengung schafften sie es, den Deckel wenigstens soweit zur Seite zu schieben, dass er mit einer Hand hinein fassen konnte. Vorsichtig spähte er durch die Öffnung, aus der ihn dunkle Augenhöhlen bedrohlich anstarrten.

Chris versuchte, ein Gefühl des Ekels zu unterdrücken. Irgendwie musste er sich ablenken. „Wieso liegt sie auf der Seite?“, fragte er deshalb.

„Moslems werden immer mit Blick nach Mekka beerdigt“, erklärte Archisha.

Plötzlich sah er den rosa Schimmer, der von Mumtaz Bauch auszugehen schien. Dort lag es, das Symbol der reinsten, göttlichen Liebe, mit dessen Hilfe sie den Lauf der Geschichte durchbrechen wollten. Noch einmal holte er tief Luft, dann streckte er entschlossen seinen Arm durch den Spalt. Zentimeter für Zentimeter schoben sich seine Finger an den rauen Knochen des Skelettes entlang, bis sie das Herz endlich erreichten. Glatt und zart fühlte es sich an und strahlte eine Wärme aus, die seinen ganzen Körper auf wunderbare Art erfasste. Vorsichtig löste er den Rosenquarz aus Mumtaz Umklammerung, als er auf einmal ihre Hand auf der seinen spürte. Erschrocken schrie er auf.

„Sei leise!“, zischte Archisha.

„Sie hat mich festgehalten.“

„Mumtaz Mahal hält niemand mehr fest, ganz im Gegensatz zu den Wachen, die nach deinem Geschrei vielleicht gleich hier auftauchen werden.“

Hastig griff er nach dem Herz und zog es aus dem Schrein. Es leuchtete noch heller und lieblicher als die Mosaike an den Wänden und schien in seiner Hand zu schweben. Doch mit einem Mal verschwammen die Konturen vor seinen Augen und ihm wurde schwindlig. Um nicht umzukippen, stützte er sich auf die schwere Marmorplatte des Grabes und schloss die Augen. Als er sie wieder öffnete, befand er sich plötzlich in einer anderen Welt. Grelles Sonnenlicht blendete ihn von einem strahlendblauen Himmel. Er lag im staubigen Sand auf dem Rücken, während ein kleiner Junge mit tränenüberströmtem Gesicht sich über ihn beugte und schluchzend stammelte, dass er das Herz nicht an sich nehmen wolle.

Seine Stimme klang ungewohnt sanft, als er ihm antwortete: „Du musst, Hasan, es ist die einzige Chance, sonst war mein Weg umsonst.“

Hasan blickte ihn mit seinen großen dunklen Augen ratlos an: „Aber was soll ich denn damit machen?“

„Bring es nach Irland zurück!“

„Ist das das Land, aus dem du stammst?“ Chris nickte und Hasan stand eine Weile schweigend da, bis er schließlich fragte: „Haben dort alle so schöne weiße Haut wie du?“

Erst jetzt blickte Chris an sich herab. Plötzlich hatte er blasse, mit Sommersprossen übersäte Arme und Blut tränkte sein gelbes Gewand. Vorsichtig befühlte er seine schmerzende Brust. Doch als hätte er sich die Finger an einer heißen Herdplatte verbrannt, zog er sie erschrocken wieder zurück. Das war nicht sein Körper, in dem er steckte, sondern der einer Frau!

„Chris, verdammt noch mal, wir haben keine Zeit!“, fauchte Archisha ungeduldig. „Schieben wir den Deckel wieder drauf und hauen ab.“ Schwerfällig glitt die Marmorplatte an ihren Platz zurück und Archisha drängte ihn in Richtung Ausgang. Wie in Trance taumelte Chris hinaus. Er war ein Pendler zwischen zwei Welten. In der einen lag er als Sterbende vor einem Jungen, in dem er Hasan erkannte, und in der anderen hastete er mit Archisha durch das Taj Mahal. Er schaute nach unten. Das gelbe Kleid war verschwunden, stattdessen trug er wieder seine schwarze Jeans.

In dem Moment blieb die junge Inderin abrupt stehen. Unsanft prallte Chris gegen ihren Rücken. Archisha achtete nicht darauf, sondern hob ihren Zeigefinger an den Mund. Jetzt hörte auch Chris die Schritte, die vom Bereich des Haupteingangs direkt auf sie zukamen.

„Schnell, zur anderen Seite“, zischte Archisha. Sie eilten quer durch den Raum ans gegenüberliegende Ende und schlüpften hinaus auf den kleinen Platz. Mit angehaltenem Atem lauschten sie in die Dunkelheit.

Es waren zwei Männer, die das Mausoleum mit ihren

Taschenlampen ausleuchteten. Doch da war weder Hektik noch Vorsicht in ihren Bewegungen, sie schienen sich lediglich auf einem ihrer Routine-Rundgänge zu befinden.

Geduckt schlichen Archisha und Chris die Treppe hinunter in den Park, rannten dort von Busch zu Busch über die breit angelegte Wiese, bis sie endlich den Schutz der Mauer erreichten. Außer Atem pressten sie sich an die kühle Wand, während sich die Lichtkegel der Taschenlampen, die vor den beiden Wachen entlang tanzten, in die andere Richtung entfernten.

Bald hatten sie die Stelle erreicht, an der sie hereingekommen waren. Als die kleine Tür schließlich in Sichtweite kam, fiel mit einem Mal die ganze Anspannung von Chris ab. Er fühlte sich müde, abgekämpft und vor allem erleichtert, dass alles gut gegangen war. Wie zuvor schwenkte die Tür genauso lautlos auf und kurze Zeit später standen sie wieder auf der Straße.

Archisha lächelte ihn an. „Gleich morgen früh bringen wir das Herz zum Khadwana, dort wird Ahay es auf seine Reise nach Irland vorbereiten."

„Wie wird er das machen?", fragte Chris, doch er erhielt keine Antwort, denn in diesem Moment erhellten ein paar große, auf der Mauer montierte Scheinwerfer die Nacht und zwei Soldaten stürmten aus der Tür.

„Lauf zu den Rädern!", rief Archisha, während sie selbst einen Schritt auf die beiden zuging.

Chris stand wie versteinert, unfähig sich vom Fleck zu bewegen.

„Nun mach schon, verschwinde!“, befahl sie barsch und da begann er zu rennen. So schnell er konnte, spurtete er zu seinem Fahrrad und riss es aus dem Versteck. Wie von Sinnen sauste er los. Ihm Augenwinkel sah er noch, wie einer der Soldaten seine Verfolgung aufnehmen wollte, doch Archisha stellte sich ihm in den Weg und beide stürzten im Kampf zu Boden.

Chris trat heftig in die Pedale und jagte mit einer halsbrecherischen Geschwindigkeit um die nächste Kurve. Dort verschluckte ihn die tiefschwarze Nacht. Nach einer Weile reduzierte er sein Tempo und wagte einen ängstlichen Blick zurück. Niemand schien ihm zu folgen.

Mit einem Mal kam er sich feige vor, die junge Frau schutzlos in den Händen der Soldaten zurückgelassen zu haben. Doch was wäre die Alternative gewesen? Dennoch wollte er sich lieber nicht vorstellen, was sie mit ihr alles anstellten.

Chris stoppte. Dann drehte er um und fuhr zurück. Kurze Zeit später erreichte er die Stelle, an der sie den Park des Taj Mahals verlassen hatten. Ohne die Scheinwerfer hatte er Mühe, die Tür in der Mauer zu erkennen. Von Archisha und den Soldaten fehlte jede Spur. Alles war ruhig. Gefährlich ruhig.

Nach einer Weile wurde ihm klar, dass Archisha heute Nacht nicht mehr zurückkommen würde. Es hatte keinen Sinn, sie zu suchen und sich dabei selbst in Gefahr zu bringen. Ab jetzt war er auf sich allein gestellt. Archisha hatte Recht. Er musste das Herz in Sicherheit bringen, nur das zählte. Also rannte er wieder zurück zu seinem Rad.

Völlig durchgeschwitzt erreichte er den Parkplatz, auf dem einsam Archishas Auto stand. Kein Mensch war zu sehen. Sorgfältig versteckte er das Fahrrad und setzte sich an einen Baum. Hier im Schatten der Zweige hatte er einen guten Blick auf die Straße, die in vollkommener Stille vor ihm lag.

Seine Hand umschloss das Herz in seiner Tasche. Da war es wieder. Das Kribbeln und Vibrieren. Und das Gefühl der Wärme und Liebe. Genau wie zuvor im Mausoleum, erschienen ihm erneut Bilder, die aus einer anderen Zeit zu stammen schienen. Diesmal sah er eine Steilküste. Der Wind wühlte das dunkle Meer auf und peitschte den Regen über das karge Land. Clare Island!

Dabei musste er vor Erschöpfung eingeschlafen sein, denn als er seine Augen öffnete, dämmerte bereits der Morgen. Zwei Straßenkehrer fegten den Müll des vergangenen Tages zur Seite und die ersten Händler warteten auf den Touristenansturm. Er streckte seinen verspannten Rücken und tastete daraufhin nach dem Herz. Ein stolzes Lächeln huschte über sein Gesicht. Gestern Nacht hatten sie aus einer der am besten bewachten Sehenswürdigkeit Indiens das Herz der Liebe entwendet, den Schlüssel, der laut Archisha der Menschheit das Tor zum Paradies öffnen würde. Der erste Schritt war getan, den Fluch, der auf den Erben lastete, zu besiegen.

35. Die Gruppe „Erben ohne Jasper“, 11.06.

4:30 Chris: Habe das Herz, aber Archisha ist verschwunden. Bringe es wie ausgemacht zum Khadwana.

6:40 Emma: Sei vorsichtig und melde dich so oft du kannst.

7:30 Chris: Mache ich. Habe in den Bergen aber kein Netz. Bitte mach dir keine Sorgen! Ich liebe dich!

36. Die Gruppe „Erben von Thoughts Hall“, 11.06.

4:33 Chris: Das mit dem Herz hat nicht geklappt. Details später.

6:41 Emma: Schade. Melde dich.

37. Lindau, 11. Juni – Jasper von Hohenstein

Netter Versuch, O’Sullivan, dachte Jasper und legte sein Handy weg. Er stand am Fenster seiner Dachgeschosswohnung und genoss den atemberaubenden Blick über den Bodensee. Er hatte sich gleich in das alte Gemäuer verliebt, als er Anfang Januar bei gefühlten minus zehn Grad auf den Makler wartete. Auch wenn sich außer ihm noch 30 andere Interessenten für die Wohnung eingefunden hatten, erhielt er den Zuschlag. Was er sich einmal in den

Kopf setzte, bekam er auch.

Beinahe zärtlich strich Jasper mit dem Finger über die Teetasse in seiner Hand. Er liebte dieses Material. Chinesisches Porzellan, dünn wie Papier und handbemalt mit Figuren asiatischer Mythologien, die einen 24-karätigen Goldüberzug besaßen. 18 Tassen umfasste das Service und Jasper kannte die Geschichte jeder einzelnen.

Zudem liebte er es, so nah am Wasser zu wohnen. Oft saß er einfach nur da und beobachte die Abendsonne, wie sie am Horizont versank und die Wellen in goldgelbes Licht tauchte. Gerade bahnten sich zwei Segelboote ihren Weg durch das Wasser und Jasper fragte sich, wer am Steuer saß. Früher hatte er sich zusammen mit seinem Bruder Paul oft solche Fragen gestellt. Sie hatten sich ein Spiel daraus gemacht, sich einzufühlen, was in anderen Menschen vorging, woher sie kamen, wohin sie gingen und was sie dort taten.

Plötzlich erinnerte er sich an eine Urlaubsfahrt nach Italien. Er und Paul auf dem Rücksitz des roten Kombis, sein Vater am Steuer und seine Mutter, ständig mit irgendwelchem Proviant hantierend, auf dem Beifahrersitz. Da überholte sie ein älteres Paar in einem schwarzen Jaguar. Er erinnerte sich an den entsetzten Blick seiner Mutter und die zornigen Worte seines Vaters, als er die Geschichte dieser Frau erzählte, die bereits zwei Ehemänner aus Habgier beiseitegeschafft hatte und nun den dritten Mord plante. Er notierte das Kennzeichen und forderte seine Eltern auf, die Polizei zu rufen.

Es war keine Geschichte, die er erfunden hatte, sondern er wusste, dass das, was er spürte, der Realität entsprach. Nur konnte er damals nicht verstehen, dass andere Menschen diese Gabe nicht hatten.

Jasper nahm noch einen Schluck des vorzüglichen weißen Tees und dachte dabei an das Wochenende auf der Hütte zurück. Bir war verschwunden und Becky am See gestorben. Die Geschichte von Thoughts Hall begann sich endlich zu wiederholen und damit verlief alles nach Plan. Dennoch war er unruhig, denn etwas hatte sich verändert. Er war an Bir, Becky und Saliha nicht mehr herangekommen. Seine Fähigkeit, sich in die Erben von Thoughts Hall hinein zu spüren, ihre Gedanken zu lesen und damit ihr Handeln vorherzusehen, war nach dem Hüttenwochenende sehr viel schwächer geworden. So hatte er Becky nur dadurch bei Bernd aufspüren können, weil er ihr nachgelaufen war und die Nummer des Taxis notiert hatte.

Dabei hatte seine Fähigkeit nichts damit zu tun, ob der Mensch auf der Erde noch lebte. Er konnte die Seele überall erspüren. Zeit und Raum war von jeher eine Erfindung der Menschen und für das Universum irrelevant. Warum es bei den Dreien nicht mehr klappte, hatte einen anderen Grund. Irgendetwas hatte Bir auf der Hütte veranlasst und dass Jasper nicht wusste, was es war, machte ihn rasend.

Er griff nach dem Telefon und wählte eine indische Nummer, die er sich fein säuberlich auf einer Karteikarte notiert hatte. Solange dort mit dem Herzen alles glatt lief, konnte ihm Bir egal sein.

„Guten Morgen Mister Hohenstein“, meldete sich sofort eine unterwürfig klingende Stimme.

„Habt ihr alles im Griff?“, fragte Jasper, ohne den Mann zu begrüßen.

„Ja, Sir. Im Großen und Ganzen schon.“

Jasper verzog verärgert sein Gesicht. Das indische Nein war eindeutig aus den Worten herauszuhören.

„Wo liegt das Problem Prakash?“

„Kein Problem, Sir. Nur Verzögerung.“

„Hör auf mit den Spielchen, Prakash. Ich will sofort wissen, was los ist“, herrschte Jasper ihn wütend an.

„Der Deutsche…“ Prakash zögerte. „Er ist uns entwischt.“

Jasper sagte nichts, sondern wartete, bis der Inder fortfuhr.

Prakash hielt die Pause auch nicht lange aus und erklärte weiter: „Wir haben nur die Frau geschnappt. Doch sie hatte das Herz nicht.“

„Dann verwendet sie als Geisel, bis O’Sullivan euch das Herz serviert.“

Prakash sog die Luft durch die Zähne. „Unsere Wachen wurden überwältigt. Es waren einfach zu viele. Die Frau wurde befreit.“

Zornig beendete Jasper das Gespräch. Diese Dilettanten waren auch zu nichts zu gebrauchen.

Nur die Seelen, die das Herz schon einmal besessen hatten, konnten es aus dem Grab im Taj Mahal bergen, das war die Sicherheit, die Gaia eingebaut hatte, doch sobald es die Mauern des Taj Mahal verlassen hatte, hätten seine Männer es an sich nehmen können. Dass dieser Chris O'Sullivan derart gerissen war, hätte er ihm nicht zugetraut.

Er zog eine weitere Karteikarte aus dem Kästchen aus Elfenbein. Wieder wählte er eine indische Nummer. „Ambani, was geht bei euch vor?"

Jasper hatte den Multimillionär auf einer von Ambani organisierten Wohltätigkeitsveranstaltung getroffen. 50.000 US$ hatte er damals für ein Waisenhaus gespendet, nur um an Ambanis Tisch sitzen zu dürfen. Jasper brauchte einen Zugang nach Indien und der self-made Millionär schien die besten Voraussetzungen zu bieten.

Ambani hatte mit der Zeit die Wachmannschaft an den Schlüsselpositionen im Taj Mahal mit eigenen Leuten besetzt, damit sie in dem Moment die Augen schlossen, als Chris das Herz entwendete.

„Haben Sie keine Sorge, Herr von Hohenstein. Wir werden das Herz bekommen. Es ist alles vorbereitet."

38. Auf dem Khadwana, 11. Juni – Chris O'Sullivan

„Hier ist es!", rief Chris, als er die Abzweigung wieder erkannte, die auf den Khadwana führte. Der Fahrer bremste abrupt und bog nach rechts in die schmale, staubige Straße ein, die Chris ein paar Tage zuvor mit Archisha auf dem Motorrad hinauf gefahren war.

Die Suche nach einem Taxifahrer, der den Berg kannte

und die etwa 400 km lange Strecke in Angriff nehmen wollte, hatte sich als schwieriger als gedacht entpuppt. Doch nachdem Chris den Preis erheblich erhöht hatte, erklärte sich schließlich ein schmächtiger Inder mit faltigem Gesicht bereit, ihn zu fahren.

Ungefähr 500 Meter vor dem Ziel stoppte der Fahrer. Er wandte sich um und deutete auf das tiefe Schlagloch, das sich fast über die gesamte Breite des Weges erstreckte. „Hier komme ich nicht weiter, tut mir leid." Er zuckte ratlos mit seinen schmalen Schultern.

Chris bezahlte und öffnete die Tür. „Bitte warten sie hier. Ich bin in etwa einer Stunde zurück!"

In der Ferne konnte Chris bereits das Haus auf dem Gipfel erkennen, das verlassen in der prallen Sonne stand. Außer seiner Tritte, war kein Laut zu hören.

Als das Taxi hinter einer Kurve verschwunden war, holte Chris das Herz aus der Tasche und hielt es fest in seinen Händen. Sofort stellte sich das warme, kribbelnde Gefühl in seinen Fingern ein. Er betrachtete das Herz, das tiefrosa im gleißenden Licht der Sonne leuchtete. Auf einmal fühlte er eine unendliche Dankbarkeit. „Wer bist du?", fragte er beinahe zärtlich.

Zügig ging er weiter, in der Hoffnung, dass Archisha bereits oben im Haus auf ihn wartete. Sie hatten vereinbart, sich dort zu treffen, falls sie sich beim Einbruch trennen mussten. „Und vertraue dich niemanden an!", hatte sie ihn mehrmals eindringlich gewarnt.

Eine Viertelstunde später erreichte er die Steintreppe,

die hinauf zur Eingangstür führte. Neben der Treppe befand sich ein Bretterverschlag, in dem ein staubiges Motorrad stand.

Im Gegensatz zum harmonischen Farbenspiel, dass die untergehende Sonne am Samstagabend hervorgezaubert und den Berg mit samt dem Gebäude zum Leuchten gebracht hatte, lag das Haus heute im gleißenden Licht des heißen Tages.

Chris stieg die Treppe nach oben. Zu seiner Überraschung war die Tür nur angelehnt und öffnete sich durch sein Klopfen. Zögernd trat er ein und blickte sich um. Es dauerte einen Augenblick, bis seine Augen sich an das dämmrige Licht im Inneren gewöhnt hatten. „Hallo, ist jemand hier?“, rief er zaghaft. Nichts rührte sich.

Er ging weiter in den Raum, in dem der alte Mann mit den Klangschalen gesessen hatte. Der Samowar stand wie ein paar Tage zuvor auf seinem Platz, ebenso das Tischchen in der Ecke, doch kein Feuer erhitzte das Teewasser.

„Hallo?“, rief er noch einmal und öffnete die Tür zur Terrasse. Das grelle Licht blendete ihn, so dass er für einen Moment die Hand vor seine Augen hielt. Er betrachtete die weite Ebene, die dürstend in der prallen Sonne lag. Alles sah so friedlich aus und dennoch lag eine Spannung in der Luft, die er nicht greifen konnte. Oder bildete er sich das nur ein?

Sein Blick fiel wieder auf den kleinen Schrein. Auf ihm stand eine Kerze, daneben lagen frische Blütenblätter und in einer Schale mit Sand steckten ein paar Räucherstäbchen. Ohne zu überlegen, nahm Chris die Streichhölzer und zündete beides an. Dann legte er das Herz in die Mitte. Einem inneren Impuls folgend kniete er sich nieder und schloss die Augen. Er atmete tief ein und eine unglaubliche Kraft strömte dabei durch seinen Körper.

Ein Knarren am Eingang ließ Chris erschrocken auffahren. Im Türrahmen stand ein düster dreinblickender Sikh in einem dunkelblauen Gewand. Instinktiv wich Chris zurück. Plötzlich nahm er auf der Terrasse einen Schatten wahr. Zwei weitere, schwarzbärtige Gestalten mit rotem und orangem Turban verstellten ihm den Weg.

Hatten Sie ihm aufgelauert? Eilig schnappte er sich das Herz vom Schrein und zwängte es in seine Hosentasche. Dann schaute er sich um. Die einzige Fluchtmöglichkeit, eine hinabführende Treppe, lag vor ihm. Ohne zu zögern, rannte er los. Die alte Holzstiege ächzte bedrohlich unter seinen Schritten.

„Warte!“, rief ihm einer der Männer hinterher. „Nicht da lang!“

Doch Chris hörte nicht auf sie. Die Wände an der Seite waren aus behauenem Fels. Vielleicht führte der Weg hinunter in den Tempel im Innern des Khadwanas, von dem Archisha gesprochen hatte.

Beherzt nahm er die letzten drei Stufen auf einmal und sprang in die Dunkelheit. Kurz bevor er aufkam, erkannte er, dass das ein großer Fehler gewesen war, denn dort, wo er in Bruchteilen von Sekunden landen würde, gähnte ein schwarzes Loch, das nur notdürftig mit ein paar Latten gesichert war. Das Geräusch von splitterndem Holz hallte durch die Finsternis, als er krachend hindurch brach und mit einem lauten Schrei in die Tiefe fiel.

Ein stechender Schmerz durchzog seine Knie beim Aufprall. Chris schlitterte einen Abhang hinab, während er verzweifelt versuchte, sich mit den Fingern festzukrallen. Endlich wurde der Hang flacher und er blieb reglos am Boden liegen. Benommen tastete er nach seinem Handy. Das Licht der Taschenlampe durchschnitt die bleierne Dunkelheit und seine Augen brauchten einen Moment, um sich daran zu gewöhnen. Er stand inmitten einer Höhle. Über ihm erkannte er ein Loch in der Decke, durch das er heruntergestürzt war.

Vorsichtig betastete er sein Gesicht. Sein Unterkiefer schmerzte höllisch und fühlte sich verschoben an. Da kam ihm eine Idee. Er nahm sein Handy, um ein Selfie von sich zu machen. Der Blitz blendete ihn und silberne Sterne rieselten vor seinen Augen.

Er öffnete das Foto und betrachtete sein Kinn. Als er es näher heranzoomen wollte, stutzte er. Ungläubig drehte er sich um und schaltete die Taschenlampe wieder ein. Das Licht erleuchtete das Gesicht einer dämonisch dreinblickenden Kreatur und Chris schreckte zusammen. Hier in der dunklen Höhle mit all den zuckenden Schatten wirkten die aus steingehauenen Figuren äußerst echt. Er ließ den Schein der Lampe an der Wand entlang gleiten. In einem großen Bogen griffen etwa ein Dutzend dieser teuflischen Gestalten nach einer goldenen Buddha-Statue unter sich. In dem Moment wurde ihm bewusst, dass er gerade dabei war, den sagenumwobenen Tempel Gaias zu betreten.

Ehrfurchtsvoll berührte Chris den Fuß des Buddhas, der ihm fast bis zur Hüfte reichte. Das Metall fühlte sich glatt und kalt an. Er fragte sich, ob es sich hierbei um echtes Gold handelte. Daneben stand ein Altar mit frischen Blumen in einer Vase, hinter dem ein schmaler Durchgang weiter in den Berg hineinführte.

Plötzlich hörte er Schritte. Sie waren ihm also noch immer auf den Fersen. Hastig zwängte er sich am Altar vorbei durch die Öffnung im Felsen. Dabei stieß er an die Vase, die für einen Moment bedrohlich wackelte. Doch sie kippte nicht um.

Er trat in eine Kammer, deren Decke mit einem geheimnisvollen, grünschimmernden Leuchten überzogen war, das sich auf der gegenüberliegenden Seite weiter in den Gang hinein erstreckte. Ohne darüber nachzudenken, folgte er dem Weg, der steil nach unten führte. Er war noch nicht weit gekommen, da erreichte er eine Gabelung. Chris blickte sich um. Bislang war ihm niemand gefolgt. Krampfhaft überlegte er, was er als Nächstes tun sollte. Wenn er sich hier unten verlaufen würde, wäre das sein Ende.

In einem Buch hatte er einmal gelesen, dass man einem Labyrinth entkommen konnte, indem man immer die rechte Abzweigung nahm. Er wusste nicht, ob dies der Wahrheit entsprach, aber eine bessere Idee hatte er nicht.

Also ging er nach rechts, in der Hoffnung nicht einfach nur im Kreis zu laufen.

Nach der vierten Abzweigung erlosch das grüne Schimmern an der Decke und er stieß auf einen kleinen Fluss. Langsam watete er hinein. Das Wasser reichte ihm bis zu den Knien. Neue Hoffnung schöpfend, der Fluss möge ihn aus dem Berg führen, folgte er seinem Lauf.

Wie anfällig sein gut behütetes und wohlgeplantes Leben im Grunde genommen doch war. Jede Minute konnte ein unvorhergesehenes Ereignis alles auf den Kopf stellen. Normalerweise würde er ab Donnerstag am Messestand von Aggenstein stehen, Erdnüsse knabbern und Landmaschinen verkaufen. Das alles war nun in weite Ferne gerückt.

Unvermittelt wurde das Wasser deutlich tiefer und floss schneller. Chris schluckte und verdrängte den Gedanken, auf einen Wasserfall zuzusteuern. Weder links noch rechts von sich entdeckte er etwas, woran er sich hätte festhalten können. Seine Zuversicht schwand. Lediglich glatte, kalte Felswände säumten seinen Weg. Wenn er gezwungen war, zu schwimmen, könnte er bei der starken Strömung sein Handy nur kurzzeitig über Wasser halten. Langsam geriet er in Panik. Das Wasser reichte ihm inzwischen bis zur Brust, während die Decke bedrohlich näher kam. Chris fiel es stetig schwerer, einen festen Stand unter den Füßen zu behalten.

Er dachte an Emma und ihr Gesicht, wenn sie erfahren würde, dass ihr Freund in Indien verschwunden war. An den Schmerz der Ungewissheit, den sie empfinden musste, weil niemand wusste, dass er in diesem verdammten Berg den Tod gefunden hatte.

Mit einem Ruck blieb er stehen. Es hatte keinen Sinn weiterzugehen. Irgendwann würden die Sikh die Suche nach ihm aufgeben, dann gab es mit Sicherheit eine Möglichkeit zur Flucht. Mühsam kämpfte er sich gegen den Strom zurück. Doch er kam nur wenige Schritte weit, dann stieß er mit seinem Fuß gegen einen Stein und geriet ins Taumeln. Als er sich mit dem anderen Bein abfangen wollte, rutschte er aus und tauchte unter Wasser. Hektisch ruderte er mit seine Armen und versuchte, wieder einen festen Stand zu bekommen. Dabei entglitt ihm sein Handy.

Entsetzt starrte Chris dem leuchtenden Metallgehäuse nach, wie es langsam zu Boden sank. Zweimal griff er erfolglos danach, dann erlosch das Licht. Verzweifelt blickte er in die tiefschwarze Nacht. Kein Licht, kein Mensch, kein Leben. Das einzige Geräusch, das er vernahm, war das Rauschen des Flusses, der unerbittlich an ihm zerrte und drohte, ihn mitzureißen.

Irgendwann ließ er es geschehen. Schwerelos trieb er durch das Wasser. Welche Ironie! Wie oft hatte er versucht, aufgrund der vielen Krankheitserreger Kontakt mit indischem Wasser so gut es ging zu meiden und nun schwamm er darin.

Vielleicht war es wirklich eine Schnapsidee gewesen, ins Taj Mahal einzubrechen, aber er hatte es getan, weil er davon überzeugt gewesen war, damit seine Freundin und sein Baby zu retten. Und das machte ihn stolz.

Ohne Licht hatte er den Eindruck, schneller voranzukommen. Raum und Zeit verloren an Bedeutung. Die Verzweiflung von vorhin war verflogen. Selbst das nervöse Kribbeln, das seinen Bauch durchzogen hatte, war verschwunden. Fühlte es sich so an, wenn man kurz vor dem Tod stand?

Plötzlich prallte er unsanft gegen einen Felsen, der unter Wasser in den Flusslauf ragte. Geistesgegenwärtig griff er danach und zog sich mit letzter Kraft aus dem Wasser. Erschöpft setzte er sich auf den nackten Stein.

Als er wieder ein wenig Atem geschöpft hatte, entdeckte er in der Ferne einen hellen Punkt. Zuerst konnte er es nicht glauben. Doch er täuschte sich nicht. Tageslicht drang in den dunklen Tunnel.

Hoffnungsvoll ließ er sich wieder ins Wasser gleiten und schwamm dem weißen Punkt entgegen. Je näher er kam, desto heller wurde es. Als Chris realisierte, dass ihn diese Öffnung ins Freie führen würde, schrie er triumphierend auf. Gleichzeitig spürte er endlich wieder Boden unter den Füßen und mit neuer Kraft stolperte er nach draußen.

Am Ausgang fiel das Flussbett stark ab. Ehe er sich's versah, wurde er aus der Höhle gespült und landete inmitten eines Sees. Dabei schlug er sich sein lädiertes Knie an einen Felsen.

Die tiefstehende Sonne blendete ihn, so dass er schützend seine Hand vor die Augen legte. Er drehte sich um. In der Tat war er am Fuße des Berges angekommen. Das Haus, in dem er vor Stunden im Keller eingebrochen war, konnte er von hier aus nicht sehen. Ob sein Fahrer noch wartete?

Erst als er zum Ufer schwamm, entdeckte er die drei Männer, die gerade ihr Vieh tränkten. Sie starrten ihn mit weit aufgerissenen Augen an. Als sie bemerkten, dass Chris zu ihnen herüberschaute, warfen sie sich auf den Boden und drückten ihre Gesichter in den Staub.

Chris trat auf die Männer zu. Keiner erhob sich. Da sprach er sie an: „Kann mir bitte jemand sagen, wie ich von hier nach Delhi kommen kann?“

Noch immer kniend schauten die Männer fast gleichzeitig nach oben. Sie schienen vor Ehrfurcht erstarrt. Dann aber kam Bewegung in die Gruppe und sie verfielen in hektische Gespräche. Einer stand auf und deutete auf einen Traktor mit Anhänger. „Wir fahren dich!“, sagte er.

„Damit?“, fragte Chris verdutzt.

Die Männer blickten sich ratlos an. „Etwas anderes haben wir nicht. Vertraut uns Herr, in ein paar Stunden sind wir dort.“

39. Die Gruppe „Erben ohne Jasper“, 12.06.

7:40 Bernd: Schon jemand was von Chris gehört? War die Mission erfolgreich?

7:45 Emma: Nein, er ist wohl noch immer auf dem Khadwana. Bin gleich im Flieger. Wir hören uns!

7:46 Saliha: Guten Flug!

40. Achill Island, 12. Juni – Emma Sommer

Die Grüne Insel. Emma blickte aus dem Fenster, während die Landschaft unter ihr unaufhaltsam näher kam. Der Airbus der deutschen Lufthansa hatte bereits seine Flughöhe verlassen und befand sich im Landeanflug auf den Shannon International Airport an der Westküste der Insel. Wie gerne wäre sie zusammen mit Chris hier her geflogen.

Ein stürmischer Westwind trieb watteweiße Wolken vor sich her, die dabei tanzende Schattenfelder über die grasbewachsenen Hügel warfen. Der Flughafen selbst lag unmittelbar am Atlantik, ungefähr 90 km von Galway entfernt. Emmas Reiseziel, die Farm der O'Sullivans, befand sich auf Achill Island in der Nähe von Westport, noch einmal zwei Stunden Autofahrt von hier. Chris Großvater Walther würde sie gleich vom Flughafen abholen.

Endlich hatte das Flugzeug seine Parkposition erreicht und die Anschnallzeichen über den Sitzplätzen erloschen. Emma erhob sich und griff nach ihrem Handgepäck in dem Fach über ihr. So oft hatte sie Chris in den Ohren gelegen, seine Großeltern besuchen zu wollen. Jetzt war es endlich so weit, doch die Umstände der Reise ließen nicht wirklich ein Urlaubsgefühl bei ihr aufkommen. Zu groß waren die Sorgen um Chris.

„Sorry. Miss? Miss! Könnten Sie bitte den Weg freigeben?“ Emma schob sich in ihre Sitzreihe zurück und der Mann im dunklen Anzug und Laptoptasche unter dem Arm drückte sich eilig an ihr vorbei. Erst jetzt bemerkte sie, dass sie den ganzen Betrieb aufgehalten hatte und sich hinter ihr bereits eine lange Schlange von aussteigewilligen Passagieren gebildet hatte.

Emma entschuldigte sich und hängte ihre Tasche über die Schulter. Dann eilte sie ebenfalls den Gang entlang. Ein rothaariger Steward, auf dessen Namensschild Armin zu lesen war, wünschte ihr freundlich lächelnd einen schönen Aufenthalt. Emma nickte ihm zu und verließ das Flugzeug.

Das Innere des Terminals war überschaubar und erinnerte sie an den Flughafen in Memmingen. Es bereitete ihr wenig Mühe, sich zu orientieren, und rasch hatte sie das zu ihrem Flug gehörende Gepäckband gefunden. An eine dicke Betonsäule gelehnt, wartete sie auf ihr Reisegepäck. Es dauerte nicht lange, da entdeckte sie bereits das türkise Blau ihres Koffers. Sie machte einen Schritt nach vorne und hievte ihn mit einem Ruck vom Förderband, um sich dann rasch auf den Weg in Richtung Ausgang zu machen.

Als sie wenig später aus der sich automatisch öffnenden Glastür trat, erblickte sie Walther bereits. Obwohl sie Chris Großvater erst einmal in ihrem Leben gesehen hatte, hatte sie ihn sofort wieder erkannt. Sein schlohweißes Haar und seine gütig dreinblickenden Augen waren ihr in guter Erinnerung geblieben. Damals beim 50.

Geburtstag von Chris Vater hatte sie ihn und Penny sofort in ihr Herz geschlossen und stets gehofft, die beiden bald wieder zu sehen.

Emma tippte Walther auf die Schulter. Obwohl Walther nächstes Jahr bereits achtzig Jahre alt wurde, war er immer noch ein stattlicher Mann. Die Bewegung auf der Farm und die frische Luft, schienen ihn fit zu halten.

Seine Augen leuchteten, als er sie erblickte und er umarmte sie herzlich. „Emma! Schön dich wieder zu sehen.“ Er ergriff ihre Hand und schüttelte sie. „Ist dir eigentlich klar, wie sehr Penny sich auf dich freut? Sie bäckt und kocht die letzten drei Tage bereits ununterbrochen, um dich nach Strich und Faden zu verwöhnen!“, grinste er verschmitzt.

„Klingt eher, als wolle sie mich mästen!“, sagte Emma und beide lachten.

„Willst du noch einen Kaffee oder etwas anderes zum Mitnehmen holen? Bis zur Farm haben wir ungefähr 150 Kilometer Fahrt vor uns.“ Walther deutete auf eine Bäckerei am Ende des Ganges, doch Emma lehnte dankend ab und so gingen sie weiter zum Parkplatz.

Das monotone Brummen von Walthers Wagen versetzte Emma in eine schläfrige Stimmung. Sie lehnte sich zurück und schloss die Augen.

Walthers Worte ließen sie plötzlich hochschrecken.

„So, da wären wir!“ Chris Großvater stellte den Wagen vor einer Scheune mit flachem Grasdach ab und zog den Zündschlüssel heraus.

Da kam Penny ihnen bereits lächelnd entgegen. „Meine Liebe, wie war die Anreise? Komm mit mir ins Haus, es gibt gleich Mittagessen."

Penny umarmte Emma herzlich und bedachte sie mit einem wohlwollenden Blick. „Was für ein Glück, dass du da bist, ich hoffe ja, dass ich eure Hochzeit noch erleben darf! Schön, dass wir endlich Zeit haben uns richtig kennenzulernen!" Penny plapperte wie ein Wasserfall, und zwinkerte Emma dabei zu. „Ich habe dir das gemütliche Eckzimmer am Ende des Ganges im zweiten Stock hergerichtet. Von dort aus hast du einen wundervollen Blick über die Küste und an schönen Tagen kannst du sogar bis nach Clare Island sehen. Walther bringt gleich noch dein Gepäck nach oben! Hattest du denn eine gute Anreise?"

Penny redete in einem eigenartigen Dialekt, ohne Luft zu holen und hantierte nebenbei mit einem großen Küchenmesser, um einen Apfelkuchen vorsichtig vom Blech zu heben.

Emma hatte Mühe, ihr zu folgen. „Penny, entschuldige bitte. Macht es dir etwas aus, wenn ich zuallererst nach oben in mein Zimmer gehe, um mich ein wenig frisch zu machen?"

„Oh, wie unhöflich von mir, natürlich!" Penny hielt abrupt inne und blickte Emma ehrlich betroffen an. „Mich strengt reisen auch immer an und ich brauche meine Zeit, um mich an die neue Umgebung zu gewöhnen. Walther wird dir dein Zimmer zeigen und sobald du dich eingerichtet hast, kommst du nach unten und wir essen zusammen zu Mittag."

Das Zimmer, das Penny für sie vorgesehen hatte, war wirklich sehr hübsch. Von dem Fenster, das nach Süden gerichtet war, konnte Emma das Meer sehen. Clare Island jedoch hielt sich im Dunst des Nebels verborgen. Chris hatte ihr oft mit leuchtenden Augen berichtet, wie er sich in den Ruinen von Thoughts Hall versteckt hatte und sein Großvater ihn suchen musste. Bald würden sie also selbst Eltern sein. Das Baby war alles andere als geplant gewesen und sooft sie auch nachrechnete, sie kam immer wieder zu dem Schluss, dass es eigentlich gar nicht sein konnte.

Seufzend schnappte sie sich ihre Jacke und trat auf den kleinen Balkon hinaus. Sie vermisste Chris. Wie es ihm wohl gerade ging? Seit er auf dem Khadwana angekommen war, hatte sie nichts mehr von ihm gehört.

Sie musste von ihren grüblerischen Gedanken wegkommen. Schließlich wusste sie, dass es dort, wo er sich gerade befand, kein Handynetz gab. Vielleicht half ihr ja der Anblick des Meeres dabei, sich ein wenig abzulenken. Im Moment lag es friedlich glitzernd vor ihr. Doch Chris hatte sie bereits vorgewarnt. Das Wetter in Irland konnte von einer Minute zur nächsten umschlagen.

„Du kommst gerade richtig", trällerte Penny fröhlich, als Emma kurze Zeit später zurück in die Küche kam. Auf dem Herd am Fenster köchelten Rouladen, die einen köstlichen Duft verströmten. „Wir können essen."

Emma half Penny, den Tisch zu decken. Erst jetzt

bemerkte sie, wie hungrig sie war. Sie setzte sich gegenüber von Walther und lauschte dabei mit mäßiger Aufmerksamkeit seinen Ausführungen über den Schäfer am Ort, dem er einen Teil seiner Schafe zum Verkauf angeboten hatte, da ihm deren Versorgung und Pflege mit der Zeit einfach zu viel wurde.

„Langweile Emma doch nicht mit deinen Geschichten“, warf Penny ein. „Überlege lieber, wo du unseren Gast nachher herumführst.“

Walther hob entschuldigend die Hände. „Ich habe mir bereits Gedanken gemacht. Wir können rüber zum alten Wehrturm laufen, dem ehemalige Zuhause einer echten Piratin!“ Walther zwinkerte vielversprechend. „Wenn du möchtest, trinken wir danach noch einen Kaffee im Dorf.“

„Ich würde lieber ein Stück an der Küste entlang gehen und die Aussicht auf das Meer genießen. So verpassen wir auch Pennys Kuchen nicht.“

„Da hast du natürlich Recht, das ist auch eine gute Idee. Lass uns zu den weißen Klippen von Ashleam wandern. Von dort hat man einen atemberaubenden Blick auf die Ashleam Bay. Allerdings hat es der Anstieg am Ende in sich.“

Emma belud sich ihren Teller mit Kartoffeln und Rotkraut, während sie sich über die Bezeichnung Anstieg bei lediglich 200 Höhenmeter amüsierte. Auch Walther pflichtete ihr bei, dass im Vergleich zu den Bergen in Emmas Heimat er in der Tat nicht wirklich erwähnenswert sei.

Als sie die ersten Bissen gegessen hatte, fiel ihr die

Arbeit ihres Schülers wieder ein und sie begann davon zu erzählen.

„Du hast ein Bild von Gail O'Sullivan gesehen?", fragte Walther interessiert.

„Ich habe es abfotografiert. Einer meiner Schüler hat eine Projektarbeit über Clare Island erstellt, sie enthielt unter anderem ein Porträt von Gail", entgegnete Emma und streckte Walther ihr Handy entgegen, was ihr einen tadelnden Blick von Penny einbrachte. Entschuldigend zuckte Emma mit den Schultern.

Walther nickte anerkennend. „Du hast recht. Eine sehr schöne Frau. Das Bild ist sicherlich von Arthur. Er war ein begnadeter Künstler. Von ihm stammt auch die Kapelle hinten auf unserem Hof. Er hat sie einst zum Andenken an Gail gebaut, in die er als junger Mann verliebt war."

Emma schnitt sich ein Stück Roulade ab. „Was weißt du alles über ihn?"

„Er und Gail lebten auf Thoughts Hall bevor es ein Feuer zerstörte. Gail ist eine echte O'Sullivan! Man sagt, sie hatte einst den Auftrag, der Welt die Liebe zurückzugeben." Walther zerteilte eine Kartoffel mit der Gabel, bevor er ein Stück davon aufspießte.

„Ist sie wirklich mit euch verwandt?", fragte Emma.

Walther nickte stolz. „Sie war meine Ur-Ur-Ur-Ur-Ur-Großmutter." Nachdenklich kratzte er sich am Kopf und zwinkerte Emma zu. „Ich denke, ein paar Ur's fehlen vielleicht noch."

„Also, ich möchte die Ruinen von Thoughts Hall bitte

sobald wie möglich besichtigen, ist das möglich?“

Penny tätschelte lächelnd Emmas Wange. „Warum nicht, wenn du unbedingt willst, übermorgen ist das beste Wetter, ab Samstag haben sie Sturm gemeldet.“ Sie wischte sich die Hände an einer Serviette ab. „So, aber jetzt lasst mich nach der Nachspeise sehen.“

Emma schob sich nachdenklich ein Stück Kartoffel in den Mund. „Weißt du etwas darüber? Ich meine über ihren Auftrag und wie sie ihn hätte erfüllen sollen?“

„Leider nein. Meine Urgroßmutter wusste es. Bedauerlicherweise ist sie gestorben, als ich noch ein kleiner Junge war.“

Emma griff nach der Schüssel mit dem grünen Salat. „Erinnerst du dich noch an Dinge, die sie über Gail berichtet hat?“

Walther warf Emma einen geheimnisvollen Blick zu. Nun schien er in seinem Element zu sein. „Sie hat Zeit ihres Lebens behauptet, Gails Tagebuch in einem Geheimfach in der Kapelle gefunden zu haben.“

Emma starrte Walther mit großen Augen an. „Gail hat ein Tagebuch verfasst? Wo ist es jetzt?“

„Walther, ich bitte dich! Lass doch diese Geschichten“, fiel Penny ihrem Mann ins Wort. „Sie war schon über neunzig und senil, als sie dir das erzählte.“

Doch Walther schenkte seiner Frau keine Beachtung. „Meine Urgroßmutter hat damals extra Latein gelernt, um es lesen zu können.“

Emmas Augen begannen zu leuchten. „Das Buch ist

auf Latein geschrieben?“ Seit sie denken konnte, faszinierte sie diese Sprache. Einst setzte sie sich gegen den Widerstand ihrer Eltern und Freundinnen durch, die alle wollten, dass sie Französisch lernte. Bereits in der Unterstufe hatte sie weit mehr Bücher auf Latein gelesen, als ihr Lehrer verlangte. Später absolvierte sie das große Latinum und unterrichtete seit ein paar Jahren die meisten Lateinklassen am Gymnasium, weil es immer weniger Lehrkräfte gab, die dazu in der Lage waren. Eine Klassenkameradin, ein blasses, hochgewachsenes Mädchen, an dessen Namen sie sich nicht mehr erinnern konnte, hatte sogar einmal zu ihr gesagt, sie wäre von dieser Sprache besessen. Emma selbst hatte sich ihr Interesse an Latein nie erklären können. Auf jeden Fall war sie immer Jahrgangsbeste gewesen. Ihr Herz machte einen freudigen Sprung, als sie hörte, dass sich diese Hartnäckigkeit nun auszahlen könnte.

„Nachdem sie das Tagebuch gelesen hatte, behauptete sie, die Zeit wäre noch nicht reif und so hatte sie es für die Nachwelt an einem sicheren Ort versteckt. Sicherer als der, an dem sie es gefunden hatte.“

„Warum war die Zeit nicht reif?“

„Sie sagte mir damals, die Seelenrückkehrer wären noch nicht bereit dafür. Ehrlich gesagt habe ich es nie verstanden, was sie damit meinte.“

Doch Emma verstand. Walthers Urgroßmutter hatte von den Erben gesprochen. Sie begann zu schwitzen. In der Küche schien es mit einem Mal unangenehm heiß zu sein.

Anders als damals war die Welt heute bereit für die Geschichte und sie selbst steckte mitten drin. „Weißt du, wo sie es versteckt hat?“

Walther schüttelte den Kopf. „Leider nicht. Ich war noch ein kleiner Junge von sechs oder sieben Jahren und habe gebettelt, dass sie es mir doch erzählen solle. Aber dieses Geheimnis hat sie mit in ihr Grab genommen.“

Emma erfasste das Gefühl eines Deja-vu und ihre Aufregung wuchs, als die Erkenntnis in ihr Bewusstsein kroch. Sie hatte die beiden in einem ihrer Träume gesehen! Walther, als wissbegieriger Junge und die alte Frau auf dem Sterbebett. Sie schluckte. Ihr Mund fühlte sich ganz trocken an.

„Meinst du, das Buch ist hier irgendwo in der Nähe?“

„Davon bin ich überzeugt. Aideen ist so gut wie nie von hier weggekommen.“

„Aber er hat auch schon jeden Stein danach umgedreht und nichts gefunden“, warf Penny mit spöttischem Blick ein.

„Ich glaube immer noch, dass es in der Kapelle versteckt wurde, aber ich habe überall nachgesehen, es ist nirgends zu finden.“

„Zeigst du mir die Kapelle?“, fragte Emma gespannt.

Walther nickte. „Damit wollte ich ohnehin unseren Rundgang starten.“

„Erst der Nachtisch!“ Penny hob drohend den Zeigefinger, während Walther Emma verschwörerisch anblickte.

In ihm schien ein neuer Entdeckergeist erwacht zu sein, und plötzlich überstrahlte eine kindliche Freude sein Gesicht. Mit ihm hatte sie einen Verbündeten gefunden, das fühlte sie.

In einer Hand eine randvoll gefüllte Schale balancierend, rückte Penny die Gläser zur Seite und stellte das Dessert auf den Tisch. „Irische Karamellcreme mit Sahne. Nach altem Hausrezept meiner Großmutter."

„Um Himmels willen Liebling! Wer soll das alles essen?", warf Walther in gespielter Empörung ein.

Emma spürte, wie sehr sich die beiden zugetan waren, und sie fragte sich, ob sie wohl mit Chris zusammen alt werden würde. Plötzlich hatte sie eine Vision. Hier auf der Farm der O'Sullivans wollte sie mit ihm leben, ihre Kinder großziehen und sie voller Glück aufwachsen sehen.

Nachdem sie Penny beim Abräumen geholfen hatte, machte sie sich zusammen mit Walther auf den Weg. „An stürmischen Tagen, wenn auf dem Hof nichts getan werden konnte, saß ich oft in der Kapelle, um Ruhe zu finden", sagte Walther. „Ich dachte darüber nach, wenn ich sie gebaut hätte und Menschen in der Zukunft ein Geheimnis anvertrauen wollte, wie wäre ich vorgegangen?

Eines Tages, ich betrachtete abermals die Statue des Erzengel Michaels, fiel mir etwas auf. Du musst wissen, dass der Erzengel Michael am Sterbetag eines jeden Menschen dessen gute und schlechte Taten auf die Seelenwaage legt, um zu entscheiden, ob der Weg des Toten ins Paradies oder in die ewige Verdammnis führt. Doch warum deutet hier sein Schwert auf den Altar? Ich grübelte eine ganze Weile, ob der Künstler damit meinte, dass der Weg einfach über Gott führen würde, doch diese Antwort befriedigte mich nicht.

Als ich eines Nachmittags wieder in der Kapelle saß, kam mir plötzlich eine Idee. Was, wenn der Weg ins Paradies nicht über den Altar führte, sondern es einen Hinweis am selbigen gab? Ich betrachtete die hübsch verzierten Stellen genauer, ja, ich besorgte mir sogar eine Lupe. Und weißt du was? Meine Hartnäckigkeit sollte sich auszahlen: In einer der kunstvoll aus Stein gehauenen Ranken und Blüten stand ganz klein der Name Gail!"

In der Zwischenzeit waren die beiden an der Kapelle angekommen und traten ein. Emma erkannte die Statue des Erzengels Michaels von der Walther gerade gesprochen hatte. Sie war mit Abstand die beeindruckendste und detailreichste Fertigung von den sieben gestalteten Erzengeln. Würdevoll hielt sie in der einen Hand die Waage, auf der die Herzen der Toten gewogen wurde, während die andere in Richtung des Altars deutete, an dem Walther sich gerade zu schaffen machte. Er steckte seine Finger in den Hohlraum zwischen zwei Rosen. Eine Gänsehaut kroch Emmas Rücken empor, als sie den eingravierten Text darüber entzifferte: In Gedenken an Gail O'Sullivan.

Walther bekam zwischen den Rosen einen Hebel zu fassen und zog daran. Ganz leicht öffnete sich eine kleine Tür, die Emma zuvor verborgen geblieben war. Doch das Fach dahinter war leer.

„Meinst du, das Tagebuch hat einmal dort drin gelegen?“, sagte Emma ehrfürchtig.

„Würde jedenfalls sehr gut passen“, erwiderte Walther.

„Vielleicht hat es deine Urgroßmutter ja wirklich gefunden.“

Walther lächelte. „Ja, doch wohin hat sie es gebracht?“

Als sie wieder draußen im Hof standen, blickte Walther zum Himmel. „Lass uns weitergehen. Doch nimm dir besser noch eine Regenjacke mit.“

Emma ging auf ihr Zimmer, um ihre Jacke zu holen. Dann überquerte sie den Hof und trat in den Stall. Walther war gerade dabei, getrocknetes Brot an die Pferde zu verteilen, die allesamt neugierig aus ihren Boxen lugten. Als er Emma kommen sah, stellte er den Eimer zur Seite und ermunterte sie, den Pferden ebenfalls etwas Brot zu füttern.

„Am besten hältst du es so.“ Walther griff nach einem kleinen Stück und legte es ihr auf die flach ausgestreckte Hand. Dabei tätschelte er einem braunen Pferd mit weißer Blesse den Hals, an dessen Box der Name „Levi“ stand. So gleich schob dieser die begehrenswerte Leckerei in sein Maul und zermalmte sie geräuschvoll.

Emma blickte sich um und stellte fest, dass neben jeder einzelnen Box lustig verzierte Namensschilder der Pferde angebracht waren. Insgesamt zählte sie zwölf Boxen. Sechs auf der rechten und sechs auf der linken Seite des Stalls.

„Gehen wir?“, fragte Walther.

Emma nickte und sie verließen den Stall in Richtung des Wild Atlantic Ways. Seit einer Stunde waren sie unterwegs, ohne dass einer von ihnen viel gesprochen hätte. Doch es war kein unangenehmes Schweigen, das zwischen den beiden herrschte. Emma war froh, beim Laufen ihren Gedanken nachhängen zu können. Sie spürte die Friedlichkeit, die von dieser endlos erscheinenden, grünen Hügellandschaft ausging.

„Siehst du den Felsen dort? Dahinter liegt die Ashleam Bay, unser Ziel."

Emma blickte in die Richtung, in die Walthers ausgestreckter Zeigefinger deutete und schritt voller Tatendrang weiter. Die Bewegung an der frischen Luft tat ihr gut. Die Küstenstraße wurde stetig steiler und führte sie vorbei an alten kniehohen Mauerresten, die mit Moos und Farn bewachsen waren. Walther erklärte, dass in den Zeiten der großen Hungersnot im 19. Jahrhundert ganze Dörfer von den Menschen von heute auf morgen verlassen wurden und niemals mehr eine Menschenseele zurückgekehrt war. Die verfallenen Mauerreste waren übriggebliebene, stumme Zeugen aus diesen harten Zeiten.

Schwer atmend stapften sie inzwischen bergauf. Am Rand der Straße wuchsen hohe Gräser, deren goldgelbe Spitzen sanft im Rhythmus des Windes wiegten. In den Lichtstrahlen der Sonne tanzten kleine Insekten. Die Stimmung, die sie umgab, erinnerte sie an die Wanderungen mit Chris an ihrer Seite. Sie vermisste ihn und hoffte inständig, dass in Indien alles gut verlaufen würde.

Dann verließ Walther die Küstenstraße und sie folgten einem Pfad ins Landesinnere. Je höher sie kamen, umso weniger Gras gab es. An manchen Stellen bestand der Weg ausschließlich von mit Moosflechten bewachsenem Geröll. Zweimal wäre sie auf dem schlüpfrigen Untergrund beinahe ausgerutscht. Neben dem provisorischen Trampelpfad verlief ein schmaler Bachlauf, der sich sanft plätschernd den Hügel hinab schlängelte. Die plötzlich zwischen den Wolken hervorblitzende Sonne, ließ sein Wasser, wie unzählige Diamanten glitzern.

„Schau, dort drüben!“ Walther deutete mit der Hand nach Süden.

Emma trat neben ihn. Ihr Blick folgte Walthers Finger und plötzlich stockte ihr der Atem. Schräg unter ihr breitete sich das Meer aus und verzauberte sie mit seinen kraftvoll leuchtenden Blautönen. Weit draußen schien der Wind noch stärker zu sein, als an der Küste. Spielerisch wirbelte er das Wasser zu unzähligen weißen Schaumkronen auf, die auf den äußersten Gipfeln der Wellen tanzten.

„Wunderschön!“, entfuhr es Emma. „Ist das dort draußen Clare Island?“

Walther nickte. „Ja, und am Fuße der höchsten Erhebung kannst du heute sogar die Ruinen von Thoughts Hall erkennen.“

Sie kniff die Augen zusammen. Ihr Blick folgte den hohen Steilklippen bis zu dem besagten Berg. Doch sie konnte keine Ruinen erkennen, stattdessen sah sie…

Emma begann zu blinzeln. Spielte ihr das reflektierende Sonnenlicht einen Streich? Auf der Insel entdeckte sie das Mauerwerk, aber es war völlig intakt! Das imposante Gebäude erinnerte Emma an eine mittelalterliche Burg, wie sie sie aus Filmen kannte, beeindruckend und massiv, mit mehreren gemauerten Türmen, keinesfalls verfallen.

41. Neu Delhi, 12. Juni – Chris O'Sullivan

Nach einer Fahrt durch die Nacht über zum Teil unwegsamen Straßen lag Chris völlig ausgelaugt auf seinem Bett im Taj Mahal Hotel. Die Männer hatten Wort gehalten und wollten auch in Delhi zu Chris Leidwesen kein Taxi ordern, sondern ihn weiterhin selbst befördern. Also erreichte er auf dem Anhänger des Traktors das Hotel. Voller Ehrfurcht waren die Männer ihm begegnet und Chris dämmerte der Grund erst im Laufe der Fahrt. Im Internet hatte er nach seinem Besuch im Nirula‘s gelesen, dass der Legende nach der Berg einst einen Retter ausspucken würde. Und genau das hatte der Khadwana mit ihm gemacht.

Er hätte sich gerne bei Ahay oder Archisha gemeldet, doch mit dem Verlust seines Handys waren auch die Telefonnummern der beiden im Khadwana verschwunden.

An der Rezeption hatte er ebenfalls kein Glück. Die Mitarbeiterin sagte ihm, dass Archisha erst wieder in drei Tagen Dienst hätte und sie ihre Kontaktdaten leider nicht an Hotelgäste herausgeben dürfe. Dasselbe hatten sie ihm bei Aggenstein eröffnet, als er versuchte, Ahay zu erreichen.

Zurück auf seinem Zimmer entschloss er sich, Emma in einer E-Mail zu berichten, dass er auf dem Khadwana festgesessen und dabei sein Handy verloren hatte. Er schrieb, dass er jetzt wieder im Hotel sei, sich aber todmüde fühle und nur noch ins Bett wolle. Schließlich bat er um ihre Handynummer, damit er sie morgen anrufen konnte. Er warf einen Blick auf die Uhr, die auf seinem Nachtisch stand. Bald würde sie in Irland landen. Wie gerne wäre er jetzt bei ihr.

Als am nächsten Morgen um sieben sein Wecker klingelte, fühlte er sich nicht wirklich ausgeruht. Er ging ins Bad und betrachtete sein Gesicht. Das Kinn war zwar geschwollen, aber zum Glück nicht blau. Wer ihn nicht näher kannte, würde die Verletzung nicht entdecken. So lief er wenigstens nicht Gefahr, seine Kunden bekämen den Eindruck, er hätte sich geprügelt. Das Knie hingegen hatte es übler erwischt. Die Haut war großflächig aufgeschürft und es zeichnete sich bereits ein großer blauer Fleck ab. Chris grinste gequält. Das war wohl der Preis, wenn man zu den Auserwählten gehörte.

Eine Stunde später saß er im Taxi, das ihn zur Messe brachte. Er wollte sich noch auf den Termin mit einem wichtigen Kunden vorbereiten, aber seine Gedanken schweiften immer wieder ab. Nun waren sie also im Besitz des Herzens, doch was sollte damit geschehen? Beim Versuch, es mit nach Deutschland zu bringen, würde er sehr vorsichtig sein müssen. Denk nach Junge, dir muss etwas einfallen!

„Welches Tor, Sir?“, durchschnitt die Stimme des Taxifahrers die Stille. „Auf dem Messegelände …, welches Tor soll ich anfahren?“, wiederholte er mit Blick in den Rückspiegel.

Chris antwortete nicht gleich. Zu sehr war er mit seinen eigenen Überlegungen beschäftigt. „Äh, Tor 7, glaube ich, warten sie.“ Er kramte in seinem Jackett, denn er hatte sich die Nummer extra notiert. „Tor 7 ist richtig.“

Plötzlich kam ihm eine Idee. Nachdenklich lehnte er sich zurück. Wenn er es geschickt anstellen würde ... Chris fühlte den kleinen Beutel, den er unter seinem Hemd um den Hals trug. Der Gedanke war gut, so konnte es wirklich funktionieren!

Der Tag verging wie in Zeitlupe. Er spulte die Gespräche mit den Kunden routiniert herunter, ohne große Pluspunkte bei ihnen sammeln zu können. Sie spürten, dass er selbst nicht wirklich bei der Sache war.

Von der indischen Geschäftsstelle hatte er ein Handy mit einer Prepaidkarte erhalten und er versuchte es ein paarmal zwischen den Gesprächen bei Emma, die ihm ihre Telefonnummer inzwischen geschickt hatte. Doch jedes Mal schaltete sich nur der Anrufbeantworter an. Er schrieb ihr seine neue, indische Nummer per SMS und hoffte, dass sie sich bald meldete.

Am Nachmittag machte er zum ersten Mal eine Pause und schlenderte über das Messegelände. An einem

Imbissstand kaufte er sich eine Dose Cola. Als er an einer Bühne vorbei kam, auf der sich im Moment eine Musikgruppe formierte, blieb er stehen. Er trank gerade den ersten Schluck, als plötzlich die Melodie erklang, die der alte Mann auf den Klangschalen gespielt hatte.

Omatasat A Suray Bat
Guraijy Nadeh Sat
Omatasat A Suray Bat
Jero Dawi Da Madehh

Die Musik versetzte ihn sogleich in dieselbe magische Stimmung, die ihn bereits auf dem Khadwana erfasst hatte. Er schloss die Augen und sog die Atmosphäre in sich auf. Mit einem Mal fühlte er sich leicht und schwerelos.

Unvermittelt erschien ihm das Lächeln der Frau mit der blassen, von Sommersprossen übersäten Haut. Diesmal war der gelbe Sari nicht von Blut getränkt, sondern sie spielte fröhlich mit einem kleinen Mädchen.

Für einen Moment tauchte er in diese längst vergangene Zeit ein. Erst als ihn ein Messebesucher unsanft anrempelte, wurde ihm bewusst, dass er Mitten im Weg stehen geblieben war und den Durchgang versperrte.

Er ging ein Stück in Richtung Bühne und stellte erfreut fest, dass dort CDs der Gruppe verkauft wurden. Auf sein Nachfragen hin, bestätigte ihm der ganz in weiß gekleidete Inder strahlend, dass das eben gehörte Lied sogar in zwei Versionen auf der CD zu finden wäre. Chris nickte zufrieden und zog seine Geldbörse aus dem Jackett.

42. Achill Island, 13. Juni – Emma Sommer

Emma saß im Frühstücksraum und nippte an ihrem Kaffee. Gleich anschließend würde sie einen Spaziergang zu einem alten Wehrturm machen, wie Walther gestern vorgeschlagen hatte.

Sie trank ihre Tasse leer und verstaute das benutzte Geschirr in der Spülmaschine. Dann trat sie nach draußen. Am Himmel brauten sich bereits dunkelgraue Wolken zusammen. Später würde es mit Sicherheit noch Regen geben.

Über den schmalen Schotterweg, zwischen Pferdestall und Scheune hindurch, erreichte sie den Pfad, der an der Küste entlang direkt zum alten Wehrturm führte.

Keine zehn Minuten war sie unterwegs, da fielen bereits die ersten schweren Tropfen vom Himmel herab. Sie zog die Kapuze ihrer Jacke über den Kopf. Trotz des Regens war die Luft angenehm warm und duftete nach Kräutern und dem Salz des Meeres. Sie genoss den frischen Wind, der ihr um die Nase wehte. Mit dem Anflug eines schlechten Gewissens fragte sie sich, warum sie eigentlich zu Hause so selten spazieren ging.

Der Regen wurde schwächer und Emma erreichte den kleinen Anleger, von dem die offiziellen Boote nach Clare Island fuhren. Dahinter entdeckte sie den Turm von Grace O'Malley. Wann war er nochmal zuletzt genutzt worden?

Emma ärgerte sich, Walther nicht besser zugehört zu haben, denn nun überkam sie der Drang, alles hier in sich aufzusaugen: Die frische Luft, den salzigen Geruch des Meeres und das Land mit seiner Vergangenheit.

Der Turm hatte schon einige Jahrhunderte auf dem Buckel und stand bereits zu Gails Zeiten. Laut Walthers Erzählungen hatten beide zur selben Zeit hier in der Nähe gelebt. Vielleicht waren sie auch einmal am Strand entlang gegangen und hatten sich an den idyllisch schaukelnden Fischerbooten erfreut.

Der größte Teil des Strandes war mit saftigem Gras bewachsen und erinnerte sie an einen grünen, weichen Teppich. An der Stelle, an der die Wellen tosend das Festland erreichten, war ein schmaler Streifen heller Sand zu sehen, der in der halbmondförmigen Bucht in einen stattlichen Sandstrand überging.

Am Parkplatz entdeckte sie eine Infotafel. Grace O'Malley war eine starke, selbstbewusste Frau gewesen, die noch heute überall auf der Insel als Piratenkönigin galt. Die abenteuerlustige Tochter eines Clan-Führers überfiel Dörfer und Schiffe. Verschiedene Handelsfahrten brachten sie sogar bis nach Südeuropa.

Mit der Ausdehnung ihres Machtbereichs bis an die Westküste Irlands im 16. Jahrhundert versuchte Königin Elisabeth I. von England den Clans ihre eigenen Gesetze aufzuzwingen und die alten irischen Lebensweisen zu unterdrücken. Dem widersetzten sich nicht nur die O'Malleys, sondern auch das Kloster auf Clare Island, allen voran dessen Vorsteher Joseph Melone.

Joseph Melone! Beim Lesen des Namens zog sich ihr Magen zusammen und Emma legte unwillkürlich ihre Hände an ihren Bauch. Trug sie tatsächlich ein Baby in sich, dessen Seele einst dem Gründer von Thoughts Hall gehörte?

Emma tastete nach ihrem Handy. Vielleicht fand sie im Internet noch ergänzende Informationen zu den O'Malleys und etwaigen Verbindungen zu Thoughts Hall. Doch außer ein paar Bonbons und ein Päckchen Taschentücher war ihre Jackentasche leer. Enttäuscht zog sie ihre Hand zurück. Bevor sie zum Frühstück gegangen war, hatte sie ihr Telefon an das Ladekabel auf ihrem Nachttisch gesteckt und dort vergessen. Hoffentlich ergab sich noch einmal die Gelegenheit, hier her zu kommen. Gerne würde sie die Infotafeln fotografieren und an Chris schicken.

An der Tür des Turms befand sich ein Drehkreuz, durch das Besucher in den Hauptraum gelangen konnten. Die Decke über ihr war noch intakt, doch in der Mitte klaffte ein Loch, durch das sie nach oben schauen konnte. Wahrscheinlich war dies der Zugang zu den Wohnräumen, über die man nur mit Hilfe einer Strickleiter gelangte.

Interessiert blickte sie nach oben, doch dann drängte eine Gruppe Touristen in den Innenraum und Emma entschloss sich, den Turm wieder zu verlassen und den Rückweg einzuschlagen. Sie folgte einem Pfad am Meer entlang, von dem aus sie die Wellen beobachten konnte, wie sie sich schäumend aufbäumten und kurz darauf brachen.

Darauf bedacht, auf den mit feuchtem Moos bewachsenen Felsen nicht auszurutschen, kletterte Emma hinunter ans Wasser. Noch eine letzte Biegung, dann hatte sie es geschafft.

Sie befand sich inmitten einer kleinen Bucht. Vor ihr lag eine vorgelagerte Insel, direkt dahinter entdeckte sie Clare Island. Sie betrachtete die imposanten Felsen, die sich majestätisch aus dem Wasser erhoben. Plötzlich erkannte sie auf einer grasbewachsenen Anhöhe die dunklen Mauerreste der alten Klosterschule wieder.

Der Wind frischte auf und sie zog die Schultern nach oben. Ihr war kalt und für einen kurzen Moment sehnte sie sich nach ihrer dicken Fleecejacke, die sie zuerst gegriffen, sich dann aber für die leichtere Regenjacke entschieden hatte.

Omatasat A Suray Bat
Guraijy Nadeh Sat
Omatasat A Suray Bat
Jero Dawi Da Madehh

Erschrocken blickte Emma sich um. War außer ihr noch jemand hier? Sie drehte sich nach allen Seiten, doch sie konnte niemanden entdecken. Verwundert runzelte sie die Stirn. Laut und deutlich hatte sie leisen Gesang vernommen. Ob ihr der Wind, gepaart mit ihrer eigenen Vorstellungskraft, einen Streich spielte? Mit angehaltenem Atem horchte sie in die Stille.

Nein! Sie täuschte sich nicht! Ein weiteres Mal erklangen die sanften Töne an ihrem Ohr. Emma zwang sich, ruhig zu atmen. Eindeutig hörte sie die melodische Stimme eines Mannes. Unsicher ging sie ein paar Schritte weiter. Der tiefe Sand bereitete ihr Mühe vorwärtszukommen.

Auf einmal wurde ihr schwindlig und sie begann zu taumeln. Jetzt nur nicht das Bewusstsein verlieren, dafür bin ich viel zu nah am Meer, dachte sie voller Panik. Den mit Algen bewachsenen Felsen nach zu urteilen, würde das Wasser mit Sicherheit bis hier hinaufsteigen. Plötzlich vermischten sich die Konturen der Landschaft miteinander. Dann wurde ihr schwarz vor Augen.

Den Aufprall ihres Körpers bemerkte sie ebenso wenig, wie den einsetzenden Regen, der unerbittlich auf sie nieder prasselte. Irgendwann hatte sie zitternd vor Kälte die Augen geöffnet und sich nach Hause geschleppt.

Als Emma hörte, dass Penny im Wohnzimmer telefonierte, zog sie leise ihre nassen Stiefel aus und schlich nach oben in ihr Zimmer. Erschöpft ging sie ins Bad. Ihre Kleidung war bis auf die Haut durchnässt. Überall an ihrem Körper klebte feuchter Sand. Mit zitternden Händen drehte sie die Dusche auf und stellte sich unter das wärmende Wasser. In ihrem Kopf schwirrten die Gedanken. Was in der Zeit, während ihrer Ohnmacht passiert war, ließ sich schwer in Worte fassen. Direkt nach dem Aufwachen hatte sie geglaubt, sie wäre von einer langen Reise zurückgekehrt. Um sie herum war nichts als Stille und sie hatte einen tiefen Frieden in sich gespürt. Sie fühlte sich wie eine Pendlerin zwischen den Jahrhunderten, ob Vergangenheit oder Zukunft vermochte sie nicht zu sagen. Es war, als wäre sie durch Dimensionen jenseits allen Irdischen geschwebt, ohne ein Maß von Raum und Zeit.

43. Neu Delhi, 13. Juni – Chris O'Sullivan

Völlig übermüdet und mit schmerzenden Beinen betrat Chris sein Hotelzimmer. Er löste seine Krawatte und warf das Jackett achtlos aufs Bett. Dann nahm er die CD aus seiner Tasche. Gespannt gab er den Titel auf Google ein. Vielleicht fand er ein paar zusätzliche Erklärungen dazu. Schließlich wurde er auf Youtube fündig. Die Klänge trugen den Namen „Ur-Erwachen" und waren dem Verfasser zufolge auf eine Überlieferung zurückzuführen, die einer Jahrtausenden alten Prophezeiung entsprang, die die Erleuchtung der Erde voraussah. Auch wenn er gerne noch mehr darüber erfahren hätte, das Internet spukte immer nur dieselben Ausführungen aus. Plötzlich überkam ihn die Idee, Emma das Lied vorzuspielen. Chris griff nach seinem Handy, doch enttäuscht legte er auf, als sich erneut nur ihre Mailbox einschaltete.

Wie gerne würde er jetzt mit Emma über das Lied und seine Empfindungen, die die Klänge in ihm auslösten, sprechen. Einer spontanen Eingebung folgend, schickte er ihr den Link zum Lied per E-Mail.

Chris legte sein Handy weg und lehnte sich zurück. Erst jetzt entdeckte er den Umschlag auf seinem Nachttisch. Gespannt öffnete er ihn und überflog den kurzen Text. Dabei runzelte er seine Stirn.

Mit dem Zettel in der Hand trat er ans Fenster. Nachdenklich blickte er über die hell erleuchtete Stadt. Morgen früh ging es für ihn zurück nach Deutschland. In nicht einmal zehn Stunden würde er im Flugzeug sitzen. Nur noch eine Nacht, die er hier überstehen musste. Die Anspannung, die sich in ihm ausbreitete, war kaum auszuhalten. Ahays Zeilen gingen ihm wieder und wieder durch den Kopf: „Gott sei dank, du lebst! Leider habe ich dich auf dem Khadwana nicht angetroffen. Ein Unfall ließ mich bedauerlicher Weise zu spät eintreffen. Ich hatte Freunde gebeten, sich deiner anzunehmen. Allerdings hast du auf Archisha gehört, niemandem zu vertrauen und bist vor ihnen geflüchtet. Wir glaubten schon, du hättest dich hoffnungslos im Labyrinth der Höhlen verlaufen. Bitte sei weiterhin vorsichtig! Sie wissen, dass du es hast. Aber keine Angst: Du wirst das Richtige tun! Ahay.“

Chris ging ins Bad und putzte sich die Zähne. Wer waren seine Feinde und was würden sie anstellen, um ihm das Herz abzunehmen?

Bevor er sich ins Bett legte, kontrollierte er zum dritten Mal die Kette an der Tür. Die Angst, was ihn morgen am Flughafen erwarten würde, raubte ihm den Schlaf. Wie konnte er nur ins Taj Mahal einbrechen, in der Annahme ein Herz aus einem Grab wäre der Schlüssel zur Rettung der Welt?

44. Clare Island, 14. Juni – Emma Sommer

Als Emma erwachte, war es erst kurz nach 6 Uhr. Das Herz klopfte ihr bis zum Hals. Was war auf dem Rückweg von Grace O'Malleys Turm mit ihr passiert? Die gesungenen Worte, die am Strand ihren Geist durchdrangen, hatten fremd und vertraut zugleich geklungen.

Sie schlug die Bettdecke zurück und griff nach ihrem Handy. Gleich nach dem Frühstück würde sie zusammen mit Walther aufbrechen. Sie war gespannt auf das, was die Zeit von Thoughts Hall übriggelassen hatte.

Plötzlich huschte ein Lächeln über ihr Gesicht. Chris schrieb, dass er auf dem Weg zum Flughafen sei. Nun, da sie die Zeilen las, war er also bereits in der Luft und würde heute am frühen Abend hier auf der Farm ankommen. Hoffentlich würde alles gut verlaufen und Chris nicht noch im letzten Moment in Schwierigkeiten geraten.

Obwohl sie keinen Hunger verspürte, ging sie in die Küche hinunter, um etwas zu essen. Als sie den Frühstücksraum betrat, war Penny bereits auf dem Sprung. Heute Morgen würden neue Gäste anreisen und Penny wollte nach den Zimmern sehen. Walther trank wenig später ebenfalls seinen Kaffee aus, da er vor ihrer Abfahrt noch einmal nach den Pferden sehen wollte. Den kleinen Isländer hatten gestern leichte Koliken geplagt und er hoffte, dass es ihm inzwischen besser ginge.

Froh, ein paar Minuten für sich allein zu haben, griff sie nach einem Schokocroissant und schob sich ein kleines

Stück davon in den Mund. Ihr Blick wanderte zum Fenster. Der Nebel, der sich am Abend zuvor über die Küste gelegt hatte, verzog sich allmählich und gab nach und nach die Sicht auf die saftig grünen Wiesen und das dunkelblaue Wasser der See frei. Plötzlich lugten sogar ein paar Sonnenstrahlen durch die Wolkendecke hindurch und erhellten den Raum.

Emma beendete ihr Frühstück und ging auf ihr Zimmer, um sich eine warme Jacke zu holen, während Walther einen Rucksack mit einer Thermoskanne Tee und genügend Proviant für sie beide packte. Der Plan war, gegen Mittag auf der Insel ein Picknick abzuhalten.

Die Überfahrt nach Clare Island dauerte weniger als eine halbe Stunde. Die See war heute so ruhig, dass das Boot ganz sanft durchs Wasser glitt.

Walther war gerade dabei, das Boot zu befestigen, als Emma mit einem beherzten Sprung neben ihm im Kies landete.

„Wir müssen hier entlang.“ Er deutete auf einen schmalen Pfad, der sich in schwindelerregende Höhen die Steilküste hinauf schlängelte. Obwohl Walther mehr als doppelt so alt war wie sie, hatte sie Mühe, ihm zu folgen. Um Atem zu schöpfen, hielt sie für einen Moment inne und ließ ihren Blick zum Meer hinunter wandern. Ihr Boot, das in der Sandbucht lag, war mittlerweile deutlich geschrumpft.

„Den Weg ist Chris unzählige Mal hinaufgeklettert. Am liebsten hätte er sich jeden Tag von mir hinüber fahren lassen. Aber da hatte seine Großmutter natürlich etwas dagegen, schließlich gibt es auf der Farm immer etwas zu tun.“ Walther lachte. „Später hat er den Fischern beim Abladen im Hafen geholfen und dafür haben sie ihn mit hierher genommen. Weiß der Teufel, welchen Narren er an dieser Insel gefressen hatte. Geht es wieder?“ Er musterte sie mit einem kritischen Blick. Emma nickte und sie gingen weiter.

Walther reduzierte sein Tempo. „Heute leben noch ungefähr 150 Leute auf Clare Island, die meisten auf der Südseite der Insel. Der Norden hingegen beherbergt nur ein paar Dutzend ehemalige Piratenverstecke und natürlich die Ruinen von Thoughts Hall.“

Emma wusste von der bewegten Vergangenheit der Insel, die einst sowohl von Piraten als auch von Mönchen bewohnt wurde. Chris hatte ihr schon oft davon erzählt und sie hatte sich immer gewünscht, das alles einmal mit eigenen Augen zu sehen.

Kurze Zeit später eröffnete sich ihnen ein atemberaubender Blick über die Insel. Grün, karg und schroff war das Land. Rechts erhob sich die mächtige runde Kuppe des Mount Knockmore, des mit 462 Metern höchsten Bergs der Insel. Dort irgendwo im Dunst des Nebels lag ihr Ziel.

„Wie weit ist es bis zu den Ruinen?“ Emma blieb stehen, um Atem zu schöpfen.

„Nicht mehr weit, schätzungsweise noch einen Kilometer!“

Sie folgten dem Pfad, der sich nach Westen an der

Küste entlang schlängelte. Unter ihnen schlugen hohe Wellen kraftvoll gegen die Steilklippen. Vom Himmel drangen die Schreie der Seemöwen herab, die jeden ihrer Schritte neugierig zu beäugen schienen.

„Warum ist Thoughts Hall eigentlich abgebrannt?", versuchte sie gegen das Tosen des Wassers anzukommen.

„Über die Gründe des Feuers streiten sich die Historiker bis heute."

Emma atmete schwer, der Aufstieg zu den Ruinen war steiler, als sie erwartet hatte.

„In den meisten Quellen ist zu lesen, das Feuer sei aus einer Unachtsamkeit heraus ausgebrochen. Andere Überlieferungen sagen, es wäre Brandstiftung gewesen." Walther hatte die Anhöhe erreicht und streckte seine Hand aus, um ihr das letzte Stück nach oben zu helfen.

„Und was glaubst du?", fragte Emma, als sie schließlich neben ihm stand.

Walther zuckte mit seinen Schultern. „Ehrlich gesagt, ich weiß es nicht. Böse Zungen im Dorf behaupten, es war ein letzter Versuch Gottes, die Insel, mit allem was sie beherbergt, zu retten, indem er sie untergehen ließ."

„Warum denn das?", fragte Emma erstaunt.

„Einige von ihnen waren überzeugt, hier herrsche der Teufel. Zu viele Unglücke hatten die Seefahrer einst heimgesucht. Mehr als an jeder anderen Stelle des Meeres im gesamten Umkreis." Walther verstummte, als der Wind plötzlich aufheulte und eine schwarze Wolkenwand über dem Atlantik bedrohlich vor sich her schob.

„Der Teufel?“, wiederholte Emma verblüfft.

Walther nickte. „Genau, letztendlich waren all diese Unglücke sicherlich auf die tückische Meeresströmung rund um die Insel zurückzuführen. Damals waren die Menschen einfach noch nicht so weit. Heutzutage würde man mit solchen Schauergeschichten niemanden mehr hinter dem Ofen vorholen. Aber früher war es eben noch anders.“ Er blickte skeptisch zum Himmel. „Gehen wir lieber weiter, das Wetter wird nicht mehr lange halten!“

Sie gingen über mit Moos bewachsene Felsbrocken und kniehohen Farne bergauf ins Landesinnere. Manche der Steine waren lose und Emma musste sich darauf konzentrieren, wohin sie trat. Doch wurde sie für den anstrengenden Aufstieg kurze Zeit später belohnt, denn wie aus dem Nichts erhoben sich die Ruinen von Thoughts Hall mit ihren dunklen Türmen in den Himmel. Der Anblick des ehemaligen Klosters verschlug ihr den Atem. Eine unbändige Kraft schien von dem alten Gemäuer auszugehen.

„Spürst du diese ursprüngliche Energie?“ Walther war neben sie getreten und atmete die frische Luft ein. Der Wind war stärker geworden und zerrte an ihren Haaren.

Emma spürte sie.

„Hier befinden wir uns im ehemaligen Innenhof der Schule. Die Räumlichkeiten rechts wurden zu Zeiten des Klosters als Studierzimmer genutzt.“ Walther machte eine ausladende Handbewegung. Trotz der Zerstörung, welche das Feuer angerichtet hatte, bekam Emma eine Vorstellung davon, wie die Klosterschule und später Thoughts Hall einst ausgesehen haben musste.

Sie gingen ein Stück an den halb verfallenen Gebäuden entlang hinüber zu einer Kirche. „Die Kirche ist das einzige Gebäude, das unversehrt geblieben ist“, sagte Walther, doch Emma nahm seine Stimme nur wie durch einen dichten Schleier wahr.

Omatasat A Suray Bat
Guraijy Nadeh Sat
Omatasat A Suray Bat
Jero Dawi Da Madehh

‚Nicht schon wieder!‘, dachte sie mit zittrigen Knien.

Die Melodie drang in ihren Kopf, während Walther die Tür zur Kirche öffnete. Alles um sie herum begann sich erneut zu drehen. Verzweifelt versuchte sie, ihren Blick an das eingefallene Gebäude vor ihr zu heften. Die Farben verblassten bis die grauen Töne überwogen. Für einen Moment glaubte sie, die Mauern wären wieder intakt und sie konnte das zweite Stockwerk sehen, wo sich die Schlafsäle der Jungen befunden hatten.

Sie wandte ihren Blick ab und konzentrierte sich auf ihre Fußspitzen. Langsam ging sie hinüber zu der Tür, hinter der Walther gerade verschwunden war. Die Melodie wurde lauter, je näher sie dem Eingang kam. Hinter den Fensterscheiben war auf einmal Kerzenlicht zu sehen. Emma spähte hindurch und sah mehrere Dutzend Menschen. Sie traute sich nicht hinein, da sie die feierliche Zeremonie nicht stören wollte.

Omatasat A Suray Bat
Guraijy Nadeh Sat
Omatasat A Suray Bat
Jero Dawi Da Madehh

Rechts neben der Kirche knarzte ein rostiges Tor in seinem Scharnier. Der Weg zu Cross Garden. Chris hatte ihr von dem Friedhof erzählt. Sie ging zwischen den moosbewachsenen Grabsteinen umher, die kreuz und quer vor einer baufälligen Mauer standen. Gebannt starrte Emma auf die Namen der ersten Reihe: Stuart McKenzie, Charlotte O'Kelly, Faye McClary, William McDorrell. Langsam beruhigte sie sich wieder und das Zittern ihrer Knie ließ nach.

Weiter hinten waren die Steine größer und aufwendiger bearbeitet. Das erste Grab war mit schönen Blättern und Blumenmustern verziert. Emma wischte das Moos von dem Stein, um den Namen zu entziffern: Emilia Montgomery - gestrandet auf der Suche nach Erfüllung. Sie schluckte. Emilia hatte es also tatsächlich gegeben.

Als nächstes folgte Isobel O'Ceallaigh. In Ehrfurcht vor Gottes Lohn, stand bei ihrem Namen. Obwohl auch für damalige Verhältnisse noch nicht alt, lautete bei beiden das Todesjahr 1576. Ob sie Opfer des Brandes geworden waren?

Eine kleine Pyramide erweckte mit einem Mal ihre Aufmerksamkeit. Auch hier war ein Name in den Stein gemeißelt: Sanchos Ixbalanque, Botschafter der Neuen Welt. Emma ging weiter zur letzten Reihe, die sich unter einem großen Baum befand. Dort lagen die am reichsten verzierten Grabmale.

Die späte Einsicht belastete sein Leben. Arthur McCloud. Er hatte mit 1621 das bislang jüngste Sterbedatum. Arthur McCloud! Der Künstler, der unter Gails Bild genannt wurde und dessen Seele in Birs Körper weiterlebte.

Dem Vater von Thoughts Hall: Joseph Melone. Du wirst stets in unseren Herzen leuchten. Und gleich daneben: Dem wahren Kämpfer für die Liebe und das Licht. Hieronymus Laine.

Der Gesang in Emmas Kopf wurde lauter. Sie hatte die beiden Männer, von denen Archisha Chris erzählt hatte, also tatsächlich gefunden. Ihre Seele hatte sie zu ihren Gefährten von damals geführt. Oder war sie von ihnen angezogen worden?

Da trat plötzlich ein alter gebeugter Mann mit weißem Bart hinter einem der Grabsteine hervor. In der Hand trug er Hammer und Meißel. Seine graue Kutte schwang weit um seinen Körper.

Mit großen Augen starrte er sie überrascht an. Für einen Moment standen sie sich schweigend gegenüber, dann fragte er etwas in einer Sprache, die Emma nicht verstand.

„Entschuldigen Sie, ich verstehe kein Irisch“, sagte Emma freundlich.

Der Blick des Alten verdunkelte sich. „Bist du Engländerin?“, brummte er auf Latein.

Sie zuckte zusammen. Seine Worte klangen alles andere als freundlich.

Da entdeckte sie Chris Großvater. „Walther!“, rief sie, doch er war zu weit entfernt, um sie zu hören. Obwohl er alleine den Hügel hinaufging, hätte sie schwören können, dass er sich mit jemandem unterhielt, denn gerade zeigte er aufs offene Meer hinaus.

Sie wandte sich noch einmal dem Alten zu, doch er war verschwunden. „Walther!“, schrie sie panisch und rannte zum Eingang der Kirche zurück. Die Messebesucher hatten den Innenraum der Kirche inzwischen verlassen. Niemand war mehr zu sehen, nur eine einzelne Kerze leuchtete neben dem Altar. Wohin waren die ganzen Menschen nur so schnell gegangen?

Hastig eilte sie durch das feuchte Gras, um zu Walther aufzuschließen. Weit unter ihr vernahm sie das Rauschen des Meeres. Am Rande der Steilküste hatte sie ihn endlich eingeholt. Walther lächelte sie an.

„Warum hast du nicht auf mich gewartet?“ Obwohl Emma den alten Mann mochte, ärgerte sie sich in diesem Moment über ihn, weil er sie alleine gelassen hatte.

Walther schaute sie irritiert an. „Ich verstehe nicht was du meinst. Du warst doch die ganze Zeit hier.“

45. Neu Delhi, 14. Juni – Chris O'Sullivan

Am Morgen wachte Chris mit dem Gedanken an die Sicherheitskontrollen am Flughafen auf. Sein Herz klopfte wild und ihm war vor Aufregung ganz übel. Langsam beschlich ihn das dumpfe Gefühl, dass man ihm auf zehn Meter Entfernung ansehen musste, dass er etwas zu verbergen hatte.

Nach einem kurzen Frühstück holte er die restlichen Sachen aus seinem Zimmer und checkte aus. Die Fahrt mit dem Taxi zum Flughafen verlief überraschenderweise ohne große Verkehrsbehinderungen. Der Taxifahrer stellte seinen Koffer auf den Gehsteig und wünschte eine gute Reise.

Auf dem Weg zum Terminal suchte Chris in der Laptoptasche nach seinem Flugticket, das er bereits am Eingang vorzeigen musste. Als er an der Reihe war, warf der Kontrolleur einen kurzen Blick auf das Ticket und ließ Chris passieren. Angespannt betrat er das Gebäude. Das erste Hindernis war überwunden, allem Anschein nach bestand durchaus noch Hoffnung, nicht durch eine polizeiliche Großfahndung gesucht zu werden.

Der Betrieb am Business-Class Check-in hielt sich in Grenzen und er kam sofort an die Reihe. Ein freundlicher Inder nahm Chris Pass und Ticket entgegen. „Sie sind Chris O'Sullivan?", fragte er.

Chris bejahte und begann zu schwitzen. Was sollte diese Frage? Es stand doch in seinem Pass, wer er war. Er blickte sich unauffällig um, ob sich bereits Sicherheitsbeamten auf ihn zu bewegten, aber er konnte nichts Verdächtiges feststellen.

Der Mann am Check-in schien seine gewöhnliche Arbeit zu machen. Er tippte auf der Tastatur seines Computers, ohne Chris weiter zu beachten, und schließlich spukte der Drucker den Gepäckaufkleber aus. Routiniert befestigte er diesen an Chris Koffer und schickte ihn auf die Reise ins Labyrinth der Förderbänder. „Herr O'Sullivan, es gibt da leider eine kleine Änderung in ihrer Reiseplanung." Er machte eine bedeutungsvolle Pause.

Chris fühlte die Schweißperlen, die sich auf seiner Stirn bildeten. Jetzt wäre noch die Gelegenheit, einfach davonzurennen, doch er ließ sie ungenutzt verstreichen.

„Leider haben wir für Sie keinen Platz mehr in der Business Class, die ist überbucht", sagte der Mann hinter dem Schalter.

Chris Pulsschlag beschleunigte sich. „Und gibt es noch einen anderen Platz?"

„Aber ja, Sir. Zum Glück ist in der First Class noch etwas frei!" Er strahlte, als würde er selbst in den Genuss des kostenlosen Upgrades kommen und reichte ihm die Bordkarte und seinen Reisepass zurück. Erleichtert griff Chris nach den Papieren und verließ den Check-in Bereich.

Die nächste Hürde würde die Passkontrolle sein. Er dachte, wenn es eine polizeiliche Fahndung nach ihm gäbe, dann wäre die Wahrscheinlichkeit hoch, dass sie hier zugriffen.

In der Warteschlange war er bemüht, keinen verdächtigen Eindruck zu machen, und zwang sich, in sein Handy zu schauen. Sein Herz klopfte ihm bis zum Hals, als der Zollbeamte ihn zu sich winkte. Er betrachtete Chris Passbild, hob dann den Kopf, um Chris eingehend zu mustern, dann ließ er den Blick wieder zum Foto gleiten. Danach widmete er sich seinem Monitor.

Die Sekunden verrannen und Chris versuchte, nicht nervös von einem Bein auf das andere zu treten. Der Beamte blätterte nach Chris Indien-Visum, strich dieses durch, nahm den kleinen gestempelten Abschnitt heraus, der bei der Ankunft vom ausgefüllten Einreiseformular abgetrennt wurde und Chris seither in seinem Pass mit sich führte. Schließlich reichte er ihm den Ausweis mit einem Nicken zurück.

Nun noch der Security Check des Handgepäcks, dann hatte er es geschafft. Die größte Schwierigkeit war überwunden, versuchte er sich Mut zu machen, doch als er schluckte, bemerkte er, dass sein Mund ganz trocken war.

Der Kontrolleur an der Sicherheitsschleuse fragte ihn nach seiner Bordkarte. Chris zeigte sie vor und nahm den Laptop aus der Tasche, den er in eine separate Plastikschale legen musste. Bevor er den Metalldetektor durchschritt, entledigte er sich des Gürtels und leerte seine Hosentaschen. Der Detektor piepste nicht, daher begab er sich zum Förderband, um seine Laptoptasche in Empfang zu nehmen.

„Entschuldigen Sie, Sir, Sie haben einen die Sicherheit gefährdenden Gegenstand in ihrer Tasche“, kam ein Kontrolleur auf ihn zu.

Chris gab sich erstaunt. „Was sollte das sein?“, fragte er.

„Bitte nehmen Sie es aus der Tasche“, fuhr der Mann vom Sicherheitsdienst des Flughafens fort, ohne auf seine Frage einzugehen.

Chris nahm sich seine Tasche vor, ohne zu wissen, wonach er suchte. „Können Sie mir bitte sagen, wo genau sich der Gegenstand befindet?“, fragte er den Kontrolleur. Doch dieser schüttelte nur den Kopf und kümmerte sich bereits um den nächsten Fluggast.

„Entschuldigen Sie!“ Chris gelang es nur, unter Aufbietung seiner letzten Kräfte ruhig zu bleiben. „Ich finde nichts!“

Der Kontrolleur griff zu seinem Funkgerät und sprach etwas hinein, das Chris nicht verstand. Ein weiterer Sicherheitsmann trat auf ihn zu. „Bitte kommen Sie mit“, sagte dieser unvermittelt.

„Warum, wo ist denn das Problem?“ Chris war bewusst, wie hitzig seine Stimme klang, doch er konnte nichts dagegen tun. Seine Nerven waren aufs Äußerste angespannt.

Der Sicherheitsmann antwortete nicht, sondern griff nach Chris Tasche. Es blieb ihm nichts anderes übrig, als dem schlaksigen Mann mit den finster dreinblickenden Augen zu folgen.

Sie begaben sich in einen kleinen Raum am Rand der Sicherheitskontrolle. Der Inder ließ Chris den Vortritt und schloss hinter sich die Tür. Im Zimmer selbst befanden sich lediglich ein Tisch und zwei Stühle mit grünen Plastiksitzschalen. Er stellte die Tasche auf den Tisch und bat Chris, diese zu öffnen. Chris durchsuchte die vielen kleinen Fächer. Neben Kulis, Visitenkarten, Bonbons und einem USB-Stick kam dabei auch ein Feuerzeug zutage.

„Das war das Problem", lächelte der Sicherheitsmann und Chris erwiderte das Lächeln erleichtert. An das Feuerzeug hatte er gar nicht mehr gedacht. Es gehörte einem Kollegen, der es gestern beim Abendessen auf dem Tisch liegen gelassen hatte. Er wollte es ihm beim Frühstück zurückgeben, hatte es dann aber vergessen. Chris räumte alles wieder ein und wandte sich um.

„Einen Moment noch, nur noch eine Formalie", sagte daraufhin der Sicherheitsmann und verschwand aus der Tür.

Chris schaute ihm verdutzt hinterher. Musste er jetzt noch ein Formular ausfüllen?

Kurze Zeit später kam ein anderer Mann herein. Er trug keine Uniform, sondern einen Anzug mit Krawatte. „Mein Name ist Prakash. Ganesh Prakash", stellte er sich wie James Bond vor und schien sich dabei diebisch über seinen eigenen Witz zu amüsieren. „Mister O'Sullivan, ich habe eine Nachricht erhalten, der ich nachgehen muss. Ich möchte nicht lange um den heißen Brei herumreden. Nach meinen Informationen haben Sie etwas gestohlen, das der indischen Nation gehört und das wollen wir verständlicher Weise wieder haben.“

Chris blickte Prakash mit gespieltem Erstaunen an. „Und was genau soll das bitte sein?“ Obwohl er am ganzen Körper zitterte, betete er, dass Ganesh Prakash ihm seine Gelassenheit abnehmen würde.

„Ich hatte gehofft, Sie könnten hier mehr Licht ins Dunkel bringen. Falls Sie uns das Stück von sich aus zurückgeben, wirkt sich das selbstverständlich strafmildernd aus.“

Chris war verwirrt. Das Ganze klang für ihn nicht logisch. „Sind sie von der Polizei?“

„So ähnlich“, lächelte er, ohne eine weitere Erklärung anzufügen.

„Hören Sie, Mr. ähm Prakash“, sagte Chris. „Ich weiß nicht, von was Sie reden und ich habe nicht viel Zeit, da mein Flugzeug in 30 Minuten startet. Ich sitze hier mit meiner Tasche, mein Gepäck habe ich bereits aufgegeben. Mehr habe ich nicht dabei. Den Koffer haben Sie sicherlich schon kontrolliert und nichts gefunden. Bitte, durchsuchen Sie mich.“

Prakash musterte Chris für einen Moment schweigend. Dann nahm er die Tasche, die Chris ihm entgegenstreckte und durchsuchte sie gründlich. Anschließend tastete er Chris ab. Als er fertig war, klang Chris sichtlich genervt: „Kann ich jetzt gehen?“

Prakash schüttelte den Kopf. „Nicht so schnell Mister O’Sullivan! Was haben sie am Montagnacht im Taj Mahal gemacht?“

Chris schluckte. Sie waren ihm also tatsächlich auf der Spur. „Es besichtigt, wie tausende von Besuchern ebenfalls.“

„Lügen Sie nicht!“, herrschte ihn Prakash an. „Sie sind dort eingebrochen.“ Er warf ihm einen Stapel Schwarzweißfotos einer Überwachungskamera auf den Tisch. Auch wenn es dunkel gewesen war, er und Archisha waren deutlich zu erkennen.

Auf einmal klingelte Prakashs Handy und er verließ eilig den Raum. Trotz der Klimaanlage spürte Chris, wie ihm der Schweiß aus allen Poren drang. Was würden sie jetzt mit ihm machen? Panik überfiel ihn. Warum war er nur so naiv gewesen und hatte sich auf diesen Einbruch eingelassen?

Die Zeit verstrich und wenn sein Flug keine Verspätung hatte, würde er wohl kaum noch in den Genuss des Erste-Klasse-Tickets kommen. Es dauerte eine gute Stunde, bis Prakash in Begleitung zweier uniformierter Sicherheitsleute zurückkam. Er setzte sich rittlings auf den Stuhl und schaute Chris herausfordernd an.

„Nun, haben Sie mir jetzt etwas zu sagen?“

Chris schüttelte den Kopf. „Leider muss ich sie enttäuschen. Hier muss eine Verwechslung vorliegen, Sir.“

Prakash zuckte mit den Schultern. „Ist auch nicht so wichtig, wir wissen auch ohne Ihre Aussage Bescheid. Damit Sie die Operation nicht gefährden, müssen wir Sie leider in Gewahrsam nehmen. Abführen!“

46. Sonthofen, 14. Juni – Saliha Karaca

Endlich Feierabend! Saliha hängte ihren Rock sauber gefaltet auf einen Kleiderbügel und zog die Strumpfhose aus. Ihre Haut fühlte sich von der schwülen Hitze des Tages ganz klebrig an. Während sie ins Bad ging, knöpfte sie sich ihre weiße Bluse auf und warf sie in die Wäschetonne. Kurz darauf folgten BH und Slip. Vollkommen nackt stellte sie sich vor den Spiegel und betrachtete ihren makellosen Körper. Selbst das Zeichen, dass sie am Freitagabend auf der Hütte erhalten hatte, war schon fast verheilt. Von Anfang an hatte es, wie von Bir vorhergesagt, gute Dienste geleistet.

Jasper wollte das Herz der Menschheit für immer vernichten, sobald er es in die Hände bekäme. Das war also der Weg, um Hobans neue Heimat zu erschaffen. Als sie erfuhr, dass er sie dafür benötigte, empfand sie dies zunächst als Ehre, doch je mehr er sie drängte, desto stärker begann sich etwas in ihr zu wehren und schließlich spürte sie dank des Zeichens, dass sie diesen Weg nicht mitgehen wollte.

Das Universum mit seinen unendlich vielen Schicksalsfäden, die sich mit den Wegen von anderen Seelen zu einem immer dichter werdenden Netz verknüpften, war ein faszinierendes Gebilde, denn jeder Knoten bot die Möglichkeit, neu abzubiegen.

Sie fragte sich, was wohl passiert wäre, hätte Bir ihr das Zeichen zum Schutz vor den dunklen Kräften im Universum nicht gerade noch rechtzeitig aufgebrannt. Sie wusste die Antwort. Leichtfertig wäre sie das Bündnis mit Hoban eingegangen und hätte die Erde, als zu Hause der Menschheit, der Zerstörung preisgegeben.

Saliha stieg in die Duschkabine und drehte das Wasser an. Das kühle Nass erfrischte ihren Körper. Sorgfältig schäumte sie sich die schwarzen langen Haare ein. Was gäbe sie jetzt für die Möglichkeit, Bir oder Becky um Rat zu fragen.

Ihre Seelen waren Teil eines großen Ereignisses, das sich nicht auf das Leben auf der Erde begrenzen ließ. Puzzleteil für Puzzleteil setzten sie am Freitagabend auf der Hütte zusammen und am Ende war klar, dass ihre Seelen eine uralte Geschichte verband.

Sie wusch das Shampoo aus und drehte das Wasser ab. Als sie aus der Dusche trat, prasselte ein gewaltiger Gewitterregen auf das Dachfenster im Badezimmer nieder. Saliha zog sich ein T-Shirt über und griff nach ihrem Rock.

Da klingelte es plötzlich an der Tür. Sie öffnete und ein Mann huschte ins Treppenhaus. Seine vom Regen durchnässte Jacke hinterließ kleine Pfützen auf dem Steinboden. Mühsam stieg er die Treppen nach oben. Es schien, als würde er humpeln. Erst auf den letzten Stufen erkannte sie ihn. Er lächelte verlegen. Überrascht starrte sie ihn an. „Du?“

„Tut mir leid, dass ich dich so spät störe, aber ich kenne niemanden, zu dem ich sonst hätte gehen können, und es ist dringend.“

Saliha gab die Tür frei und ließ Bernd eintreten. Er hängte seine nassen Sachen an die Garderobe und zog die Schuhe aus.

„Chris hat mich gebeten, das Herz aus Rosenquarz nach Irland zu bringen, das er mir in einem Messemodel aus Indien geschickt hatte“, begann er ohne Umschweife. „Doch kurz nachdem ich es in meinen Besitz gebracht hatte, wurde es mir geklaut. Stell dir vor: Mitten auf dem Parkplatz von Aggenstein überfällt mich ein Mann. Er wollte kein Geld, kein Handy, nur das Herz.“ Die Verzweiflung stand Bernd ins Gesicht geschrieben.

„Warum kommst du nicht erstmal rein“, sagte sie und bugsierte ihn aus dem engen Flur ins Wohnzimmer.

„Ich weiß nicht, was ich machen soll, Chris zählt auf mich. Meinst du, wir sollten zur Polizei gehen?“

„Nimm doch Platz.“ Saliha deutete auf die Couch. „Möchtest du etwas trinken?“

Bernd nickte und ließ sich erschöpft auf das schwarze Ledersofa plumpsen.

Saliha verschwand in der Küche und kehrte kurz darauf mit zwei Gläsern und einer Flasche Wasser zurück. Sie setzte sich neben Bernd und ergriff seine Hand. „Auf jeden Fall war es die richtige Entscheidung zu mir zu kommen. Ich kann dir helfen. “

„Du?“ Ungläubig hob er den Kopf. „Wie denn?“

Ein kaum merkliches Lächeln huschte über Salihas Gesicht. „Schon vergessen? Wir sind die Erben. Die Geschichte geht uns alle an. Ich vermute, dass Jasper hinter dem Überfall steckt. Er will das Herz, um es zu vernichten."

Zum ersten Mal schaute er Saliha direkt in die Augen. „Jasper will da Herz? Was hat der denn damit zu schaffen?"

„Das Herz birgt eine geheime Kraft in sich. Es bietet den Menschen die Möglichkeit, zum eigenen Sein zurückzufinden. Damit würde die Welt, in der wir leben, wie ein Kartenhaus zusammenfallen. Geld, Besitz, Machtgedanken spielen keine Rolle mehr. Wir würden mit Respekt und Wertschätzung gegenüber unseren Mitmenschen sowie der Umwelt leben. Die Menschen würden sich immer häufiger fragen, warum sie ihre Energie darauf verwenden sollten, sich äußerlich in ein glänzendes Licht zu rücken. All die Statussymbole – Autos, Häuser, Handys – wären von einem Tag auf den anderen nicht mehr wichtig, sondern wir würden uns in ein Feld unendlicher Liebe und Freiheit mit unseren Nächsten bewegen. Genau das möchte Jasper verhindern."

Bernd rückte ein Stück von Saliha ab und schaute sie verständnislos an. „Wie soll das funktionieren?"

„Wie das Herz zu seiner Entfaltung kommt, weiß ich nicht, doch bin ich mir sicher, dass wir es herausfinden werden. Wichtig ist jetzt erstmal, dass wir es zurückbekommen."

„Und wenn er es bereits zerstört hat? Chris wird mich lynchen!"

Saliha schüttelte den Kopf. „Dazu braucht er meine

Hilfe."

„Du scheinst ja eine gewichtige Rolle in der ganzen Geschichte zu spielen," murmelte Bernd.

„Ich bin eine alte, weise Seele, die vom Universum ausgewählt wurde, eine Entscheidung auf der Erde herbei zu führen."

„Sag mal, machst du dich lustig über mich?"

„Nein, hör mir doch zuerst einmal zu. Meine Seele war bei der Vernichtung eines Planeten fernab unserer Erde nicht ganz unschuldig. Wir Bewohner lebten damals weit über unsere Verhältnisse und zerstörten damit die Grundlage allen Lebens. Als ich hier auf die Erde inkarnierte, dachte ich, ich müsste genau das wieder gut machen." Saliha zog ihre Beine an und setzte sich im Schneidersitz aufs Sofa. „Verstehst du? Das ist ein Fehler, den sehr viele Menschen hier begehen. Es geht nie um Sühne, es geht immer um die Liebe."

Bernd räusperte sich. „Sorry, ich glaube ich kann dir nicht folgen."

„Jasper zu helfen würde bedeuten, den Hobanern ihr Zuhause zurückzugeben, auch wenn dadurch die Menschen auf der Erde leiden würden. Ich dachte, Gott verlangt von mir, meinen Fehler aus meinem früheren Leben wieder gutzumachen. Aber damit hätte mein Kampf erneut begonnen und Kampf führt immer zu Leid, egal aus welcher Intension er geführt wird. Niemand muss seine Fehler wiedergutmachen, in dem er anderen Leid zufügt, verstehst du? Erst wenn wir lernen, dass die Antwort nur die

Liebe sein kann, kommen wir einen Schritt weiter, denn es geht nie um das Sühnen einer alten Schuld, sondern darum, alte Muster aufzubrechen."

Sie hielt einen Moment inne. „Deshalb werde ich dieses Mal den Weg der Liebe gehen, damit die Menschen hier auf der Erde nicht dasselbe Schicksal erleiden müssen, wie einst die Bewohner Hobans." Plötzlich griff sie nach seinem Arm. „Die Zeit ist reif, wenn wir uns darauf einlassen, unterstützt uns das Universum auf unserem Weg."

Bernd lächelte gequält. „Wie soll das denn gehen?"

„Das sind Kleinigkeiten. Wenn du bewusst Ausschau hältst, wirst du sie erkennen." Saliha band ihre noch immer nassen Haare zu einem Pferdeschwanz zusammen. „Am Tag nach der Bootstour auf dem Bodensee saß ich auf meinem Balkon und dachte über die Geschehnisse auf Jaspers Yacht nach."

„Du hast dich auch mit Jasper getroffen?" Ungläubig starrte Bernd sie an, doch Saliha sprach unbeirrt weiter.

„Aus einem Impuls heraus öffnete ich Emmas Link zu dem Lied, das sie in unsere Gruppe gestellt hatte. Ich steckte mir die Kopfhörer ins Ohr, legte mich zurück und schloss die Augen. Und plötzlich öffnete sich die Tür zu meinem Seelenweg. Alles wurde hell und leicht und die ganzen Qualen meiner Vergangenheit ergaben einen Sinn. Es entstand eine Kraft in mir, die ich in dieser Intensität noch nicht erlebt hatte. Mein Geist wurde in die Weiten des Weltraums gezogen, vorbei an tausenden von Sternen immer tiefer ins All hinein zu einem Ort, der in Millionen von Farben flimmerte. Farben, die es auf der Erde nicht gab. Ich befand mich inmitten einer Welt, in der auch unzählige andere Lebewesen existierten."

Bernds Mund klappte regelrecht nach unten. „Ernsthaft? Wie sahen sie aus?"

„Ich konnte sie nicht sehen, nur spüren. Es war ein lichtes, freies, ungeheuer schwereloses Gefühl, das ich empfand. Dort in der Regenbogendimension, wie ich den Ort taufte, werden die Schicksalsfäden des Universums in der Hand gehalten. In dem Moment spürte ich, dass es an der Zeit war, Hoban loszulassen. Gaias Weg war der Weg der Liebe und auch ich möchte diesen ab jetzt gehen. Ich bin sicher, mehr und mehr Menschen werden sich uns anschließen, um eine neue Form von Wahrheit, geistigem Bewusstsein und Freiheit auf der Erde entstehen zu lassen."

„Der Gedanke klingt gar nicht so übel, doch wie willst du das anstellen? Die Menschen sind wie sie sind."

Saliha überlegte. „Der Wandel entsteht bereits, und die Energie ist nicht mehr aufzuhalten. Ich bin mir sicher, dass es auf Clare Island passieren wird. Dort wird das Schicksal der Erde entschieden, denn es ist der Ort, an dem das Herz vernichtet werden kann. Jasper wird dort sein und er wird das Herz im Gepäck haben, verlass dich drauf. Wir werden nun einen Flug nach Irland buchen und geben der Menschheit zurück, was ihr genommen wurde!"

47. Achill Island, 14. Juni – Emma Sommer

Zurück auf der Farm wollte Emma alleine sein. Die Atmosphäre auf der Insel hatte sie aufgewühlt. Es war die Energie eines vergangenen Zeitalters, die sie beim Blick auf die Messe und zwischen den Grabsteinen gesehen, gehört und gespürt hatte. Auch das Lied war wieder erklungen.

Walther indes hatte sie ausgelacht und gefragt, warum sie ihm diese Schauermärchen erzählte. Für ihn waren nur sie beide dort gewesen. Und irgendwie hatte er auch recht. Die Zeit mit Walther hatte sie anders wahrgenommen. Als er plötzlich die Kirche betrat, war es so, als wäre er damit aus ihrer Welt verschwunden, oder sie aus seiner? Das Erlebte in der Zeit ohne Walther, hatte sich so ‚vergangen' angefühlt.

Zuerst war ihr der Weg aufgefallen. Beim Betreten der Ruinen noch mit Gras und Farnen bewachsen, war er später gänzlich ohne Bewuchs, obwohl sie sich nicht vom Fleck gerührt hatte. Und beim Blick in die Kirche hatte sie das Leben gespürt, das darin herrschte. Sie konnte fühlen, dass der Raum täglich Menschen beherbergte. Das war keine Ruine, die ab und zu von Touristen besucht wurde. Sie hatte sich ganz sicher für einen Moment in einem bewohnten Kloster befunden, bis sie später wieder auf Walther gestoßen war, der entschlossen den Hügel hinaufschritt.

Konnte ein Teil ihrer Seele denselben Ort zu einer

anderen Zeit besuchen, während sie weiterhin mit Walther sprach, so wie dieser Stein und Bein geschworen hatte?

An den Felsen angekommen, war sie von Walther in das Innere einer Höhle geführt worden. „Das hier nennen sie die Quelle“, hatte er gesagt. „Die Quelle des Lichts und allen Seins.“ Walther hatte mit einer Taschenlampe die Wände abgeleuchtet. Nackter grauer Fels, an dem sich kleine Wasserrinnsale bildeten. Und dann war es wieder passiert. Walthers Stimme war leiser geworden und die Umgebung noch farbloser, als sie an diesem tristen Tag ohnehin schon war. Plötzlich sah sie zwei Männer und eine Handvoll Kinder, die auf mit Schafsfell bespannten Hockern im Halbkreis saßen. Und in der Mitte, auf einem Altar aus Felsgestein, hatte das Herz gelegen! Da stand mit einem Mal ein Mädchen auf und sprach: „Euer Weg kann nicht funktionieren, wenn ihr Gleiches mit Gleichem vergelten wollt. Ihr sprecht davon, das Unrecht in der Welt damit zu bekämpfen, in dem ihr dieselben Waffen wählt, wie eure Gegner, die ihr doch so verurteilt. Frieden werdet ihr jedoch erst schließen, indem ihr vergebt. Geht den Weg der Liebe und ihr werdet finden, was ihr sucht. Dafür hat Gaia euch dieses Herz geschenkt und nicht, damit ihr in den Krieg zieht.“

„Was weißt du schon von der Welt?“, fragte ein stämmiger Mann mit grauem Bart.

„Joseph, ich denke Gail hat recht. Wir müssen unsere Strategie überdenken, denn bislang führte unser Weg nicht zum Ziel.“

„Nein, Hieronymus, bevor wir die Liebe leben können, müssen wir den Feind vernichten.“

Emma war es dabei eiskalt über den Rücken gelaufen. Wie auch immer es passierte, sie war in der Lage geistig in die Vergangenheit zu reisen. Sie hatte Walthers Großmutter Aideen gesehen und in den Ruinen von Thoughts Hall war sie Gail O'Sullivan begegnet.

Sie streifte ihre Turnschuhe ab und hängte die Regenjacke an die Garderobe. Danach ging sie ins Badezimmer, um zu duschen. Sie hoffte, unter dem Strahl des wärmenden Wassers ihr Gedankenkarussell stoppen zu können. Doch es funktionierte nicht. So sehr sie sich auch bemühte, es gelang ihr nicht, sich zu entspannen. Am besten würde sie jetzt sofort Chris anrufen und ihm von ihrem Ausflug nach Clare Island erzählen.

Emma stellte die Dusche ab und zog sich an. Dann griff sie nach ihrem Handy und wählte Chris Nummer. Es läutete nicht, stattdessen sprang nur die Mailbox an. Enttäuscht legte Emma das Telefon zur Seite. Müsste er nicht schon längst gelandet sein?

Sie verspürte wenig Lust, mit den anderen zu Abend zu essen. Beim Frühstück erwähnte Penny, dass die Familie mit den Kindern sowie das ältere Ehepaar sich zum Essen angemeldet hatten, doch sie würde viel lieber alleine sein.

Schnell schlüpfte sie in ihre Flip-Flops und ging nach unten. Sie bat Penny um einen kleinen Snack, da sie sich müde vom heutigen Ausflug fühlte. Penny belegte Emma zwei Putensandwiches mit Salat und Ei und arrangierte noch einen Teller mit selbstgemachten Schokoladenkeksen dazu.

„Möchtest du Tee? Ich habe gerade frischen aufgebrüht!“ Penny blickte Emma mitfühlend an. „Ich weiß Clare Island ist wunderschön, nicht wahr? Aber auf der anderen Seite kann das unwegsame Gelände und die raue Witterung auch sehr anstrengend sein.“

Emma pflichtete ihr bei, doch war sie mit ihren Gedanken nicht bei der Sache. Dankbar griff sie nach der Thermoskanne und verließ die Küche, als die Familie mit den beiden Kindern unter lautem Geschrei an ihrem Tisch Platz nahmen.

Zurück im Zimmer machte sie es sich in der kleinen Sitzecke bequem. Emma war froh, endlich etwas Zeit für sich zu haben, und verspeiste ihre Sandwiches mit großem Appetit. Erst jetzt bemerkte sie, wie hungrig sie war.

Nachdem sie sich gestärkt hatte, schenkte sie sich eine Tasse Tee ein und trat auf den Balkon hinaus. Die Natur begann sich auf die Nacht vorzubereiten. Nur noch wenige Vögel jagten Insekten nach und auch sie zogen sich allmählich in ihr Nachtquartier zurück. Stille legte sich wie eine weiche Decke über das Land, die mit dem letzten Sonnenstrahl dem Zirpen der Grillen wich.

„Wo steckst du Chris?“, flüsterte Emma in die aufziehende Dämmerung hinein. Irgendetwas war geschehen, das spürte sie.

Es war kurz nach zehn, als sie einen warmen Pulli und

ihre Regenjacke überzog. So aufgewühlt, wie sie war, würde sie ohnehin nicht einschlafen können. Deshalb wollte sie sich ein wenig in die Kapelle setzen, um zur Ruhe zu kommen und die friedliche Atmosphäre auf sich wirken zu lassen.

Sie entzündete die Kerzen am Altar und nahm auf der Bank in der ersten Reihe Platz. Außer dem Rauschen des Windes war kein Laut zu hören.

Plötzlich erinnerte sie sich an die E-Mail, die Chris ihr gestern geschickt hatte. Nachdem Sie den darin enthaltenen Link in die WhatsApp Gruppe gestellt hatte, hatte sie nicht mehr daran gedacht, ihn zu öffnen. Emma zog ihr Handy aus ihrer Jackentasche, gespannt darauf, was er enthielt. Unverzüglich öffnete sich die YouTube App und die sanften Klänge eines Liedes hallten in der Kapelle wider.

Omatasat A Suray Bat
Guraijy Nadeh Sat
Omatasat A Suray Bat
Jero Dawi Da Madehh

Ungläubig starrte sie auf das hellerleuchtete Display. Ihre Finger zitterten, als sie erneut auf ‚Wiedergabe' drückte. Eine Gänsehaut kroch ihren Rücken herauf und erfasste ihren gesamten Körper. Das Lied, das aus ihrem Handy erklang, war exakt dasselbe, das sowohl bei ihrem Spaziergang zum Wehrturm als auch in Cross Garden den Weg in ihr Bewusstsein gefunden hatte.

Mit klopfendem Herzen googelte sie nach der Herkunft der Musik. Die Melodie war ein 3000 Jahre altes Mantra, das Glück und Schutz mit sich bringen sollte. Den Klangfolgen wurde nachgesagt, dass sie dem Zuhörer halfen, positive Menschen und Situationen anzuziehen. Ein indischer Weiser wurde bei der Übersetzung mehrmals zitiert und er empfahl das Lied denjenigen, die sich starr vor Angst fühlten, denn das Mantra erschuf ein Energiefeld des Schutzes.

Emma las die Übersetzung des Textes: *Ich verneige mich vor der Quelle der Weisheit. Ich verneige mich vor der Weisheit aller Zeitalter. Ich verneige mich vor der wahrhaftigen Weisheit. Ich verneige mich vor der allumfassenden, unsichtbaren Weisheit.*

Wenigstens war die Bedeutung der Zeilen beruhigend. War da draußen tatsächlich eine Kraft, die sie führte?
Die wahrhaftige Weisheit. Würde sie sie besitzen, dann wüsste sie sicher, warum Chris sich nicht meldete. Oder bedeutete, die wahrhaftige Weisheit zu besitzen, auch einfach, in den Fluss des Lebens zu vertrauen und zu wissen, dass alles gut werden würde? Noch einmal klickte sie auf Play und schloss die Augen.

Omatasat A Suray Bat
Guraijy Nadeh Sat
Omatasat A Suray Bat
Jero Dawi Da Madehh

Plötzlich tauchte eine Frau vor ihrem geistigen Auge auf. Sie sprach nicht, sondern streckte lediglich die Hand aus, als fordere sie Emma auf, ihr zu folgen. Neugierig verließ sie die Kapelle. Die Frau schwebte dem Meer entgegen.

Etwas irritierte Emma, doch im ersten Moment konnte sie es nicht greifen. Sie ging weiter und da fiel es ihr wie Schuppen von den Augen. Natürlich! Die Farm der O'Sullivans fehlte. Es stand lediglich eine Hütte aus Holz und die weiß getünchte Kapelle am Rande der Klippen. An der Nordseite erhob sich ein stattliches Felsmassiv, als wolle es die kleine Kirche vor Gefahren schützen und Eindringlinge davon abhalten, dem Gotteshaus zu nahezukommen.

Die Frau glitt um die Kapelle herum und plötzlich erkannte Emma vier Stufen in den Felsen. Unvermittelt begann die Erscheinung zu sprechen. „Beachte den Mond, er ist unser Verbündeter!"

Emma wollte zu ihr aufschließen, fragen, was sie damit meinte, doch sie konnte sich nicht bewegen. Sie hatte das Gefühl, festgewachsen zu sein. „Wer bist du?"

Die junge Frau lächelte. „Mein Name ist Aideen." Dann war sie verschwunden. Der Vollmond tauchte die Umgebung in ein gespenstisches Licht und eine leichte Brise wehte ihr ins Gesicht.

„Achte auf den Mond, er ist unser Verbündeter." Die sanfte Stimme, die sie auf Latein ansprach, hatte sie aus dem nichts getroffen und erschaudern lassen. Zwischen Himmel und Erde gab es etwas, für das der menschliche

Verstand niemals eine rationale Erklärung finden würde.

Es gab einen Lebensrhythmus, an den sie und auch die meisten ihrer Freunde sich hielten. Die wenigsten Menschen hinterfragten, was sie tagtäglich taten, doch was wäre, wenn hinter all dem, was sie das Leben nannten, noch etwas viel Größeres steckte?

Die Luft, die der Wind vom Meer herüberwehte, roch nach Salz und Algen. Auf einmal registrierte sie, dass irgendetwas anders war als gestern Nachmittag. Das Rauschen des Meeres fehlte. Musste man an manchen Tagen auf der Rückseite der Ställe gegen die Brandung anschreien, so hatten sich die tosenden Wellen weit zurückgezogen und einer sandumspülten Ebene Platz gemacht, die mit schwarzen Algen durchzogen war.

Emma schaltete die Taschenlampe ein und leuchtet die Felsen hinab. Sie stand jetzt genau an der Stelle, an der Aideens Erscheinung verschwunden war.

Zögernd trat Emma an den Felsvorsprung heran und blickte hinunter. Die Stufen! Sie konnte ein Dutzend Stufen hinter der Kapelle erkennen, die sie bislang noch nie gesehen hatte.

„Der Mond ist unser Verbündeter!“ Die Gezeiten! Plötzlich war sich Emma sicher, dass die Treppe zu dem Ort führte, den Aideen ihr zeigen wollte. Sie fühlte einen Kloß in ihrem Hals, als sie vorsichtig die schlüpfrigen Stufen hinab stieg. Würde sie das Geheimnis lüften, von dem Walther immer geträumt hatte?

Emma zitterte, als sie ihre Taschenlampe wieder ausschaltete. Die Nacht war beinahe taghell und der Mond beleuchtete die Stufen, die immer tiefer nach unten führten.

Nach einer Biegung entdeckte Emma einen verborgenen Eingang im Fels. Hoch über ihr thronte die Kapelle. Der weiße Anstrich der Rückwand strahlte hell im milchigen Licht des Mondes. Emma staunte, dass ihr zuvor nicht aufgefallen war, wie nahe die Kirche an den Rand der Klippen gebaut worden war. Man konnte das Gebäude nicht umrunden, ohne sich buchstäblich am Abgrund entlang zu hangeln.

Sie wandte sich wieder der Höhle zu. Wenn sie sich klein machte, könnte sie sich hindurchzwängen. Für einen kurzen Moment zögerte sie. Dann stand ihr Entschluss fest. Sie kletterte über einen hüfthohen Stein und befand sich sogleich in einem Hohlraum, aus dem wiederum ein schmaler Gang steil nach oben führte. Die Decke war niedrig und Emma konnte sich nur gebückt vorwärts bewegen.

Trotz des Lichtes der Taschenlampe verlor sich der Weg bald in einem schwarzen Nichts. Als Emma schon dachte, dass sie besser ein anderes Mal passend ausgerüstet wiederkommen sollte, entdeckte sie in einer tiefen Nische am Ende des Ganges eine Falltür, die in die Decke eingelassen war. Neugierig trat Emma näher. Obwohl sie nicht damit rechnete, schwang die Luke knarrend auf, als sie dagegen drückte.

Gespannt zog sie sich nach oben. Sie traute ihren

Augen kaum, als sie realisierte, wo sie plötzlich stand. Ohne Zweifel befand sie sich im hinteren Bereich der Kapelle. Irgendwer musste einst den Zugang vom Altar zugemauert haben. Ob Walther davon wusste?

Emma ließ ihren Blick im Schein der Taschenlampe schweifen. Das Innere glich dem Hauptraum der Kapelle. Da Emma sich nicht sicher war, wann das Meer zurückkehren würde, wollte sie keine Zeit verlieren. Zielstrebig steuerte sie einen alten Schrein an.

Emma hörte ihren Puls in ihren Ohren hämmern. Hatte Walther die ganzen Jahre über recht gehabt? Niemand glaubte ihm, sogar seine eigene Frau hatte ihn stets nur belächelt. Der alte Schrein war augenscheinlich aus Marmor gefertigt worden und mit unzähligen filigranen Elementen überzogen. Langsam trat Emma näher und zog die Laden des imposanten Kunstwerkes vorsichtig heraus. Es war eine Schande, dass so etwas Schönes hier unbeachtet verkümmerte. Mit zitternden Fingern hantierte sie an der letzten Schublade herum, alle anderen waren zu ihrer Enttäuschung leer gewesen. Frustriert stellte sie fest, dass sich die Lade nicht bewegen ließ. So sehr sie auch daran rüttelte, sie rührte sich keinen Millimeter.

Plötzlich hielt sie inne. Das Meer! Langsam aber stetig begann das Wasser wieder gegen die Felsen zu schlagen. Seit sie hier herauf geklettert war, hatte sie keinen Gedanken mehr an die Flut verschwendet, die die Treppen unter Wasser setzen und den Zugang für die nächsten Stunden versperren würde.

Mit all ihrer Willenskraft, die sie aufbringen konnte, zog sie an dem massiven Griff und auf einmal spürte sie einen Ruck. Die Lade bewegte sich. Hektisch leuchtete sie mit ihrer Taschenlampe in das Innere des Schreins, doch auch das letzte Fach war leer.

Enttäuscht tastete sie mit ihren Fingern den Hohlraum entlang. Sie war nicht bereit, so schnell aufzugeben. Doch das Rauschen des Wassers wurde lauter. Ob es ihr passte oder nicht, sie musste ihre Suche beenden.

Gerade als Emma ihre Hand zurückziehen wollte, stießen ihre Finger gegen etwas Hartes. Sie griff danach und zog es nach vorne. Ein Schmuckkästchen! Kühl und glatt lag es in ihrer Hand.

Ein lauter Schlag ließ sie so unvermutet zusammenzucken, dass ihr beinahe die Schatulle aus der Hand gerutscht wäre. Mit voller Wucht war eine Welle gegen die Klippen gerauscht. Es war höchste Zeit, sich auf den Rückweg zu machen. Emma drückte das Fundstück an ihre Brust. Sie konnte kaum abwarten zu erfahren, was es beinhaltete.

Im Farmhaus war es dunkel, als sie zurückkam. Der Zeiger der großen Standuhr im Eingangsbereich zeigte bereits kurz vor zwei. Sie huschte durch die Tür und schloss hinter sich ab. Leise ging sie nach oben und setzte sich an den kleinen Schreibtisch in ihrem Zimmer. Vorsichtig hob sie das Kästchen an und drehte es herum. Im hellen Schein der Lampe bewunderte sie seine außergewöhnliche Schönheit. An der Unterseite öffnete sich eine Lade, in der ein kleiner Schlüssel lag. Emma steckte ihn in das Schloss in der Mitte des Deckels und drehte ihn mit zitternden Fingern. Tränen stiegen ihr in die Augen, als sie den dunkelbraunen Ledereinband herausnahm und ihn aufklappte.

48. Neu Delhi, 15. Juni – Chris O'Sullivan

Es war derselbe Traum. Chris lag niedergestochen in dem Arkadengang, seine Hände gegen die Brust gedrückt. Archisha beugte sich über ihn und versuchte, die Blutung zu stillen. Doch plötzlich änderte sich das Bild. Nun lag nicht er auf dem Boden, sondern eine rothaarige Frau, über die sich ein Junge beugte. Wie Archisha hatte auch er dunkle Haut und große schwarze Augen, die verzweifelt auf die Wunde starten.

Plötzlich wurde Chris unsanft aus dem Schlaf gerüttelt. „Steh auf, du kannst gehen", herrschte ihn ein Wachmann an.

Geblendet von dem grellen Licht an der Decke, hielt er sich die Hand vor Augen und erhob sich langsam von der harten Pritsche.

„Nun mach‘ schon, bevor ich es mir anders überlege!" Der Mann gab ihm seine Wertsachen und das Handgepäck zurück. Dann stand Chris wieder in einem der Terminals vor der Sicherheitsschleuse.

Ein Blick auf sein Handy sagte ihm, dass Emma fünfmal versucht hatte, ihn zu erreichen. Schließlich hatte sie eine Nachricht geschickt. „Wo steckst du? Dein Flug ist bereits vor über 4 Stunden gelandet und kein Lebenszeichen von dir. Ist alles in Ordnung?"

Chris suchte sich eine freie Bank, um Emma zu antworteten. Er schrieb ihr, dass er am Flughafen verhaftet worden sei, nachdem sie ihn auf den Überwachungskameras des Taj Mahals identifiziert hatten. „Es war Gail O'Sullivan, die in meinen Träumen Kontakt zu mir aufgenommen hat! Ich durchlebte ihren Tod in all den Nächten."

Er hatte die Nachricht keine Minute abgeschickt, da läutete sein Telefon. Emma. In Irland war es halb drei in der Nacht und er konnte sich gut vorstellen, dass sie aus Sorge um ihn, kein Auge zugemacht hatte.

„Glaubst du, dass es eine Verbindung zwischen Menschen geben kann, die Gedanken oder Geschichten direkt in den Kopf des anderen transportieren?", fragte Emma, ohne ihn zu begrüßen.

Verwirrt starrte Chris in das noch fast menschenleere Terminal. „Wie meinst du das?"

„Ich habe Gails Tagebuch gefunden und im selben Moment schreibst du, dass du ihren Tod geträumt hast!"

„Warte. Wir sollten jetzt nicht darüber sprechen. Ich weiß nicht, ob jemand mein Handy abhört."

Emma stöhnte entsetzt auf. „In was für eine Geschichte sind wir da nur hineingeraten. Komm' so schnell du kannst. Hier passieren unheimliche Dinge. Das Lied aus deiner E-Mail kannte ich bereits. Die Melodie erklang bei einem meiner Spaziergänge aus dem Nichts, obwohl ich sie noch nie zuvor gehört habe!“ Emmas Stimme überschlug sich. „Das ist aber noch nicht alles. Als ich mit Walther auf Clare Island war, hat ein Gottesdienst stattgefunden, und doch auch wieder nicht! Ich habe in der Kirche Menschen gesehen und ich hörte die Musik der Orgel. Doch Walther hat nichts davon mitbekommen. Chris, die Vergangenheit der Insel, ich habe das Gefühl sie greift nach mir!“ Emma holte tief Luft. „Glaubst du, Menschen können im Geist durch die Jahrhunderte reisen? Ich erlebe hier Situationen, die längst Geschichte sind! Das ist verrückt, oder?“

Chris seufzte. Ihm ging es genau wie ihr. Auch er war durcheinander. Einen Moment war es still in der Leitung, dann sagte er: „Wir sollten jetzt aufhören, wenn alles gut geht, bin ich heute Abend auf der Farm.“ Er machte eine kurze Pause. „Emma, ich liebe dich und ich freue mich von ganzem Herzen auf unser Baby. Aber du musst vorsichtig sein. Beckys Tod war nur der Anfang. Vielleicht werden weitere Personen sterben.“ Er schluckte. Archishas Warnung hatte ihn noch intensiver spüren lassen, wie sehr er Emma liebte.

„Ich habe Bernd gebeten, nach Irland zu fliegen. Er sollte kurz vor Mittag bei euch eintreffen. Verlasse bitte das Haus nicht, bis er da ist. Am besten du schließt dich in deinem Zimmer ein!“

Am anderen Ende der Leitung blieb es still. Chris warf einen prüfenden Blick auf sein Handy. Die Verbindung war noch intakt.

„Chris... Komm bitte so schnell wie möglich!“

49. Achill Island, 15. Juni – Bernd Wegener

Bernd kontrollierte noch einmal Reihe und Sitznummer auf seinem Ticket und zwängte sich auf seinen Platz. In gut 5 Stunden würden sie auf der Farm der O’Sullivans eintreffen. Hoffentlich ging ihr Plan auf und sie konnten Jasper das Herz wieder abnehmen.

Es war kein Problem gewesen, das Messegut am Münchener Flughafen abzuholen, in dem Chris das Herz versteckt hatte. Sobald er das Exponat in den Transporter verladen hatte, öffnete er mit dem Akkuschrauber die acht Schrauben an der Transportkiste und nahm den Deckel ab. Das Messemodell zeigte verschiedene Anbauflächen und wie diese mit den entsprechenden Landmaschinen bearbeitet werden konnten. Es ähnelte der Modelleisenbahn, mit der er als Kind immer so gerne spielte. Dann hatte er die Klappe am Unterbau des Modells, hinter der sich die Technik zur Steuerung und Beleuchtung befand, gelöst. Dort hatte Chris das Herz mit ausreichend Klebeband in der hinteren rechten Ecke fixiert.

Vorsichtig hatte er mit seinem Taschenmesser das Klebeband durchtrennt. Egal, was er selbst von dieser Geschichte hielt, etwas Magisches ging von dem Herz aus, das spürte er sofort.

Saliha verstaute ihr Handgepäck in die Gepäckablage

über den Sitzen und setzte sie sich neben ihn. Draußen verschwanden die Koffer im Rumpf des Flugzeugs, während Saliha ihre Handtasche unter den Sitz des Vordermanns schob.

„Jasper ist schon in Irland“, sagte sie beiläufig mit Blick auf ihr Handy, während Bernd vom Fenster aus, einen Mann beobachtete, der die Gepäckverladung überwachte.

„Ernsthaft?“ Bernd wollte aufspringen, doch der bereits angelegte Sicherheitsgurt hielt ihn zurück. Langsam lehnte er sich wieder in seinen Sitz. Er dachte an Chris und seine Angst um Emma, die nun mit Beckys Vergewaltiger alleine war. „Was schreibt er?“

„Ich solle mir für heute einen Flug nach Irland buchen. Alles wäre für den großen Augenblick vorbereitet!“ Triumphierend schauten sie sich an.

Saliha schaltete den Flugmodus ein und steckte das Handy in ihre Handtasche. „Es läuft nach Plan, trotzdem müssen wir besonnen vorgehen.“

Bernd nickte gedankenverloren. „Wie kann das Herz denn vernichtet werden?“

„Es gibt eine Stelle hoch oben auf den Klippen von Clare Island. Man erreicht diesen Punkt, wenn man der Küstenlinie am Ende von Cross Garden nach unten folgt.“ Saliha zögerte. „Von dort muss ich mit dem Herz ins Meer springen, um es zurück in die Wellen der Ewigkeit zu geben.“

„Du sollst was?“ Bernd starrte sie mit weit aufgerissenen Augen an. „Ist das nicht gefährlich?“

Saliha lächelte. „Natürlich ist es das. Es würde mich mein irdisches Leben kosten!“

In dem Moment meldete sich der Flugkapitän zu Wort. Die Startbahn sei freigegeben und die Maschine würde in Kürze abheben.

Automatisch klappte Bernd seinen Tisch nach oben. „Das würdest du doch nicht tun, oder?“ Unsicher schaute er sie an.

„Schau dir die Geschichte an. Es gibt immer wieder Menschen, die bereit sind, ihr Leben einer höheren Sache zu opfern. Ich hätte es mir ebenso vorstellen können. Jasper hat mich in unseren Meditationen weit weg von der Erde geführt, in Dimensionen, in denen es hell, rein und weit ist. Es war anstrengend, jedes Mal in die Enge und Dunkelheit der Erde zurückzukehren. Ich benötigte stets länger, um mich wieder in mein Leben einzufinden und fragte mich in diesen Momenten, ob es nicht besser wäre, für immer in dieser Welt der Leichtigkeit zu bleiben.

Jasper befeuerte den Wunsch, in dem er mir erzählte, dass ich die Auserwählte Hobans sei und mich mit einem Sprung in eine höhere Dimension katapultieren könnte. Es klang verlockend, doch es wäre nicht nur eine Entscheidung gegen die Menschen, sondern auch eine gegen meinen Seelenweg gewesen.“

„Also, ich würde es sehr bedauern, wenn du springst.“ Ihre Blicke trafen sich und Bernd spürte einen Stich in seinem Herzen.

„Ich bin mir ziemlich sicher, dass es Gaias Zeichen war, das mich davor bewahrte.“

Bernd schaute sie fragend an. Da schob sie den Bund ihres Rockes ein wenig nach unten. Ein Tattoo, das in ihre Haut gebrannt war, kam zum Vorschein.

„Wo hast du das her?“, fragte Bernd überrascht. „Dasselbe hatte Becky auch.“

Saliha nickte. „Bir hat es uns auf der Hütte aufgebrannt.“

Bernd starrte sie mit großen Augen an und erinnerte sich dabei an die Szene, als der Mann das heiße Eisen auf die Haut der halbnackten Frau gedrückt hatte. „Was ist das für ein Zeichen?“

„Die Mitglieder des Ewigen Rates haben es erschaffen, um die Völker aller Sonnensysteme vor den zerstörerischen Kräften des Universums zu schützen. Als Zeichen ihrer Verbundenheit zum Licht und der Liebe erhielten die Völker in einer feierlichen Zeremonie das Wappen der Dreiheit mit einem glühenden Eisen auf die Hüfte gebrannt. Ein Kreis, der von einem Quadrat geschnitten wird. Dabei steht der Kreis für den Himmel, also unseren Geist und das Quadrat für die Erde. Es symbolisiert das Materielle, während der dadurch entstehende Halbkreis das Leben verkörpert, welches in der Verbindung zwischen Himmel und Erde existiert.“

Das Flugzeug beschleunigte auf der Startbahn und die beiden wurden in ihre Sitze gedrückt. Kurz darauf hob die Maschine ab. Eine Weile beobachteten sie, wie die Landschaft unter ihnen immer kleiner wurde.

„Was Jasper von mir verlangt, habe ich bereits als Mädchen gesehen. Oft saß ich auf einem Felsen hoch über dem dunklen Waldsee und betrachtete die vielen glitzernden Punkte, die das Sonnenlicht über die Wellen tanzen ließ. Ich habe mich gefragt, wie es wäre, zu springen. Wegfliegen von all meinen Ängsten und Schmerzen, weit weg, an einen Ort der Ruhe und Liebe."

Schon wieder überraschte ihn Saliha mit einer ihrer Aussagen. „Heißt das, du hattest als Kind Selbstmordgedanken?"

Saliha lächelte. „Wahrscheinlich hätte ich nicht den Mut gehabt, aber manchmal habe ich darüber nachgedacht, ob der Tod nicht die einfachere Lösung wäre. Doch dann kam der Tag, als ich zum letzten Mal auf meinem Felsen saß. Obwohl eine ungewisse Zukunft vor mir lag, fühlte ich mich glücklich."

Sie wickelte einen Schokoriegel aus. „Willst du auch einen?" Bernd schüttelte den Kopf. „Die Zusage, dass ich an der Hotelfachschule in Köln angenommen wurde, habe ich bekommen, als ich schon nicht mehr daran glaubte. Jeden Tag hatte ich auf das Schreiben gewartet und war froh, als ich den Umschlag im Briefkasten entdeckte. Die Zeit dort erfüllte mich. Ich lernte fleißig und fand schnell Anschluss. Es war eine unbeschwerte Zeit. Doch nach den Prüfungen machten sich erneut Leere und Ziellosigkeit in mir breit. Abend für Abend saß ich in einer melancholischen Stimmung am Ufer des Rheins und starrte aufs

Wasser hinaus. Gedanken kamen und gingen, doch einer biss sich fest.

Es brauchte eine Weile, bis ich ihn zu fassen bekam. Nicht die anderen waren schuld an meinem unglücklichen Leben, sondern einzig und allein ich selbst, denn ich folgte meinem Kopf und nicht meinem Herzen. Es lief stets nach demselben Muster. Wenn ich es auf die Realschule schaffe, bin ich glücklich. Wenn ich die Zusage zur Hotelfachschule bekomme, bin ich glücklich. Wenn ich von zu Hause ausziehe, bin ich glücklich. Wenn ich die Abschlussprüfung bestehe, bin ich glücklich.

Nein. Dieses Denken machte keinen Sinn. Ich wurde höchstens kurzfristig glücklich, wenn ich eines der gesteckten Ziele erreicht hatte. Doch für eine wirklich tiefe Zufriedenheit muss man seinem Herzen folgen. Verstehst du das?“

Bernd nickte, ohne sicher zu sein, ob er ihr wirklich folgen konnte.

Saliha steckte sich den Rest des Schokoriegels in den Mund. „Es ist verblüffend, Gott lässt den Menschen freie Hand. Jeder kann tun und lassen, was er will und doch, wenn du genau in dich hineinspürst, nimmst du den sanften Druck wahr, der dich auf den Weg deines Seelenplans führen möchte.“ Die Stewardess brachte Getränke und einen kleinen Snack. Saliha verstummte.

Bernd dachte über sein eigenes Leben nach. Bald würden sie sich nach ihrem Hüttenwochenende in Irland zum ersten Mal wieder gegenüber stehen. Saliha, Jasper,

Emma und heute Abend dann hoffentlich auch Chris. Nur Becky und Bir fehlten.

Heftiger Regen klatschte inzwischen an das Fenster des Flugzeugs und der Wind rüttelte an den Tragflächen. Das Leben meinte es ja eigentlich gut mit ihm, doch manchmal eben auch nicht. Jedes Mal, wenn er sich verliebte, ging etwas schief. Egal, was er tat, egal, wie sehr er sich bemühte. Und wenn er einmal nichts falsch machte, dann starb seine Freundin je nach Sichtweise an einem toxischen Schock oder durch einen heimtückischen Mord beim Schwimmen durch den See.

Bernd packte die Kekse auf und steckte sich einen in den Mund. Beckys Lachen kam ihm wieder in den Sinn. Die Stunden, in denen sie im Gras lagen und die Sonne ihre Haut wärmte.

Salihas Erzählungen hatten ihn zum Nachdenken gebracht. Lebenswege, die Menschen einschlagen; ihre freie Entscheidung, sich dabei mit ihrem göttlichen Plan zu verbinden oder eben auch nicht. Er war sich noch nicht sicher, was er von dieser Geschichte halten sollte. Doch eines wollte er ganz gewiss nicht glauben: Dass Becky sterben musste, damit das Leben auf der Erde sich zum Besseren wandte. „Glaubst du, Becky schaut nun auch auf uns herunter, wie unsere Ahnen von denen du erzählt hast?“

„Das hast du dir gemerkt?“ Saliha lächelte ihn überrascht an.

Bernd nickte. Die letzte Woche hatte ihn verändert.

„Erhält jede Seele nach ihrem Tod die Leichtigkeit zurück?“

„Seelen sterben nicht, sie verlassen den irdischen Körper nach dessen Ableben und kehren zurück in den göttlichen Schoß. Wir alle sind geistige Wesen in einem menschlichen Körper, die Erfahrungen auf der Erde machen.“

„Woher weißt du das alles?“

„Ich hatte einen sehr weisen Großvater, der mich einiges lehrte. Unsere Seelen kommen immer wieder hierher zurück. Durch ihre Vergangenheit sind sie an diesen Ort gebunden. Wenn wir unsere Lebensthemen nicht lösen, werden wir stets neu zusammenkommen. Einfach nur so leben, wie man will, bedeutet, du schleppst den Müll aus deiner Vergangenheit und den deiner Vorfahren weiter mit und die seelische Entwicklung stagniert. Auf Dauer setzt dich dieses Verhalten stärker unter Druck, als Veränderungen zuzulassen.“

„Jetzt fang du nicht auch noch mit dem Quatsch an.“ Bernds Augen blickten gequält. „Mich interessieren die Geschichten aus der Vergangenheit nicht. Becky ist tot, doch keinen scheint diese Tatsache zu kümmern, jeder redet nur von der Vergangenheit und dass es keinen anderen Weg gegeben hätte. Es ist zum Verrückt werden!“ Bernd wurde plötzlich laut und sein Vordermann drehte sich stirnrunzelnd zu ihm um.

„Du erkennst das Problem nicht. Die Vergangenheit hat dich zu dem gemacht, der du heute bist und wenn du nichts dagegen unternimmst, wirst du immer so bleiben."

„Und wenn schon. Ich mag mich, wie ich bin!"

„Nein, tust du nicht", widersprach Saliha ruhig. „Du bist einsam und verdrängst, was zu tun ist, genau wie ich."

Er betrachtete sie verunsichert von der Seite. Nun war sie es, die die Kekspackung aufriss. „Magst du noch einen?"

Bernd schüttelte den Kopf, obwohl er gerne noch einen gegessen hätte. Es war ihm peinlich, dass er Saliha von seinen keinen angeboten hatte.

„Nimm nur, ich mag nicht alle."

„Also, wenn das so ist...", sagte Bernd und griff zu.

„Du bist nicht der, der du glaubst zu sein. Hinter dir steckt ein Mensch voller Liebe, mit vielen Gefühlen. Wenn du den Weg einschlägst, der dich deine Aufgabe hier auf Erden erfüllen lässt, wird es dir gelingen, den Zugang zu ihnen herzustellen." Sie sah ihn an. Ihre tiefbraunen Augen waren voller Wärme.

Plötzlich nahm sie seine Hand. Er fühlte ihre warmen Finger. Sie waren zart und wirkten zerbrechlich.

„Wir alle sind es wert, geliebt zu werden, auch du!"

Etwas in seiner Brust zog sich zusammen. Am liebsten hätte er seine Hand zurückgezogen. Salihas Worte ließen einen dicken Kloß in seinem Hals anschwellen. Er schluckte. Und plötzlich spürte er die Feuchte, die seine Augen umgab. Es ist nur die Lüftung, sagte er sich und drehte an dem Regler über ihm. Er versuchte, seine Gefühle zu beherrschen. Doch er schaffte es nicht. Auf einmal brach alles aus ihm heraus. Die Tränen aus seinen Augen und die Worte aus seinem Mund.

Er hielt ihre Hand, während er immer weiter erzählte. Von seiner Kindheit, in der er gehänselt wurde, weil er schielte. Er erzählte von seiner Angst, etwas verkehrt zu machen, als er mit seiner ersten Freundin allein bei ihr auf dem Zimmer saß. Die Angst, vor dem ersten Kuss und die Unsicherheit, die er hatte, das falsche Geschenk zu kaufen, als er von ihrem bevorstehenden Geburtstag erfuhr. Er wusste sich nicht anders zu helfen und so machte er Schluss. Lief davon, wie jedes Mal, wenn die Angst kam, zu versagen.

Bernd spürte ihre nackten Beine an seinem Knie, die Tränen, die über das Gesicht rollten und den Schmerz, den er, ohne es zu bemerken, sein ganzes Leben mit sich herumgetragen hatte. Er hätte nie gedacht, dass es so viel zu sagen gab. Tiefgründiges. Einfühlsames. Ehrliches. Es kam direkt aus seinem Herzen. Mitunter vergaß er völlig, dass Saliha neben ihm saß.

Dann verstummte er. Er suchte nach weiteren Worten, doch er fand keine. Es gab nichts mehr zu sagen. Er war leer, nicht ausgelaugt, sondern seltsam befreit. Er konnte nicht glauben, was eben passiert war. Saliha hatte ihn zum Reden gebracht. Ohne Zwang, weil er es selbst wollte!

50. Achill Island, 15. Juni – Emma Sommer

Emma hielt sich an das, um was Chris sie gebeten hatte. Sie freute sich darauf, Gails Tagebuch zu lesen, und würde das Haus heute nicht verlassen. Dass sie in Gefahr wäre, sobald ein Baby in ihr heranwuchs, hatte sie zunächst in Panik versetzt, doch dann versuchte sie, ihre Lage sachlich zu analysieren.

Um sie herum befanden sich nicht viele Menschen. Die Pensionsgäste, die sich zur Zeit auf der Farm aufhielten, bestanden aus zwei befreundeten Familien mit Kindern und einem älteren, sehr freundlichen Ehepaar, das gestern angereist war. Außer ein Gruß am Morgen oder der gute Nachtwunsch nach dem Abendessen, zeigte keiner der Gäste übermäßiges Interesse an ihr. Zudem würde Bernd in wenigen Stunden hier eintreffen und auch Chris war auf dem Weg. Keine Notwendigkeit also, sich Sorgen zu machen.

Penny und Walther besuchten den Gottesdienst und waren danach zum Mittagessen verabredet. Mit ihrer Rückkehr war nicht vor dem späten Nachmittag zurechnen.

Im Speiseraum füllte sie sich am Buffet eine Schale mit Porridge, den Penny immer mit Milch und Zucker anrichtete, ein Glas Orangensaft und eine große Tasse Milchkaffee. Mit Hilfe eines Tabletts beförderte sie ihr Frühstück in ihr Zimmer hinauf und schloss die Tür von innen ab.

In eine Decke eingewickelt, setzte sie sich auf den Balkon, der eine wunderschöne Aussicht über den Strand und das Meer bot. Sie schlug Gails Buch auf, als sich die Sonne durch die Wolken kämpfte und die Wellen wie durch Zauberhand zu glitzern begannen.

Gail hatte ihre Worte in enger Schrift auf die dünngezogenen Linien gesetzt. Zunächst hatte sie Mühe, die verschnörkelten Buchstaben zu entziffern, doch mit der Zeit las sie immer flüssiger.

Gail O'Sullivan - Mein geliebtes Leben

Wie alles begann. Oder sollte ich besser schreiben endete? Ich bin mir nicht sicher, es fühlt sich an, wie ein bisschen von beidem.

Jeden Morgen, wenn ich erwache, frage ich mich, ob Owen mich hören kann. Ob irgendjemand von meinen Freunden mich spürt und aus der Ferne unterstützt, hier in der Fremde? Ich weiß es nicht und ich weiß auch nicht, wie lange meine Kraft noch reicht. Meine Kraft, die nie aus etwas anderem als Licht bestand.

Mein Herz in Licht und Liebe auszurichten, das war es, was mir in all meinen Lehrjahren auf THOUGHTS HALL beigebracht worden war. Doch entsprach das auch der Realität des Machbaren für uns Menschen?

Seit ich Thoughts Hall verlassen habe, hat sich vieles verändert. Das Dunkle nimmt Besitz von mir, ohne dass ich etwas entgegenzusetzen habe. Oft muss ich an den verregneten Tag im Hafen von Westport denken, als Owen sich mit den Worten verabschiedete: „Du wirst deinen Weg finden. Vertraue darauf, denn du unterstehst dem Licht. Dem Licht und der Liebe, vergiss das nie!“

Wie viele Wochen war das nun her? Genau kann ich es nicht sagen, denn ich weiß nicht einmal, welchen Tag wir heute haben. Es kommt mir vor, als wäre es in einem anderen Leben gewesen.

Niemals habe ich mich so allein gefühlt. Ich spüre, wie mein eigenes Licht der Liebe erlischt und finde keinen Weg, dagegen anzukämpfen. Vielleicht bin ich am Ende gar nicht die Botin des Lichts, für die mich die Menschen halten?

Der Gedanke, ich könnte versagt haben, stimmt mich unendlich traurig. Wenn Owen doch nur hier wäre! Meine Sehnsucht nach ihm wird mit jedem Tag größer. Ich sollte aufhören, an ihn zu denken. Es macht alles nur noch schlimmer, hier in dem staubigen Nest mit dem Namen Aşgabat, tausende Kilometer weit weg von Irland, meiner geliebten Heimat.

Wo bist du Owen? Bitte gib mir ein Zeichen! Ich weiß, dass du noch am Leben bist. Ich kann dich spüren, bitte komme zu mir!

Gestern habe ich mich entschlossen, alles, was mir nach meiner Flucht von Clare Island widerfahren ist, niederzuschreiben. Es erweist sich als gutes Mittel, leichter mit dem Unfassbaren zurechtzukommen. Und wenn ich das letzte Wort auf Papier gebracht habe, wirst du wieder bei mir sein. Wie aus dem Nichts wirst du vor mir stehen und mich in den Arm nehmen. Deine Hand wird über mein Haar streicheln und ich werde zu dir aufblicken und dich anlächeln. Das stelle ich mir vor, jeden Abend vor dem Einschlafen.

Doch bis es so weit ist, wird noch viel Zeit vergehen. Ich werde sie sinnvoll nutzen. Du kannst dich auf mich verlassen!

Überfahrt nach Lissabon, Mai 1576

Ich möchte mit meiner Niederschrift an dem Tag beginnen, an dem ich alles verlor, was mir wichtig war. Meine Heimat, meine Gefährten und die Kraft meiner Liebe.

Es war der Tag, als die Fronten zwischen Gut und Böse auf dem Vorplatz der Kirche in den Gemäuern von Thoughts Hall aufeinanderprallten. Nathan forderte Hieronymus mit gezogenem Messer auf, ihm das Herz auszuhändigen. Hieronymus dachte nicht daran und warf den Beutel mir zu. Anschließend stellten er und Joseph sich mit bloßen Händen Nathan entgegen, um meine Flucht mit dem Rosenquarz zu ermöglichen. Es war ein ungleicher Kampf, an dessen Ende meine beiden Lehrmeister getötet wurden.

Owen und ich flohen in die Kirche und verriegelten die Türe von innen. In der Sakristei hoben wir den Mittelstein im Boden heraus und hetzten den Geheimgang hoch zur heiligen Quelle. Es fühlte sich an, als hätte sich alles gegen uns verschworen. Arthur verschwunden, Emilia auf die Seite von Nathan gewechselt und nun Hieronymus und Joseph tot. Dazu hatte Nathan den Schwur von uns Erben mit einem Fluch belegt.

Nur Owen war an meiner Seite geblieben, doch der Tod seines Vaters hatte ihn zutiefst getroffen. Aschfahl im Gesicht und sein Blick starr nach vorne gerichtet, taumelte er durch den engen Gang. Die Finsternis des Bösen, die seit geraumer Zeit unseren klaren Verstand verdunkelte, hatte sich nun vollständig über uns gelegt. Es gab im Moment niemand mehr, auf den ich zählen konnte. Das war der Tag, an dem ich die Verantwortung übernahm. Ich, die Botin des Lichts, wusste auf einmal, was zu tun war.

Oben in der Quelle verfrachtete ich den zitternden Owen auf einen der Hocker und entzündete ein Feuer, in das ich eine Auswahl von Kräutern in einer bestimmten Reihenfolge warf. Dann setzte ich mich und begann meinen Geist zu fokussieren. Zuerst hatte ich Schwierigkeiten, mich zu konzentrieren, aber schließlich sah ich ein Schiff mit großen weißen Segeln. Es ging in einem fremden Hafen vor Anker, in dem nur mit einem Lendenschurz begleitete Menschen mit dunkler Haut umhergingen. Die Neue Welt!

Plötzlich wurde ich von einem Berg angezogen. Er schien mich förmlich zu rufen. Im Inneren erkannte ich eine schwarze Frau, deren Oberkörper rot leuchtete.

Wie aus dem Nichts kam die Erkenntnis: Sie leuchtete, weil sie das Herz in den Händen vor ihrer Brust hielt!

Zeitgleich mit dieser Erkenntnis wurde die Welt um mich herum von gleißendem Licht erfasst, und eine Stimme begann zu sprechen: „Gail, Botin des Lichts, du wirst das Herz der Menschheit an einen sicheren Ort bringen, damit die Bewahrer der Dunkelheit samt ihrer Dienerschaft die gebündelte Kraft der Liebe, die in diesem Relikt steckt, niemals vernichten kann. Verbinde das Herz mit der schwarzen Madonna und du wirst die Menschheit zurück ins Paradies führen. Zaudere nicht, obwohl durch die Anwesenheit der Bewahrer der Dunkelheit auf Clare Island dein Agieren dir schwerfällig erscheinen mag. Vertraue darauf, dass die Weichen für eine bessere Zukunft auf Thoughts Hall gestellt werden."

In dem Augenblick spürte ich eine Hand auf meiner Schulter. Ich schreckte hoch und erkannte Owen. Er schien sich gefangen zu haben und so schilderte ich ihm die Erfahrung aus meiner Vision. Ihm war sofort klar, dass es sich bei meiner Beschreibung nur um Indien handeln konnte und sich die Frau im Tempel des Khadwanas befinden musste, dem heilige Berg, in dessen Nähe Quintus lebte. „Gail, es obliegt dir als Botin des Lichts und den weiteren Erben von Thoughts Hall, das Herz nach Indien zu schaffen. Mein Vater hat mich vorbereitet. Er wusste, dass etwas passieren würde."

Als wir die Quelle verließen, stand Thoughts Hall in Flammen. Entsetzt starrte ich Owen an. Wir flohen von der Insel und Owen begleitete mich zum Hafen nach Westport. „In ein paar Tagen wirst du Lissabon in Portugal errei-

chen. Dort wird ein Schiff den Hafen in Richtung Tripoli verlassen. Der Kapitän der ‚Mary Ann' wird dir helfen, es zu finden."

Die Namen der fremden Orte machten mir Angst. Sie klangen so exotisch, dass ich mir nicht im Geringsten vorstellen konnte, was mich dort erwarten würde. Wie durch dichten Nebel erreichte mich die Erkenntnis, dass ich nach meiner Ankunft in Tripoli noch einen langen Weg über Land vor mir hatte.

Mit einem Mal war ich hellwach. Tränen liefen über mein Gesicht, als ich zu ihm aufblickte. Er sah müde aus. Die dunklen Ringe unter seinen Augen machten mir bewusst, dass die Ereignisse der letzten Stunden auch an ihm nicht spurlos vorüber gegangen waren.

Da brach es aus mir heraus: „Owen, ich kann das nicht. Bitte lass uns nach Hause gehen!"

„Nach Hause?" Owen sah mich entgeistert an. „Es gibt kein zu Hause mehr. Nur wenn wir es schaffen, das Herz nach Indien zu bringen, haben wir die Chance, dass Clare Island irgendwann wieder ein zu Hause werden kann. Wir machen es, wie besprochen: Deine Aufgabe ist es, dass Herz in Sicherheit zu bringen. Ich hingegen werde Arthur suchen und mit ihm nachkommen. Die Erben müssen gemeinsam handeln. Ohne Arthur können wir die Zeremonie nicht beenden, das weißt du!"

Ich war unfähig, einen klaren Gedanken zu fassen. Owen ergriff meine Hände und blickte mir in die Augen. „Gail, sieh mich an. Hast du alles vergessen, was wir die letzten Jahre über gelernt haben?"

Blind vor Tränen schüttelte ich den Kopf. Natürlich hatte ich es nicht vergessen. Doch so sehr ich mich auch bemühte, es gelang mir nicht, Owens Zuversicht zu teilen. Stattdessen ließ ich mutlos die Schultern sinken. „Was soll ich denn in Indien?"

„Du begibst dich zu Quintus auf den Khadwana. Dort wartest du auf Arthur und mich. Sobald wir eintreffen, suchen wir nach der schwarzen Madonna und werden ihr das Herz übergeben."

„Ich schaffe das nicht!" Verzweifelt warf ich mich vor ihm auf den Boden und umklammerte seine Knie. Ich spürte, wie er mir langsam übers Haar streichelte. Ohne dass er ein Wort sagte, wusste ich, dass er seine Meinung nicht ändern würde.

„Zweifle nicht, es wird dir gelingen! Du bist der wunderbarste Mensch, den ich je getroffen habe, Gail O'Sullivan. Wir werden nachkommen und du wirst erkennen, dass es nicht umsonst war!"

Owen hatte dem Kapitän der ‚Mary Ann' drei Silbermünzen in die Hand gedrückt, damit er mir eine winzige Kabine überließ. Zur spartanischen Ausstattung gehörte eine Pritsche, auf die ich mich setzte. Daneben stand ein alter Holztisch nebst einem wackeligen Stuhl. An der Wand befestigt, bot eine Schüssel mit Wasser die Möglichkeit, sich zumindest notdürftig zu waschen.

Ich spürte, wie sich das Schiff in Bewegung setzte, doch im Gegensatz zu den anderen Passagieren, die sich alle in Richtung Deck begaben, blieb ich in meiner Kabine. Ich konnte den Gedanken nicht ertragen, Owen und meine Heimat immer kleiner werden zu sehen.

Tränen steigen in mir auf, während ich diese Zeilen schreibe. Zum ersten Mal in meinem Leben war ich auf mich allein gestellt. Es gelang mir nicht, die nackte Angst aus meinem Inneren zu vertreiben, obwohl uns Hieronymus Laine unablässig gepredigt hatte, die Energie der Angst überwinden zu müssen, um die neue Zeitlinie zu betreten. Ein absolut notwendiges Unterfangen, um die Aufgabe der alten Seelen erfüllen zu können. Mich selbst daran zu halten, fiel mir in diesem Moment schwerer denn je.

Später, als ich auf der Pritsche liegend an die dunkle Decke starrte, stieg in mir zum ersten Mal der Gedanke auf, falsch gehandelt zu haben. Ich hätte nicht den Worten Owens vertrauen dürfen, sondern ausschließlich meiner Intuition. Indien war nicht das Ziel meiner Reise. Gaia hatte gesagt, die Weichen der Zukunft würden auf Thoughts Hall gestellt werden. Ich solle geduldig warten und vertrauen, doch in meiner Panik, es nicht zu schaffen, wandte ich mich Owen zu, anstatt in meiner eigenen Kraft zu bleiben.

Die Überfahrt nach Lissabon war unendlich mühselig. Seit sich das Schiff in Bewegung gesetzt hatte, wurde ich von einer schlimmen Übelkeit geplagt. Krampfhaft versuchte ich, an etwas anderes zu denken. Doch es war, als ließe mich das Schicksal meinen Fehler spüren.

Erst auf dem Mittelmeer legte sich meine Seekrankheit. Der Kapitän hatte mir, wie von Owen versprochen, in Lissabon geholfen, das richtige Schiff nach Tripoli zu finden und nur zwei Tage nach meiner Ankunft, stachen wir erneut in See. Ich verbrachte die Tage meist an Deck und genoss den überwältigenden Anblick der Küstenlinie.

Nach unzähligen Wochen hatte ich es schließlich geschafft. Ich setzte meine Füße auf den Boden von Tripoli, einer Hafenstadt im Osmanischen Reich.

Ich weiß nicht, warum ich mich dagegen entschied, sofort wieder zurück nach Irland zu fahren. Ich redete mir ein, dass mir Arthur und Owen nachreisen würden und ich sie dadurch verpassen könnte. Aber heute glaube ich, dass es daran lag, Owen nicht enttäuschen zu wollen.

Tripoli, August 1576

Entschlossen machte ich mich auf die Suche nach einer Karawane, die in Richtung Osten zog. Ein mühseliges Unterfangen, da niemand meine Sprache sprach und meine blasse Haut das Interesse der Männer anzog, wie die Motten das Licht. Viele blickten mich fasziniert an und wollten mich einfach berühren, meine Wangen, meine Haare, meinen Körper. Manche fragten, manche taten es einfach. Ich entschloss mich, mein Gesicht hinter einem langen Schleier zu verstecken, um keine weitere Aufmerksamkeit mehr auf mich zu ziehen.

Der Versuch im Büro des Hafenaufsehers Hilfe zu finden, erwies sich als Enttäuschung. Ich hatte gehört, dass es sinnvoll wäre, mich an ihn zu wenden, doch als er mich sah, machte er mir eindeutige Avancen. Als ich nicht darauf einging, bedrängte er mich. Zum Glück betrat im selben Moment ein anderer Mann den Raum und ich konnte fliehen.

Unschlüssig setzte ich mich an den Hafen und starrte auf die spiegelglatte See. Ich flehte das Herz an, mir zu helfen, als plötzlich Worte an mein Ohr drangen, die vertraut klangen. „Nur irische Mädchen tragen den Glanz der untergehenden Sonne in ihren Haaren."

Ich weiß nicht mehr, was mich mehr erschreckte. Der Mann, der lautlos hinter mich getreten war, der Inhalt seiner Worte oder die Tatsache, dass er akzentfrei irisch sprach.

Erst jetzt bemerke ich, dass seit meiner hastigen Flucht aus dem Büro des Aufsehers, eine Haarsträhne den Weg aus dem Schleier gefunden hatte. Schnell schob ich sie unter mein Kopftuch zurück. Zögernd schaute ich auf und blickte direkt in ein Paar hellbrauner Augen, die mich freundlich anstrahlten.

„Ich bin Charles Dickensen. Darf ich fragen, was ein wunderschönes Mädchen so fern der Heimat macht?"

„Ich reise nach Delhi", antwortete ich so selbstbewusst wie möglich.

Überrascht zog Dickensen beide Augenbrauen hoch. „Das ist ein weiter Weg. Was führt Sie dort hin?"

„Geschäfte!", antwortete ich hastig und Dickensen lachte laut auf. Es war ein sympathisches Lachen und ich

entschloss mich, ihm fürs Erste zu vertrauen. Eine andere Wahl hatte ich ohnehin nicht.

Der Mann lud mich in ein feines Restaurant ein. Als wir bei Hühnchen, Reis und einem Glas Wein saßen, machte mir Charles, wie ich ihn nennen durfte, einen Vorschlag. Morgen würde er mit einer Karawane Richtung Teheran aufbrechen und mich für einen geringen Obolus mitnehmen.

Mir war nicht besonders wohl bei dem Gedanken, in dem Planwagen eines fremden Mannes zu reisen, doch wie bereits erwähnt, hielten sich meine Möglichkeiten, Indien zu erreichen, in Grenzen. Daher ergriff ich entschlossen Charles Dickensens Hand, die er mir lächelnd entgegen streckte.

Wir haben nie über das Herz und die Gründe meiner Reise gesprochen. Charles hat mich nie danach gefragt und ich selbst hatte nie das Bedürfnis mich mit ihm darüber auszutauschen. Er behandelte mich stets zuvorkommend und obwohl wir jede Nacht zusammen in seinem Planwagen übernachteten, bedrängte er mich nie. Das einzige Mal, an dem wir uns körperlich nahekamen, geschah mit meinem Einverständnis. Es war die Nacht, in der ich Charles Leonard Dickensen zum letzten Mal sah.

Ich saß allein am Lagerfeuer und blickte gedankenverloren in die wärmenden Flammen. Plötzlich spürte ich seine Hand auf meiner Schulter. Ich schüttelte sie nicht ab. Seine Nähe tat mir gut, denn ich fühlte mich so schrecklich allein. Tausende von Kilometern von zu Hause entfernt, ohne meine Freunde und mit all den unzähligen fremden Sprachen und Gebräuchen.

Auf einmal drückte mir Charles einen Kuss auf mein Haar. Dann nahm er meine Hand und zog mich in den Wagen.

Ich spürte seine warmen rauen Hände, die langsam meinen Körper erkundeten. Vorsichtig tasteten sie sich unter mein Hemdchen und meine Unterröcke. Nach anfänglichem Zögern schloss ich die Augen und ließ es geschehen. Ich weiß heute nicht mehr, was mich dazu veranlasst hat, es zuzulassen, aber ich glaube, es war die unendliche Einsamkeit, die mich seit Monaten begleitet hatte.

Ich fühlte Charles sanften Atem auf meiner Haut. Ein wundervolles Kribbeln durchzog meinen ganzen Körper, als er meinen Hals küsste.

Plötzlich hatte ich das Gefühl, seine Hände seien überall. Noch nie zuvor hatte ich mit einem Mann geschlafen und es mir immer als etwas Verbotenes ausgemalt. Schmutzig und schmerzhaft.

Emilia hatte mir einmal gesagt, körperliche Nähe zwischen zwei Menschen belaste den reinen Geist und ließe die eigene Seele schwer werden. Doch ich fühlte genau das Gegenteil. Als Charles seinen nackten Körper über mich schob, hätte ich am liebsten vor lauter Wonne geschrien.

Die ganze Zeit über hörte er nicht auf mich zu küssen, während er sanft meine Beine spreizte und in mich eindrang. Ich stöhnte erschrocken auf, als ich ihn spürte und fühlte, wie ich mich verkrampfte. Doch sobald Charles tiefer in mich eindrang und begann, sich sanft auf und ab zu bewegen, entspannte ich mich. Ich presste meinen Unterleib fest an ihn und hatte dabei das Gefühl, dass sich unsere beiden Seelen miteinander verbanden. Ich wünschte mir, Charles würde nie aufhören.

Auf einmal durchzuckte mich ein Gefühl vollkommener Wonne. Es war so wunderbar, dass ich keine Worte finde, um es zu beschreiben. Charles Atem wurde schneller und schwerer und plötzlich entfuhr auch ihm ein erstickter Schrei. Sein Körper bäumte sich auf und zur gleichen Zeit ergoss er sich tief in mir. Ich fühlte, wie sich die Wärme im Innern meines Körpers ausbreitete und wenig später an meinen Schenkeln hinab floss. Noch nie zuvor hatte ich so etwas Wundervolles erlebt. Ohne ein Wort zu sagen, legte er sich neben mich und küsste mein Gesicht. Vor Glück und Erschöpfung schlief ich kurze Zeit später ein.

Nur was ist davon geblieben? Einen Koffer mit meinen Habseligkeiten auf dem staubigen Boden, das Büchlein samt Feder und Tintenfass, welches mir Charles zum Abschied schenkte, war alles, was ich noch besaß.

Charles indes hatte bereits in den frühen Morgenstunden den Weg nach Norden eingeschlagen und mich in diesem gottverlassenen Aşgabat zurückgelassen, wo ich auf meine Weiterreise nach Kandahar wartete. Seine Worte zum Abschied kamen mir wieder in den Sinn: „Du hast etwas zu sagen Gail O'Sullivan, das spüre ich!" Mit diesen Worten drückte er mir das in Leder gebundene

Buch in die Hand und küsste mein Haar. „Halte deine Geschichte für die Nachwelt fest. Die Menschen werden es dir in der Zukunft danken." Charles umarmte mich. Am liebsten wäre ich in dieser Stellung für immer verharrt, im Schutze dieser kräftigen Arme, die mich liebevoll an sich zogen. Doch mein Weg war ein anderer und so blinzelte ich die aufsteigenden Tränen entschlossen weg.

Aşgabat, Dezember 1576

Die Menschen in der Oase beäugten mich mit Misstrauen. Jeden Tag saß ich unter derselben großen Palme und blickte sehnsüchtig in die Richtung, aus der die Karawane erwartet wurde, der ich mich anschließen wollte.

Eigentlich hätte sie schon vor drei Tagen eintreffen sollen, doch irgendetwas hatte ihre Ankunft verzögert. Ich verbrachte meine Zeit, um nachzudenken. Hieronymus Laine schlich sich erneut in meine Gedanken. Damals hatte er uns von den Möglichkeiten geistiger Zeitreisen erzählt, die er selbst im Inneren des Tempels auf dem heiligen Khadwana erfahren hatte. Zu diesem Berg würde ich nun selbst aufbrechen, in der Hoffnung, seinen ehemaligen Lehrmönch zu treffen und von ihm die Antwort zu bekommen, ob das Herz aus Rosenquarz wirklich in die Hände der schwarzen Madonna gehörte.

Emmas Mund fühlte sich vor Aufregung ganz trocken an. Wenn doch nur Chris hier wäre. Das Geräusch einer eingehenden Nachricht ließ sie zusammenzucken. Bernd teilte ihr mit, dass er soeben gelandet war und bald auf der Farm auftauchen würde. Mit mehreren Zwinkersmileys eingerahmt, kündete er darüber hinaus an, noch einen Überraschungsgast mitzubringen.

Emma runzelte die Stirn. Sie fragte sich, wen er wohl getroffen hatte und warum er ein Geheimnis darum machte. Ihr Herz hüpfte bei dem Gedanken, es könnte sich um Chris handeln. Vielleicht waren sich die beiden zufällig am Flughafen begegnet. Bei der Aussicht, Chris bald bei sich zu haben, ließ Emmas Anspannung merklich nach. Erfreut tippte sie in ihr Handy, dass er in den ersten Stock hochkommen solle, sobald er auf der Farm einträfe. Ihr Zimmer war das mit der Nummer 8. Dort würde sie auf ihn warten. Gespannt zog sie Gails Tagebuch wieder zu sich heran.

Die letzten Tage habe ich nichts niedergeschrieben. Die Sonne brannte erbarmungslos vom Himmel herab und ich fragte mich zum wiederholten Mal, ob ich jemals von diesem unwirtlichen Ort fortkommen würde, als am Horizont eine Wolke aus Sand auftauchte, aus der sich schon bald die Umrisse von Menschen und Tieren herausbildeten. Mein Herz schlug schneller vor Aufregung. Obwohl die Gruppe sehr viel kleiner war, als ich es erwartet hätte, fühlte ich mich unendlich erleichtert. Ich zählte fünf Erwachsene, drei Kinder und zwei von Maultieren gezogene Wagen.

Als die Leute in Aşgabat eintrafen, erkannte ich sofort,

dass etwas nicht in Ordnung war. Alle riefen aufgeregt durcheinander, doch leider verstand ich kein Wort. Im Getümmel der erregten Menschen entdeckte ich plötzlich eine verletzte Frau. Sie sah fiebrig aus und hatte allem Anschein nach viel Blut verloren. Mit Handzeichen bedeutete ich ihr, ob ich einen Blick auf die Wunde werfen durfte. Die Frau nickte hoffnungsvoll. Die Schnittwunde am Arm war tief und stark verschmutzt.

Ich kochte einen Lappen aus und reinigte die Stelle vorsichtig. Danach legte ich einen Verband an, den ich zuvor mit einer entzündungshemmenden Salbe, die Owen mir mitgegeben hatte, bestrich. Auf Thoughts Hall hatten wir sämtliche Heilsalben und Elixiere selbst hergestellt und ich kannte sogar die meisten Rezepte auswendig.

Innerhalb weniger Tage gelang es mir, die Frau wieder reisefähig zu machen, und die Mitglieder der Familie bedankten sich überschwänglich.

In der Zwischenzeit waren weitere Wagen eingetroffen. Wie ich vermutet hatte, war die Verzögerung durch einen Überfall entstanden. Ein paar Tage später machte sich die neuformierte Karawane endlich auf den Weg nach Herat.

Am Morgen der Abfahrt legte ich der verletzten Frau einen neuen Verband an. Sie lächelte mich dankbar an und deutete auf ihren Bauch. Erst da bemerkte ich, dass sie schwanger war.

Ich lächelte ebenfalls und die Frau griff nach meiner Hand. Dann zeigte sie auf sich und sagte „Asmat." Auch ich nannte ihr meinen Namen. Ich spüre die Dankbarkeit in ihrem Blick und wusste, dass ich eine neue Freundin gewonnen hatte.

Von diesem Tage an war auch ich ein geschätztes Mitglied der Karawane. Meist saß ich neben Asmats Mann auf dem Kutschbock. Sein Name war Ghiyas Beg und er schien der Anführer zu sein, jedenfalls fuhr unser Wagen ganz vorne, was den Vorteil mit sich brachte, weniger Staub abzubekommen als die anderen Mitreisenden.

Mit jedem Tag, der verging, verbesserte sich mein persisch, so dass ich schon bald die Zusammenhänge erfassen konnte, wenn sich die anderen unserer Gruppe unterhielten. Als wir in Herat ankamen, war Asmats Wunde fast vollständig verheilt und die gesamte Familie der jungen Frau behandelte mich voller Ehrfurcht.

Da sich Asmat noch immer schonen musste, übernahm ich das Kochen für die Familie und betreute auch Asmats drei Kinder so gut es ging. Ich schloss alle sofort ins Herz, doch der achtjährige Hasan mit seinen dunklen Locken und großen braunen Augen hatte es mir besonders angetan.

Dieser wiederum war fasziniert von meinen langen roten Haaren und er konnte nicht genug davon kriegen, sie zu berühren. Als ich ihm eines Tages eine Locke abschnitt und ihm mit einem leuchtend blauen Band überreichte, sagte er mir mit strahlendem Lächeln, dass dies das schönste Geschenk sei, das er jemals erhalten hatte.

Von Herat nach Kandahar war es fast so weit wie von Aşgabat nach Herat und so fuhren wir noch einen ganzen

Monat durch das persische Reich. In Kandahar dann brachte Asmat im Mai 1577 ihr Baby auf die Welt. Wehmut stieg in mir auf, weil mir klar war, dass bald der Tag des Abschieds kommen würde. Den weiteren Weg nach Delhi musste ich alleine bewältigen.

Der Abschied von Asmat und ihrer Familie viel mir schwerer als gedacht und so schob ich den Termin immer weiter hinaus. Asmat Tochter Mehrunnisa war bereits zwei Monate alt, als Ghiyas eines Abends aufgeregt ins Zimmer kam. „Wir gehen nach Delhi an den Hof von Akbar. Übermorgen fahren wir los." Aufgrund der Erfahrungen beim Militär in seiner Heimat, wollte Akbar, der Herrscher des Mogulreiches, den Perser in seinem Beraterstab haben.

Vor Aufregung begann mein Herz schneller zu schlagen. Delhi. Endlich kam ich dem Ziel meiner Reise näher und musste mich nicht einmal von Asmat und ihrer Familie trennen! Wir schlossen uns Agbars Heer an, das nach einem siegreichen Feldzug gegen die Patschtunen über Kandahar zurück nach Delhi zog.

Ankunft in Delhi, Juli 1577

Ungläubig starrte ich auf das bunte Treiben, welches mich in Delhi empfing. Die überfüllten Marktplätze, die vielen Menschen in den Straßen und die unendliche Weite der Landschaft, die in Berge und Hügelketten in der Ferne mündeten, nahmen mir meinen erst vor kurzem wieder gewonnenen Enthusiasmus. Niemals hatte ich mir dieses Land so groß vorgestellt. Wie sollte es mir je gelingen, den

Weg auf den Khadwana zu finden?

Doch dann spielte mir das Glück in die Karten. Am Morgen des 21. Juli befand ich mich wie jede Woche auf dem Markt, um frisches Obst, Gemüse und Kräuter für Asmats Frühstückssäfte, sowie ihre Salben und Kräutertinkturen zu kaufen. Seit ich ihre Verletzung geheilt hatte, vertraute sie in gesundheitlichen Angelegenheiten ausschließlich mir. Sie gab mir freie Hand bei der Herstellung ihrer Medizin und der Zusammensetzung der Zutaten.

An diesem Morgen fiel mir eine verzweifelt gestikulierende Frau auf, die vor einem Stand hin und her lief, an dem frisches Gemüse feilgeboten wurde. Ich trat neben sie und fragte nach dem Grund ihrer Aufregung.

Unter Tränen stellte sie sich als Esha vor und berichtete mir, dass heute das heilige Neumondfest gefeiert werden würde und ihr Mann Amal dafür verantwortlich sei, den Mönchen auf dem heiligen Gipfel der Sandhus die Opfergaben zu überbringen. Allerdings lahme sein Pferd und es würde den anspruchsvollen Aufstieg nie und nimmer schaffen. Sie schluchzte auf, als sie prophezeite, dass dies den Zorn der Götter auf ihre Familie lenken würde.

Mit Blick auf Kräuter und Gemüse in den Leinenbeuteln der Frau, fragte ich plötzlich: „Wenn der heilige Gipfel, von dem Sie sprechen, Khadwana heißt, dann werde ich Ihrem Mann ein Pferd stellen. Meine einzige Bedingung hierfür ist, dass ich ihn begleiten darf.“

Die Augen der Frau begannen zu leuchten und sie

nickte so eifrig, dass ich schon befürchtete, ihr Kopf würde ihr sogleich vom Hals fallen. Rasch schickte ich Asmats Diener mit meinem Einkauf zurück an den Hof und bat ihn, mit einem zweiten Pferd wiederzukommen. Sein Blick nahm einen ehrfürchtigen Ausdruck an, als er erfuhr, dass uns die ehrenvolle Aufgabe oblag, die Opfergaben des heutigen Neumondfestes auf den heiligen Berg zu schaffen.

Der Aufstieg zu Pferde war mühseliger, als ich es erwartet hatte, und immer wieder legte ich verstohlen eine Hand auf meinen Bauch. Er wurde täglich runder und bisher habe ich mich noch nicht einmal Asmat anvertraut, dass ich guter Hoffnung bin. Obwohl zwischen uns ein Band der Freundschaft bestand, hatte ich dennoch Angst, sie könnte mich des Hofes verweisen, sobald sie von meinem unehelichen Kind erfuhr.

Doch im Moment zählte für mich nur, auf den Khadwana zu kommen und das Herz, das ich in meine Unterröcke eingenäht an meinem Körper trug, der schwarzen Madonna zu übergeben. Die Aussicht, vielleicht in wenigen Stunden sogar auf Owen und Arthur zu treffen, ließen mir die Tränen in die Augen steigen.

Unser Weg führte uns über endlos staubige Pisten und weit ausladende Hochebenen, bis der Anstieg schließlich immer steiler und der Weg immer schmaler wurde. Es gab keine Bäume mehr und kaum noch Gras, so dass ich auch keine Ziegen mehr entdeckte, die sich zuvor am Rande unserer Strecke befunden hatten. Während unseres Rittes gab ich mich dem Gedanken hin, wie es gewesen wäre, mit

Owen eine Familie zu haben.

Als ich schon glaubte, mich keinen Meter mehr im Sattel halten zu können, sah ich das Bergplateau vor mir auftauchen. Ich hielt den Atem an, so sehr beeindruckte mich der Anblick dieses Ortes mit der unendlichen Weite des Horizonts im Hintergrund.

Ein bunt gekleideter Mann, dessen Wangen weiße und rotgezeichnete Kreise und Linien zierten, kümmerte sich um die Pferde. Er bedeutete uns, weiterzugehen. Erst jetzt fiel mir die mächtige Steintreppe auf, die vom Plateau in den Berg hinein führte.

Ehrfürchtig schritt ich hinab, in den Armen den Leinenbeutel mit den Gaben. Amal folgte mir. Würde ich dort unten auf Quintus treffen?

Mein Herz klopfte schneller vor Aufregung, als ich den pompös ausgestalteten Platz am Fuße der Treppe inmitten der Felsen betrat. Ich spürte sogleich die Kraft, die von dieser Stätte ausging, als wäre es ein riesiges Abbild der heiligen Quelle auf Thoughts Hall. Für einen Augenblick fühlte ich mich an den grauen Tag im Mai zurückversetzt, als ich dort zum letzten Mal mit Owen gesessen hatte.

Fasziniert betrachtete ich den ausladenden Altar, der mitten in den Fels gehauen war. Jemand hatte ihn mit frischen Blumen geschmückt. Drumherum waren unzählige Kerzen arrangiert, deren Flammen sanft flackerten. Der Geruch von verbrannten Kräutern lag in der Luft. Amal übergab die beiden Leinensäcke an einen Sandhu und schickte sich an, wieder nach oben zu gehen. Erwartungs-

voll blickte er mich an, doch ich bedeutete ihm, er solle vorangehen.

Mit klopfendem Herzen wandte ich mich an den Sandhu, der gerade damit begann, die Opfergaben um den Altar zu drapieren.

Er schickte mich weiter zu einem alten, grauhaarigen Mann, vor dem ich mein Anliegen vorbrachte. Ehrfürchtig kniete ich mich vor ihm nieder. „Was ist das für eine unglaubliche Kraft, die hier vorherrscht?"

Der Mann lächelte. „Die heiligen Quellen auf der Erde bestehen aus Licht, Liebe und Bewusstsein. Es ist die höchste Form der Göttlichkeit. Wenn die Quelle uns betrachtet, sieht sie nur unser Licht und unsere Liebe. Dieses Prinzip können wir für unser Wachstum nutzen, denn in den heiligen Quellen ist der Zugang zu unserem höchsten Sein einfacher als anderswo."

Ich bedankte mich für seine Worte. Dann fasste ich mir ein Herz und fragte ihn nach Quintus. Als der Name fiel, leuchteten seine Augen und er nahm mich mit in eine weitere Höhle. Meine Aufregung steigerte sich noch einmal, um kurze Zeit später in einer großen Enttäuschung zu enden. Denn die weitere Höhle entpuppte sich als Grabkammer. Ich konnte nichts anderes tun, als niederzuknien, um für Quintus zu beten.

An Arthur und Owen konnte sich keiner erinnern und auch die Frage nach der schwarzen Madonna, soweit die Sandhus die Beschreibung aufgrund meiner begrenzten Sprachkenntnisse verstanden, ergab kein zufriedenstel-

lendes Ergebnis.

Enttäuscht blieb mir nichts anderes übrig, als auf einer der Tontafeln, welche auch die Mönche für wichtige Botschaften nutzten, Owen und Arthur eine Nachricht zu hinterlassen. Ich gab an, wo sie mich finden konnten, sollten sie doch noch auf dem Khadwana eintreffen.

Die anschließende beeindruckende Feier, der wir aus Dank für die Opfergaben beiwohnen durften, ließen mich die unbändige Kraft des Khadwanas spüren. Hieronymus hatte mir von den Zeitreisen berichtet und nun durfte ich sie am eigenen Leib erfahren. Doch was am Ende blieb, war die bittere Erkenntnis, dass es ein großer Fehler gewesen war, nach Indien zu kommen. Sobald mein Kind alt genug für die beschwerliche Rückkehr nach Irland war, würde ich versuchen, Gaia gnädig zu stimmen.

Fassungslos starrte Emma auf die Zeilen vor sich. Gails Tagebuch bestätigte die Existenz der Erben von Thoughts Hall. Obwohl sie nie zuvor an Schwüre geglaubt hatte, bahnte sich in diesem Moment die Angst, ihr Leben könnte in Gefahr sein, in ihr Bewusstsein. Denkweisen, die sich bisher jenseits ihrer Vorstellungskraft befunden hatten, bekamen mit einem Mal ein Gesicht. Das Herz, welches Chris aus Mumtaz Mahals Grab entwendet hatte, befand sich einst tatsächlich in Gail O'Sullivans Besitz. Vor fast 500 Jahren war sie bereits im Tempel des heiligen Berges gewesen, auf dem sich Chris mit Archisha getroffen hatte.

Mit zitternden Fingern blätterte sie um, doch die nächsten Seiten waren leer. Mit der Erkenntnis, durch die Indienreise einen schweren Fehler begannen zu haben, endete Gails Tagebuch. Aufgewühlt legte Emma das Buch zur Seite.

Der Himmel war inzwischen grau und wolkenverhangen. Ein Blick auf die Uhr sagte ihr, dass es kurz vor Mittag war. Sie stand auf und streckte sich. Ihre Glieder fühlten sich steif an, nachdem sie zu lange Zeit in einer gebeugten Lesehaltung verharrt hatte.

Da entdeckte sie plötzlich unten am Strand einen Mann, der eine Frau unsanft hinter sich herzog. Allem Anschein nach schien sie nicht freiwillig mit ihm kommen zu wollen.

Emma erschrak, als sie erkannte, um wen es sich bei den beiden handelte. Jasper steuerte mit Saliha auf das Bootshaus zu. Was zum Teufel ging hier vor?

Auf einmal dämmerte ihr, dass Bernd ebenfalls schon längst hätte hier sein müssen. Aufgrund Gails fesselnder Niederschrift hatte sie seine Ankunft ganz vergessen. Hastig griff sie nach ihrem Handy. Es klingelte genau dreimal, dann schaltete sich Bernds Mailbox ein.

Emma entschied sich dafür, zum Strand hinunter zulaufen. Sie wollte sich mit eigenen Augen vergewissern, ob es Saliha gut ging. Schnell zog sie ihre Turnschuhe unter der Garderobe hervor und schlüpfte in ihre Regenjacke. Dann eilte sie die Treppen hinab. Im Hausflur angekommen stellte sie entsetzt fest, dass die Eingangstür verschlossen war.

Natürlich! Wenn Walther und Penny die Farm verließen, schlossen sie ab und draußen auf dem Balkon hatte sie Bernds Klopfen wahrscheinlich gar nicht gehört. Doch warum hatte er sie nicht einfach angerufen?

Während Emma am Strand entlang rannte, entdeckte sie, dass sich Jasper und Saliha in einem der Boote bereits ein ganzes Stück vom Ufer entfernt hatten.

Noch einmal wählte sie Bernds Nummer. Auch diesmal meldete sich nur die Mailbox. Emma berichtete ihm rasch, dass Jasper und Saliha auf der Farm waren und er sie in ein Boot mit Kurs auf Clare Island gezerrt hatte. Sie bat Bernd, ihn sofort zurückzurufen, sobald er ihre Nachricht abhören würde.

Emma beschleunigte ihr Tempo und als hinter dem nächsten Felsen endlich das alte Bootshaus vor ihr auftauchte, war sie völlig außer Atem. Das Laufen im Sand hatte sie stärker angestrengt, als sie es erwartet hatte, und sie musste einen kurzen Augenblick stehen bleiben, um nach Luft zu schnappen.

Das vom Salzwasser und der Sonne völlig verwitterte Bootshaus trotzte den Wellen. Hastig riss sie die Plane von einem der beiden verbliebenen Boote herunter und warf sie achtlos auf den Steg. Erleichtert stellte sie fest, dass es dasselbe war, mit dem Walther und sie gestern nach Clare Island gefahren waren. So verlor sie wenigstens keine zusätzliche Zeit, um sich mit der Bedienung vertraut zu machen. Rasch löste sie die Leinen, sprang auf den Sitz und startete den Motor. Nach anfänglichem Stottern begann er ratternd anzulaufen und Emma verfolgte Jaspers Boot durch die zunehmend stärker werdenden Wellen.

Jasper fuhr die Bucht an, in der auch Walther gestern angelegt hatte. Inzwischen hatte sein Boot einen beachtlichen Vorsprung und als Emma endlich an Land ging, waren die beiden bereits an der Spitze der Klippen angekommen.

Für einen Moment erhaschte Emma noch einen kurzen Blick auf Salihas rote Jacke, dann waren sie außer Sichtweite.

51. Achill Island, 15. Juni – Bernd Wegener

Langsam kam Bernd wieder zu sich. Sein erster Gedanke galt Saliha. Wo war sie abgeblieben und was war mit ihr geschehen? Erst jetzt bemerkte er, dass er an Händen und Füßen gefesselt war.

Mühsam rollte er zur Seite und öffnete die Augen. Über ihm baumelte der lange braune Schweif eines Pferdes. Mit einem Schlag war er hellwach. Auf dem Rücken liegend, robbte er nach hinten, bis er die raue Wand spürte. Ungeschliffene Holzlatten begrenzten die wenig geräumige Pferdebox ringsherum.

Nach und nach kehrte seine Erinnerung zurück. Zusammen mit Saliha hatte er am Flughafen einen Wagen gemietet und sie waren zur O'Sullivan-Farm aufgebrochen. Und dann? Die Haustüre der Pension war verschlossen gewesen und gerade, als er nach seinem Handy greifen wollte, um Emma zu fragen, wo sie wäre, tauchte Jasper auf und schlug ihn ohne Vorwarnung nieder.

Jasper musste ihn in den Pferdestall geschleppt und in Levis Box geworfen haben, wie ihm das bunte Namensschild schräg vor ihm an der Wand verriet.

„Saliha? Bist du da?“, rief er.

Nachdem er keine Antwort erhielt, schrie er laut um Hilfe. Als seine Stimme heiser wurde, begann er mit beiden Füßen gegen das Gatter zu treten. Die Schläge hallten durch den Reitstall und Levi machte erschrocken einen Satz zur Seite. Verängstigt wich Bernd zurück, während das Pferd die Ohren anlegte und wieherte. In der hinteren Ecke der Box ließ Bernd sich entmutigt auf den Boden sinken. Lärmend auf sich aufmerksam zu machen, war wohl im Moment keine gute Idee.

52. Clare Island, 15. Juni – Jasper von Hohenstein

Der Kies knirschte unter ihren Füßen auf dem Weg hoch zu den Ruinen von Thoughts Hall. Er hatte Salihas Hände gefesselt und zerrte ärgerlich an ihr. Immer wieder musste er sie zur Eile antreiben. Dass die beiden tatsächlich geglaubt hatten, er würde sich das wertvolle Stück noch einmal abnehmen lassen, entlockte ihm ein spöttisches Lächeln. Wie naiv die Erben von Thoughts Hall doch waren! Aber ihm konnte es nur recht sein. Schließlich erleichterte die Dummheit der anderen seine Arbeit. Seit über 2000 Jahren existierte das Herz. Immer wieder geriet es in Hände, die seine Kraft spürten, doch niemand erkannte, wie es einzusetzen war. Hobans Erben hatten nach wie vor einen großen Einfluss auf die Abläufe auf der Erde und ließen die Menschen weiterhin im Dunkeln, wie das Spiel des Lebens zu spielen war. Selbst ein Mann wie Joseph Melone war daran gescheitert.

Saliha stöhnte hinter ihm auf, als sie gegen einen Stein stieß. Es war ein Trauerspiel. Zu gerne hätte er seine Göttin der Dunkelheit in Würde in den Tod springen sehen, stattdessen musste er sie hinter sich her zerren, wie ein Tier auf dem Weg zur Schlachtbank. Schade nur, dass Emilia damals ohne das Herz von den Klippen ins Meer gefallen war, es hätte ihm heute die Arbeit abgenommen.

Schwarze Wolken zogen auf. Falls der Sturm zunahm, wäre es bald unmöglich, ihm zu folgen. Vorausgesetzt, es käme überhaupt jemand auf die Idee. Bevor Chris nicht in Irland ankam, würde ohnehin nicht viel passieren. Bernd lag gut verschnürt im Pferdestall und Emma hockte auf ihrem Balkon und las ein Buch. Eine ganze Weile hatte er sie beobachtet, ohne dass sie auch nur die leiseste Notiz von ihm genommen hätte. Jasper schnaubte verächtlich. Er hätte gedacht, die Retter der Menschheit wären aus einem anderen Kaliber.

Sie passierten Thoughts Hall und schlugen den Weg durch Cross Garden ein, der sie wieder zu den Klippen brachte.

Salihas Widerstand hatte merklich nachgelassen. Ob

sie keine Kraft mehr aufbringen konnte oder sie sich mit der Situation abgefunden hatte, vermochte er nicht zu sagen, doch letzten Endes war es ihm auch gleichgültig. Nicht mehr lange, dann würde die im Herz gebündelte Kraft der Liebe durch den fortwährenden Austausch der Energien mit den Wellen des Ozeans verschmelzen und in dieser fokussierten Form für immer vernichtet sein. Hoban würde überdauern und Gaia, samt ihren Bewohnern, an ihrer Aufgabe, im Universum der Ort der Liebe und des Lichts zu sein, endgültig scheitern.

Als sie sich ihrem Ziel näherten, nahm Jasper den Rosenquarz aus seiner Tasche und drückte ihn Saliha in die gefesselten Hände. Danach umwickelte er das Herz samt Hände mit Klebeband und verschloss ihren Mund ebenfalls mit zwei dicken Streifen. Lieber überließ er nichts dem Zufall. Trotz seiner vermeintlichen Überlegenheit war es ratsam, Vorsicht walten zu lassen. Ab und zu verirrte sich ein Wanderer auch bei diesem Wetter in die Gegend.

Plötzlich regte sich Saliha und gab dumpfe Laute von sich. Irgendetwas wollte sie ihm mitteilen. Oder kämpfte sie nur gegen ihre Fesseln an? Was auch immer sie bewegte, es interessierte ihn nicht. Ohne ein weiteres Wort drehte Jasper Saliha herum und stieß ihren Körper in den Abgrund. Sie kannte ihre Aufgabe. Saliha musste aus freien Stücken in die Tiefe springen, um das Herz den Wellen des Ozeans zu übergeben. Nüchtern betrachtet, gab es für Saliha nur zwei Möglichkeiten: zu springen oder kläglich zu verdursten.

Einen Moment lang blickte er den reglosen Körper der jungen Frau an. Die Stelle, an der sie lag, war von oben nur einzusehen, wenn sich jemand sehr weit über die Klippen beugen würde. Hin und wieder vernahm er ein leises Stöhnen. Wie lange sie ums Überleben kämpfen würde? Alles nur eine Frage der Zeit, denn am Ende hätte sie sicher nicht den Mut, qualvoll zu sterben.

Bei ihrem Treffen hatte er ihr bei jeder Gelegenheit eingeimpft, dass sie durch einen Sprung in den Tod sofort in einer wunderbaren Dimension der Weite und Leichtigkeit landen würde. Kein Zweifel, sie würde sich daran erinnern, sobald sie die Aussichtslosigkeit der Lage erkannte.

„Vielen Dank, Saliha. Wir Hobaner werden dir nie vergessen, was du für unseren Planeten tust!“ Mit diesen aufrichtig gemeinten Abschiedsworten verließ er ohne Reue die hilflose Frau. Alles war Teil des Ganzen und jeder spielte seine Rolle darin.

Er würde nicht nach Achill Island zurückkehren, sondern direkt aufs Festland übersetzen. Saliha und ihre Freunde waren ein für alle Mal Geschichte. Er brauchte sie nicht mehr. Zuvor musste er allerdings noch ihre Sachen verschwinden lassen. Am besten warf er sie einfach ins Meer. Dann war endlich alles vorbei. Eilig schulterte er ihren Rucksack und bog um die nächste Kurve. Leise fluchend hielt er plötzlich inne. Für einen kurzen Moment versuchte er, sich in den Schatten eines hervorstehenden

Felsens zu drücken, doch es war zu spät. Emma hatte ihn bereits entdeckt.

„Wo ist Saliha?“

„Keine Ahnung. Ich bin alleine hier.“

„Lüg mich nicht an! Ich habe euch mit dem Boot weggefahren sehen.“

Jasper hasste das Gefühl, in die Enge getrieben zu werden. „Was geht dich das an? Kümmere dich um deinen eigenen Kram!“

Noch bevor sie etwas erwidern konnte, schlug er ihr hart ins Gesicht. Emma geriet ins Taumeln, rutschte dabei aus und landetet rücklings auf dem steinigen Boden.

Schnell setzte Jasper sich auf sie und begann sie zu fesseln. Gut, dass er genügend Klebeband mitgenommen hatte. Ärgerlich betrachtete er die verschnürte Frau vor seinen Füßen. Sie konnte ihm gefährlich werden. Zumindest solange Saliha noch nicht gesprungen war. Sollte er sie einfach die Klippen hinunterwerfen? Jasper zögerte. Er war kein Mörder. Leben zu vernichten war eine Sünde, die den universellen Plan verschob und jedes Mal viel Mühe kostete, die Vorsehung wieder in die richtigen Bahnen zu lenken.

Sein Blick fiel auf den Weg, der hinunter zum Meer führte. Er wusste, dass dort eine alte Schmugglerhöhle lag, die mit einem Eisengitter gesichert war. Dahin würde er sie bringen. Er zwang Emma, aufzustehen, und schob sie den steilen Pfad hinunter. Dabei stolperte sie immer wieder und fiel auf ihre Knie. Langsam verlor er die Geduld.

Emma stöhnte vor Schmerz, als Jasper sie Mal für Mal eine Spur grober nach oben riss.

Endlich hatten sie die Höhle erreicht. Die Tür ächzte, als er sie mühsam aufschob. An der Wand befanden sich mehrere verrostete Eisenringe. Höchstwahrscheinlich ein Überbleibsel aus der Zeit der Piraten, die die Höhle schon damals als Gefängnis verwendet hatten.

Jasper band Emma fest und fixierte die Gittertür mit dem restlichen Klebeband. Ohne sich noch einmal umzudrehen, überließ er an diesem Tag die zweite junge Frau ihrem Schicksal.

53. Clare Island, 15. Juni – Emma Sommer

Emma riss an ihren Fesseln. Nichts bewegte sich. Jasper hatte ihre Hände fest mit Klebeband an einen der Eisenringe gebunden. Wie hoch war die Wahrscheinlichkeit, diesen Ort lebend zu verlassen? Sie war sich nicht sicher, wie hoch das Wasser der Flut noch steigen würde. Emma bemühte sich, die aufkeimende Panik zu unterdrücken, und blickte sich in ihrem Gefängnis um. Rechts von ihr, keine zwei Meter entfernt, lag der Ausgang. Auf der anderen Seite führte ein schmaler Gang hinauf in den Berg hinein. Wie weit, konnte sie von ihrer Position aus nicht erkennen.

Unter ihr dröhnte die tosende Brandung und ließ Welle um Welle den Wasserspiegel in der Höhle steigen. Sie erschauderte bei der Vorstellung, wie sie sich in kurzer Zeit verzweifelt nach oben recken würde, um Luft zu bekommen.

Die Minuten verrannen, während das kalte Meerwasser sie unaufhaltsam umspülte. Inzwischen schwappte es ihr bereits bis zum Bauch.

Ihr ungeborenes Baby kam ihr in den Sinn. Der Gedanke an das kleine Wesen verlieh ihr mit einem Mal neue Kräfte und sie begann verzweifelt an ihren Fesseln zu reißen.

Plötzlich hielt sie inne. An ihrer rechten Hand hatte sie inzwischen deutlich mehr Spielraum. Kälte und Salzwasser im Zusammenspiel schienen ihre Verbündeten zu sein! Sie schöpfte neue Hoffnung, als sie spürte, dass sie einen Teil des Klebebandes in die Finger bekam und es sich ein Stückchen abziehen ließ. Emma biss sich auf die Lippen. Konzentriert arbeitete sie sich Zentimeter um Zentimeter vorwärts. Als eine Welle ihren Kopf umspülte, schnappte sie erschrocken nach Luft. Das Salzwasser brannte in ihren Augen und obwohl ihre Finger durch das eiskalte Wasser inzwischen komplett taub waren, gab sie nicht auf.

Auf einmal konnte sie eine Hand herauslösen und kurze Zeit später war sie frei. Doch es war noch zu früh, sich zu freuen, denn der Eingang stand bereits komplett unter Wasser. Emma erkannte die Aussichtslosigkeit zu tauchen, um das Klebeband schnell genug vom Gitter der Eingangstür lösen zu können, sofort. Ihr blieb nur die Möglichkeit dem schmalen Gang in den Berg zu folgen.

Emma hauchte in ihre eiskalten Hände, um sie aufzuwärmen. Dann stieg sie in den Tunnel. Auf den glitschigen Steinen kam sie nur schleppend voran. Immerhin ging der Weg weiter bergauf und mit jedem Meter wurde der Fels trockener.

Langsam keimte in Emma die Hoffnung auf, die Flut würde sie hier oben nicht mehr erreichen. Erschöpft setzte sie sich auf den kalten Boden und begann das restliche Klebeband abzulösen, das noch immer an ihren Handgelenken hing. Zitternd vor Kälte blieb ihr schließlich nichts anderes übrig, als abzuwarten, bis das Wasser zurückging.

54. Achill Island, 15. Juni – Chris O'Sullivan

Der Schrei eines einsamen Falken hallte über die Felder, während Chris den Griff seines Koffers herauszog. Er atmete tief durch. Die Luft roch nach Salzwasser. Auf der Fahrt von Galway hierher hatte er immer wieder versucht, anzurufen, doch weder seine Großeltern noch Emma hatten abgenommen. Penny und Walther waren wahrscheinlich nach dem Gottesdienst zum Essen gegangen, das hatten sie zumindest früher immer gemacht. Doch warum ging Emma nicht an ihr Handy? Schließlich hatte er ihr das Versprechen abgerungen, das Haus auf keinen Fall zu verlassen.

Da ein Unfall die Zufahrtsstraße zur Farm blockierte, hielt sein Taxi an seiner ehemaligen Bushaltestelle, die einem modernen Unterstand aus Glas gewichen war. Wie früher wiesen verschiedene Plakate auf Veranstaltungen hin. Er wählte die Abkürzung querfeldein und sein Trolley folgte ihm holpernd über die unebenen Weiden. Im Osten stieg bereits der Mond hinter einer kleinen Hügelkette empor und leuchtete weißlich vom noch hellen Himmel. Chris konnte Clare Island in der Ferne nicht ausmachen. Irgendwo dort hinten im dunklen Grau verborgen, lagen die Ruinen von Thoughts Hall.

Er dachte an Emma – und plötzlich auch an Gail O'Sullivan. Zunächst hatte er es gar nicht glauben können, dass seine Vorfahrin ein Tagebuch hinterlassen hatte. Er fieberte dem Moment entgegen, wenn Emma ihm endlich von Gails Erzählungen berichten würde.

Auf einmal stieß er auf einen niedrigen Weidezaun, dessen Ende nicht in Sicht war. Kurzerhand kletterte er darüber. Nach wenigen Schritten vernahm er Hufgetrappel und ein halbes Dutzend Schafe trabte neugierig blökend auf ihn zu. Doch als er zügig weiter schritt, verloren sie rasch das Interesse.

Zwanzig Minuten später erreichte er eine Anhöhe, auf der ein knochiger alter Baum stand. Chris liebte seine dicken, zum Klettern einladenden Äste. Als er klein war, hatte ihm Walther eine Schaukel aufgehängt und ein Baumhaus gebaut. Später saß er dort oben mit einem Jungen aus der Nachbarschaft und rauchte seine erste Zigarette.

Heute hatte er jedoch keine Zeit, seinem Lieblingsbaum einen Besuch abzustatten, denn langsam wurde er unruhig, da Emma sich noch immer nicht meldete.

Auf einmal hob er seinen Koffer an und begann zu laufen. Der Weg führte über einen weiteren Hügel und dann endlich sah er es. Ungefähr fünfzig Meter unter ihm, windgeschützt in einer Mulde lag friedlich das Haus der Großeltern.

Chris klopfte mit dem schweren Ring an die grüne Eingangstür. Nichts rührte sich. Obwohl er schon ahnte, dass Emma nicht abnehmen würde, zog er sein Handy aus der Tasche und versuchte es erneut, doch wieder meldete sich nur die Mailbox.

Er ging hinüber zum Pferdestall. Quietschend schob er das Tor zur Seite. „Hallo?“, rief er laut und schaltete das Licht an. Keine Antwort.

Neugierig lugten die Pferde aus ihren Boxen. Chris nahm eine Karotte aus einem Sack neben dem Eingang und verfütterte sie an einen kleinen Isländer mit blonder Mähne. Plötzlich vernahm er eine Mischung aus Brummen und Stöhnen, das vom anderen Ende des Stalls zu ihm herüberdrang. Chris Schritte hallten laut, als er den nackten Steinboden entlang eilte.

Die dumpfen Laute kamen aus Levis Box. „Brav, alter Knabe!“ Chris tätschelte Levis Hals. Auf ihm hatte er einst reiten gelernt. Sanft schob er den braunen Wallach zur Seite und öffnete das Gatter. Ganz am Ende der Box, in eine Ecke gedrückt, saß Bernd.

„Na endlich“, stöhnte Bernd erleichtert, als Chris ihm den alten Lappen aus dem Mund gezogen hatte. „Jasper hat Saliha entführt. Wir müssen ihn unbedingt finden!"

„Wo ist Emma?"

Bernd schaute ihn überrascht an. „Ich dachte, sie ist drüben im Haus."

Die beiden rannten zum Farmhaus hinüber, als sich Bernds Mailbox meldete. „Emma! Sie ist nach Clare Island gefahren!"

55. Clare Island, 15. Juni – Saliha Karaca

Saliha schlug die Augen auf und starrte in den wolkenverhangenen Himmel. Auch wenn es ihr schwerfiel, sie musste zugeben, sie hatte Jasper unterschätzt. Wie naiv von ihr zu glauben, Jasper den Rosenquarz entreißen zu können.

Der Weg, von dem Jasper sie hinunter gestürzt hatte, lag nur zwei Meter über ihr und doch so weit entfernt. Unmöglich, dass sie jemand hier finden würde.

Saliha zerrte an ihren Fesseln, doch die gaben nicht einen Millimeter nach. Sie versuchte, sich umzudrehen, um wenigstens das Klebeband von ihren Lippen zu reiben, aber auch das stellte sich als aussichtsloses Unterfangen dar.

Jasper hatte sie geschickt benutzt. Dabei hatte sie die ganze Zeit geglaubt, ihm den entscheidenden Schritt voraus zu sein.

Anfangs dachte sie, Jasper würde versuchen, sie davon zu überzeugen, das Herz zu vernichten. Doch das hatte er nie vor. Er ging einfach davon aus, dass sie nicht erbärmlich verdursten wollte und deshalb freiwillig ihrem Leben ein Ende bereiten würde.

Saliha begann zu beten. In den letzten Jahren hatte sie festgestellt, dass es funktionierte. Warum also nicht auch jetzt? Immerhin hielt sie das Schicksal der Erde in Händen. Wenn sie nicht Hobans Gehilfe sein wollte, musste sie einfach hier sitzen bleiben. Irgendwann würde sie zum letzten Mal einschlafen und nie wieder aufwachen.

Saliha schloss die Augen und betete weiter. Soweit würde Gaia es nicht kommen lassen! Sie dachte an all das Schöne, was die Erde den Menschen tagtäglich bot. Auch wenn sie tief in ihrem Inneren daran glaubte, dass ihr geholfen wurde, konnte sie nicht verhindern, dass ihr Tränen über das Gesicht liefen. Sie fühlte sich ausgelaugt und müde. Zudem war sie unendlich durstig. Ihre Kehle war trocken wie Schmirgelpapier.

Mühsam versuchte sie, sich zu erheben, doch es war gar nicht so einfach, mit gefesselten Händen aufzustehen. Wie weit sie wohl über dem Meer stand?

Da durchdrang mit einem Mal Bellatrix Stimme ihren Geist. „Wir sind es Hoban schuldig!“

Vorsichtig beugte sie sich nach vorne. Weit unter ihr schlug die Brandung gegen die Felsen. Der Gedanke, als sie sich als Kind vorstellte, durch die Luft zu fliegen und in ein tiefes Wasser einzutauchen, war präsent wie nie. Jetzt hätte sie die Möglichkeit, es auszuprobieren.

56. Clare Island, 15. Juni – Emma Sommer

Emma zitterte vor Kälte. Wann würde die Flut endlich so weit zurückgehen, dass sie ihr Gefängnis verlassen konnte? Wahrscheinlich war es unerheblich, sich darüber Gedanken zu machen, da sie bis dahin ohnehin erfroren sein würde.

Grimmig verzog sie ihren Mund. Sie war nicht bereit, so schnell aufzugeben! Entschlossen stand sie auf und leuchtete den Gang entlang, der tiefer in den Berg hinein führte. Anstatt hier zu warten, konnte sie auch genauso gut weiter nach oben klettern. Mit ein bisschen Glück würde sie auf einen Ausgang stoßen und falls nicht, hielt sie die Bewegung zumindest warm.

Sie kontrollierte den Akku ihres Handys. Noch über 50 Prozent. Das sollte auch für den Rückweg reichen. Selbst wenn sie keinen Empfang im Inneren der Höhle hatte, konnte sie es wenigstens als Taschenlampe nutzen.

Die nassen Kleider klebten schwer an ihrer Haut, dennoch kletterte sie Stück für Stück den Fels empor. Nach einer gefühlten Ewigkeit gabelte sich der Weg. Links führte er wieder nach unten und rechts stieg er weiter an, allerdings nicht mehr so steil. Emma entschied sich, nach rechts zu gehen. Der Gang war höher und breiter und nach kurzer Zeit stieß sie auf ein paar Treppenstufen, die in den Fels gehauen waren.

Endlich kam sie zügiger voran und schon bald spürte sie einen Windzug. Vor ihr lag ganz sicher eine Öffnung und Emma betete, dass sie groß genug war, um nach draußen schlüpfen zu können. Plötzlich dämmerte es ihr. Das musste der Gang sein, den Gail in ihrem Tagebuch beschrieben hatte und von der Sakristei hinauf zur Quelle führte.

Emmas Herz begann schneller zu schlagen. In der Quelle war sie mit Walther gewesen, dort gab es einen Weg ins Freie, der zum Kloster hinunter führte. Kurze Zeit später sah sie in der Ferne einen hellen Schimmer, der stetig stärker wurde. Tageslicht! Emma rannte die letzten Meter. Als sie aus der Höhle hinaus trat, stand sie auf einem Plateau, das von hohen Felsen umgeben war. Nur der Blick in Richtung Meer war frei. Sie schaute hinunter, wo die tosende Brandung unerbittlich gegen die Klippen rollte.

Als sie sich umdrehte, stockte ihr der Atem. In einer Nische stand die Statue, von der Max Gerber berichtet hatte. Die schwarze Madonna!

Mit den Armen und Beinen sowie dem geschmeidigen Körperbau trug sie menschliche Züge, doch dem gegenüber stand ein übergroßer Kopf mit einem spitz zulaufenden Mund. Überheblich starrte das eigenartige Wesen von ihrem Sockel auf Emma herab, als wolle sie eine Distanz zwischen ihr und ihrem Betrachter aufrecht erhalten. Sie fotografierte die Skulptur und schickte das Foto an Chris und Bernd.

Da sie aus dem Felsplateau heraus keinen anderen Ausgang entdeckte, begab sie sich wieder in die Höhle hinein und ging den Weg zurück, den sie gekommen war. Irgendwo musste sie die Abzweigung zur Quelle verpasst haben. Doch nach wenigen Minuten erreichte sie bereits die Gabelung, die hinunter zu den Klippen führte, an die Stelle, an der Jasper sie eingesperrt hatte. Vielleicht lag die Quelle weiter unten? Emma ging schneller. An der nächsten Kurve blieb sie jäh stehen. Ein Steinschlag verhinderte ihr Weiterkommen. Emma leuchtete mit ihrem Handy durch einen Spalt am Rand. Der Gang dahinter war intakt. Mit zusammengebissenen Zähnen zwängte sie sich an dem Geröll vorbei und stieß kurze Zeit später an eine Treppe. Sie glaubte zu wissen, wohin die Stufen führten.

57. Clare Island, 15. Juni – Chris O'Sullivan

Chris starrte auf das Display in Bernds Händen, als ein kurzes Klingeln den Eingang einer neuen Nachricht ankündigte. Emma hatte ein Foto gesendet.

Hastig klickte Bernd auf die Meldung. Ein Bild einer schwarzen Statue, umgeben von steilen Klippen, öffnete sich.

„Emma! Gott sei dank, sie ist am Leben. Aber warum schickt sie ein Bild und schreibt nicht, wo auf der Insel sie sich befindet?“, seufzte Chris, der mit Bernd Zuflucht vor dem zunehmenden Regen in der Kirche von Thoughts Hall gefunden hatte, nachdem sie die komplette ehemalige Klosteranlage ohne Hinweis auf Emma durchkämmt hatten.

Bernd zuckte mit den Schultern. „Meinst du, es ist hier in der Nähe entstanden?“

„Schon möglich, vielleicht oberhalb der Quelle“, mutmaßte Chris.

Bernd zoomte das Bild näher heran. Lange wellige Haare, filigran in den Stein gemeißelt, schmiegten sich um den Kopf der Statue und selbst um die finster dreinblickenden Augen waren Wimpern und Augenbrauen zu erkennen.

Im Gegensatz zu dem bedrohlichen Ausdruck in den Augen, umspielte die Lippen ein sanftes Lächeln. Er schob das Bild weiter nach oben, so dass die Brust der Statue sichtbar wurde.

„Eindeutig eine Frau“, grinste Bernd beim Anblick des wohlgeformten Busens.

„Ich frage mich eher, ob der Bildhauer sich nicht entscheiden konnte, ob er sie glücklich oder zornig erschaffen sollte“, überging Chris Bernds Bemerkung.

In diesem Moment hörten sie ein scharrendes Geräusch. „Da ist jemand in der Sakristei“, flüsterte Bernd.

An die Wand gedrückt, schlichen sie zurück zum Altar und spähten durch die Tür.

„Emma!“ Chris rannte seiner Freundin entgegen und drückte sie fest an sich. Am liebsten würde er sie nie wieder loslassen. Nur widerwillig lockerte er die Umarmung, um ihr Gesicht zu mustern. Emma sah müde aus, ansonsten aber schien sie unversehrt. Erst jetzt bemerkte er, dass sie vor Kälte zitterte.

Chris griff in seinen Rucksack und beförderte einen dicken Strickpullover zu Tage. „Zieh deine nassen Sachen aus. Ich habe auch noch irgendwo eine Regenhose."

Bernd wandte sich ab, als Emma sich umzog.

„Wo warst du nur?", fragte Chris. „Ich habe mir große Sorgen gemacht."

„Später", entgegnete Emma und zog die Regenhose nach oben. „Zuerst müssen wir Saliha finden." Da fiel ihr Blick auf Chris Hände. Ihre Augen weiteten sich vor Erstaunen. „Ist es das, für was ich es halte…?"

Chris nickte.

„Woher hast du es? Ich dachte, Jasper..."

In diesem Moment betrat Saliha in eine dicke Wolldecke gehüllt die Sakristei. Ihr Gesicht war kreidebleich.

„Chris und Bernd haben mich gerettet." In knappen Worten berichtete sie Emma, was geschehen war und dass sie Gott dankte, die Lage der Klippe Bernd im Flugzeug noch beschrieben zu haben.

Emma nahm Saliha in den Arm und hielt sie für einen Moment an sich gedrückt. „Jasper ist ein skrupelloser Mistkerl! Wenn wir ihn finden, werden wir ihn ins Gefängnis bringen!"

„Wir sollten es gut sein lassen, Wut und Hass spielen ausschließlich ihm in die Karten."

Emma nahm das Herz und drehte es nachdenklich in ihrer Hand. „Ich weiß, was wir damit machen müssen. Gail hat es uns mitgeteilt!"

„Gail?“ Die anderen blickten sie gespannt an.

Emma nickte. „In ihrem Tagebuch! Sie wollte es damals schon in die schwarze Madonna einsetzen, doch sie suchte am falschen Ort. Schaut euch das Foto an. Seht ihr die herzförmige Vertiefung in der Mitte der Brust?“

Chris runzelte die Stirn. „Ich weiß nicht...“

„Versteht ihr denn nicht! Die Statue ist dieselbe, die auf dem Gemälde abgebildet ist, das Archisha dir gegeben hat! Hast du die Kopie dabei?“

„Sie ist in meiner Jacke.“

Emma folgte Chris am Altar vorbei zu einer der Kirchenbänke. Er begann an seiner Tasche zu nesteln und forderte ein Blatt Papier zu Tage, das er Emma reichte.

Erwartungsvoll faltete sie es auf. Die vier drängten sich um das Bild. Doch wirklich viel war nicht zu erkennen.

„Warum probieren wir es nicht einfach aus? Es gibt nicht viele Möglichkeiten, denen wir nachgehen können und alles ist besser, als hier untätig rumzusitzen und darauf zu warten, dass Jasper auftaucht“, schlug Bernd vor.

Im selben Moment rüttelte es heftig an der Tür. „Ist er das?“, flüsterte Emma ängstlich.

Doch bevor ihr jemand eine Antwort geben konnte, ging eine der Fensterscheiben zu Bruch und ein faustgroßer Stein landete nur knapp neben ihr auf dem Boden. Sie flüchteten zurück in die Sakristei und verriegelten die Tür.

„Was ist mit dem Fenster?“ Bernd deutete auf die gegenüberliegende Seite.

„Das liegt höher, da kommt man von außen nicht ran“, antwortete Chris.

„Los, lass uns durch den Tunnel fliehen“, sagte Emma und begann bereits hinabzusteigen.

Als Chris die Treppe entdeckte, die in die Dunkelheit führte, kehrten mit einem Schlag die beklemmenden Stunden im Khadwana zurück. Er musste sich zwingen, einen Fuß vor den anderen zu setzen.

Nach ein paar Stufen erreichten sie einen niedrigen Tunnel, durch den die vier nur gebückt vorankamen. Kaltes Wasser tropfte von der Decke und erwischte Chris ein ums andere Mal im Gesicht. Je weiter sie vordrangen, desto enger und bedrohlicher wirkte der Gang. Plötzlich tauchte die verschüttete Stelle vor ihnen auf. „Links konnte ich mich vorbeizwängen“, deutete Emma auf die schmale Öffnung.

Sie ging voran und es dauerte nicht lange, da hatten sie alle den Engpass passiert. Ohne zu zögern, eilten sie den Weg hinauf zum Felsplateau. Als sie schließlich ins Freie traten, hatte der Regen aufgehört.

„Hier kommt man von außen nur hoch, wenn man Reinhold Messner heißt“, stellte Bernd beruhigt fest, nachdem er die Felsen begutachtet hatte.

Emma holte das Herz aus ihrer Tasche und gab es Chris. „Du hast es zurück nach Irland gebracht. Gail hätte gewollt, dass du es in die Statue einsetzt!“

Chris griff nach dem Herz. Sofort spürte er die intensive Kraft, die von dem Rosenquarz in seinen Händen ausging. Seine Handflächen begannen zu kribbeln. Ehrfurchtsvoll betrachtete er den rosafarbenen Stein, der sanft in seiner Hand leuchtete. Er hatte das Gefühl, er war heller geworden. Entschlossen kletterte er das letzte Stück hinauf zur Nische in den Felsen, in der die Statue thronte.

„Das würde ich nicht tun!“

Chris zuckte zusammen. Wie aus dem Nichts war Jasper plötzlich aufgetaucht und richtete eine Pistole auf ihn.

„Komm schön langsam runter und gib mir das Herz!“

Chris Blick fiel auf das Herz in seiner Hand. Was hatte er nicht alles dafür riskiert, es zu besitzen, und jetzt sollten seine ganzen Mühen umsonst gewesen sein? Der rosafarbene Schimmer erleuchtete die Umgebung. Zwei Meter fehlten, um das Werk zu vollenden. Die auf ihn gerichtete Pistole in Jaspers Hand glänzte gefährlich im Licht der Sonne, das in diesem Moment durch die spärlichen Wolkenlücken drang.

Ahays Worte kamen ihm in den Sinn: „Du wirst das Richtige tun!“

Das Richtige. Plötzlich umspielte ein Lächeln seine Lippen. Zwei Meter waren nicht viel. Er konnte es schaffen. Chris schloss die Augen. Er wusste, dass Gails Geist bei ihm war. Ganz leise vernahm er ihre Stimme an seinem Ohr: „Danke, dass du unseren Teil des Vermächtnisses erfüllt hast!“

Da verstand Chris. Das war also der Sinn seines Lebens: Vollenden was seine Vorfahrin einst begann.

Er umschloss das Herz fester. Irgendwie hatte er sich den Moment feierlicher vorgestellt und nicht als letzte Handlung seines Lebens. In Gedanken bedankte er sich bei Emma für ihre gemeinsame Zeit. Was er am meisten bedauerte und was ihm die Tränen der Endgültigkeit in die Augen trieb, war, dass er sein Kind nicht aufwachsen sehen würde. Doch er konnte nicht anders. Es war, als führte ihn jemand, jemand der keiner anderen Option Raum ließ.

Chris spannte seine Muskeln an, dann hechtete er mit ausgestreckten Armen in Richtung der Statue. Der Schuss ließ ihn zusammenzucken. Instinktiv krümmte er sich, doch hielt das seinen Flug nicht mehr auf. Als seine Hand die Statue berührte, wurde ihm das Herz förmlich aus den Fingern gerissen. Eine mächtige Kraft zog es wie von Zauberhand an den richtigen Platz.

Hart schlug er auf dem Fels auf. Ein stechender Schmerz durchzog seine Glieder. Als wolle er Herz und Statue beschützen, rückte Chris eng an die schwarze Madonna heran. Gail erschien ihm wieder. Ihr gelbes Kleid war unversehrt, kein Blut, kein Dreck klebte an ihr. Nicht wie damals in seinem Traum.

Er beobachtete das rothaarige Mädchen, wie sie einem gleichaltrigen Jungen zulächelte, der gerade ein Bild malte. Unbändige Freude stand in ihren Gesichtern geschrieben; in ihrem und in dem von Arthur McCloud.

„Was zum Teufel…? McCloud!“, drang Jaspers Stimme wie aus weiter Ferne an sein Ohr. Noch einmal öffnete Chris seine Augen. Tränen liefen über Emmas Gesicht.

Ein pochender Schmerz durchzog seine Schläfe. Kurz bevor er das Bewusstsein verlor, sah er einen Mann am Eingang zur Höhle auftauchen. Dabei brannte sich ein letztes Bild auf seiner Netzhaut ein. Bir!

58. Clare Island, 15. Juni – Emma Sommer

Jetzt war es also vollbracht. Chris hatte mit seinem beherzten Sprung Mut bewiesen und das Herz in die Statue gesetzt. Mehr war nicht passiert. Kein Feuerwerk, kein strahlender Sonnenschein hatte sich gezeigt und auch die Gesänge, die Emma in den vorangegangenen Tagen gehört hatte, waren nicht erklungen.

Dick in eine Decke gehüllt, saß sie neben Saliha, während Penny einen Teller mit Schokoladenkeksen auf den Tisch stellte und heißen Ingwertee eingoss. Dankbar griff Emma nach einem der Becher und trank ihn in kleinen Schlucken. Walther saß in seinem Lehnstuhl und blickte andächtig auf Gails Tagebuch auf seinem Schoß.

Die Tür öffnete sich und Bir betrat den Raum. Er setzte sich auf den freien Platz neben Emma und griff nach ihrer Hand. Emma drehte sich zu ihm um und bedachte ihn mit einem Lächeln. „Weißt du, ab wann ich wusste, dass du Recht hattest, mit dem, was du uns versuchtest auf der Wildegger Alm zu erklären?“ Auch wenn dieser Augenblick erst wenige Tage zurücklag, schien das gemeinsame

Wochenende in den Bergen eine Ewigkeit her zu sein.

Bir setzte seinen Becher an die Lippen und nahm vorsichtig einen Schluck Tee. „Ab wann?“

„Als ich zum ersten Mal Clare Island betrat.“ Emma berichtete von der Überfahrt und wie sie sich auf Thoughts Hall plötzlich unter Besuchern einer Messe aus der Vergangenheit wieder fand. Sie beschrieb Bir den in eine braunen Kutte gekleideten Mann und das Gefühl der Panik, dass sie empfand, als dieser wenig später in Cross Garden hinter einem Grabstein auftauchte. „Ich ging über den selben Boden, wie damals Joseph Melone vor 500 Jahren. Die Mosaiksteine leuchteten noch im satten Blau und waren nicht so verblasst wie heute. Und plötzlich wusste ich: Hier bin ich schon einmal gewesen.“

Bir stellte seinen Becher auf den Tisch und lehnte sich zurück. „Es ist das Lied, das ermöglicht, geistig an mehreren Stellen zur gleichen Zeit zu sein. Dass du in der Lage bist, solch eine Zeitreise zu meistern, kann nur eines bedeuten: Das Feld der Erben hat sich inzwischen weit geöffnet!“

„Das Lied, das Emma uns geschickt hat? Was ist denn so besonders daran?“, fragte Bernd.

„In seinen Klängen schwingt der Urton der Erde. Ihm wohnt die Gabe inne, Raum und Zeit zu überwinden. Nachdem sich Chris mit der Urkraft des Universums auf dem Khadwana verbunden hatte, verbreitete er auf telepathischem Weg diese Fähigkeit auch unter den Erben. Deshalb träumte Chris von Gails Tod, während Emma durch Aideens Führung das Tagebuch fand.“

„Eine Sache, die ich nie für möglich gehalten hätte, ist, dass du sogar Leod kennst!“

Bir lächelte Emma an und nickte. „Ich kenne nicht nur Leod schon lange, sondern auch Jasper.“

„Jasper?“, fragte sie überrascht.

„Es war vor 10 Jahren, als ich in der Dorfkneipe John’s Sailor Bar auf Clare Island vor einem Glas Guinness saß und Leod im Zuge eines Streites von Jasper durch eine Glasscheibe geschleudert wurde. Ich weiß noch, wie sich alle Besucher der Kneipe umwandten und fassungslos auf die Stelle starrten, an der gerade noch ein Fenster war. Leod lag blutüberströmt auf dem schmalen Gehsteig. Ich eilte nach draußen, um Erste Hilfe zu leisten. Leod rang nach Luft. Ein Flüstern kam über seine Lippen, bevor er das Bewusstsein verlor. ‚Vernichtet ihn, bevor es zu spät ist.‘

Ich wusste nicht, ob er über Jasper oder Nathan sprach, doch eins spürte ich ganz deutlich: Leod war ein wichtiges Puzzleteil bei meiner Suche nach den Erben von Thoughts Hall! Sooft ich konnte, besuchte ich Leod im Krankenhaus. Die Glasscherben hatten sein Gesicht stark entstellt und die Ärzte erwarteten, dass einige Narben zurückbleiben würden.

Leod erzählte mir aus seinem Leben, über seine gescheiterte Ehe, seine Alkoholsucht und die daraus resultierende Arbeitslosigkeit. Die Schuld an all seinen Fehlschlägen trug seiner Ansicht nach der Mann, dessen

Blick er in Jasper zu sehen geglaubt hatte: Nathan Brady.

Von diesem Zeitpunkt an hatte er sich in den Kopf gesetzt, Nathans Geschichte zu erforschen, und entschloss sich, bei dessen Geburtsort zu beginnen. Da ich selbst ein Suchender war, reizte mich der Gedanke, mich ihm anzuschließen und sobald er aus dem Krankenhaus entlassen wurde, reisten wir zusammen nach Wales. Die Kraft, die von dem Ort in den Cambrian Mountains ausging, in dem Nathan Brady geboren wurde, war beeindruckend und ich entschied, genau wie Leod, zu bleiben.

Mit der Zeit zog es immer mehr Leute zu der halb verfallenen Burg in der Nähe des Flusses Wye. Aussteiger, Abenteurer, Suchende. Unsere Gruppe umfasste inzwischen gut ein Dutzend Menschen und es war zwei Wochen vor Mittsommer, als plötzlich Becky in der Eingangshalle der alten Burg stand, die neben zwei weiteren Zimmern, zu den einzigen intakten Räumen der alten Anlage gehörte. Ich fühlte mich sofort zu ihr hingezogen. Es war keine körperliche Anziehung, es war der Zustand ihres Geistes, der mich faszinierte. Oft besuchte ich zusammen mit ihr eine Lichtung im Wald, um zu meditieren, und mir war bald klar, dass dies der Beginn einer langen, gemeinsamen Reise werden würde."

„Eine Reise, die jäh endete..." In Bernds Stimme schwang Verbitterung.

Birs Blick verdunkelte sich. „Das Ende ist das Resultat meines fehlerhaften Handelns nach meinem Absturz auf dem Geröllfeld. Das war kein Ruhmesblatt, sondern knüpfte an die unglücklichen Entscheidungen des Arthur McCloud an. Nachdem ich mich auf einen Felsvorsprung gerettet hatte, schleppte ich mich mit letzter Kraft am nächsten Morgen zurück ins Tal. Da ich die Geschichte um die Erben kannte, wollte ich keinen Fehler machen und habe mich so schnell wie möglich mit einem alten Freund in Verbindung gesetzt." In Birs Gesicht zeichnete sich ein tiefer Schmerz ab. „Mein Freund Ahay bestätigte mir daraufhin, dass ich mit meinem Handeln den Fluch, den Nathan Brady ausgesprochen hatte, auslöste."

„Du kennst Ahay?", fragte Chris überrascht.

„Ja, deshalb konnte er dich auch nicht auf dem Khadwana treffen, sondern schickte stattdessen Archisha."

„Heißt das, wenn du nicht die Woche untergetaucht wärst, sondern dich einfach bei uns gemeldet hättest, würde Becky noch leben?" Bernds Augen füllten sich mit Tränen.

Saliha griff nach seiner Hand. „Manche Dinge passieren, weil sie passieren müssen! Dafür trägt niemand die Schuld."

Für einen kurzen Moment legte sich eine bleierne Stille über das hellerleuchtete Wohnzimmer der O`Sullivans, in der der Klang von Salihas Stimme plötzlich wie ein Fremdkörper wirkte. „Wo bist du Ahay zum ersten Mal begegnet?"

Bir lächelte. „Das ist eine lange Geschichte. Alles begann damit, dass mein Vater mich in Anatolien mit der

Tochter unseres Nachbarn verheiraten wollte..."

Emma war aufgestanden und setzte sich auf die Armlehne von Chris Sessel. „Ich bin müde. Kommst du mit nach oben?" Chris, der noch immer seine dicke Beule an der Stirn kühlte, die er sich beim Aufprall zugezogen hatte, nickte und stand auf. „Du hast recht. Wir sollten uns endlich ausruhen. Es war ein langer Tag."

Chris trat zu Bir, der in seiner Geschichte gerade auf dem Weg von Anatolien nach Goa in Indien war und legte ihm die Hand auf die Schulter. „Danke, mein Freund. Am Ende kamst du keine Sekunde zu früh. Ich habe wirklich gedacht, die Kugel hat mich erwischt. Dabei hast du Jasper sauber die Pistole aus der Hand geschossen. Wo hast du das gelernt?"

„Anfängerglück", sagte Bir und grinste.

„Glaubt ihr, Jasper ist tot?", fragte Emma. Nachdem Bir seinen Schuss abgefeuert hatte, verlor Jasper das Gleichgewicht und war über die Klippen ins Meer gestürzt.

„Das glaube ich erst, wenn seine Leiche gefunden wurde", entgegnete Saliha.

59. Epilog – 4 ½ Jahre später

Es war die Jugend, die zuerst aufstand und auf das Ende der unverfrorenen Ausbeutung der Erde pochte. Mit ihr entstand eine neue Bewegung, die sich allmählich über den gesamten Planeten erstreckte und den Namen ‚Wir für

Gaia‘ trug. Es war eine gewaltfreie, fantasievolle, mit viel Überzeugung und dem Feuer der Begeisterung geführte Revolution, die die Menschheit in dieser Form noch nie erlebt hatte.

Der Funke des friedlichen Wandels sprang, begleitet von den sozialen Medien, von einem auf den anderen über. Familien, Lehrkräfte, Vereine, Unternehmen beteiligten sich und als schließlich auch die etablierten Medien ein neues Zeitalter ausriefen, änderte sich das Bewusstsein der Menschen und die Ansicht, was unserem Planeten gegenüber als richtig und falsch empfunden wurde.

Die sanfte Strömung der Verbundenheit erreichte immer mehr Herzen. Über Ländergrenzen hinweg verbanden sich die Erdbewohner im Licht der Liebe und plötzlich stellte es eine Selbstverständlichkeit dar, wertschätzend und achtsam mit sich selbst, seinen Mitmenschen und der Umwelt umzugehen.

Die Bewegung brachte das bestehende Parteiengefüge in der demokratischen Welt ins Wanken. Bei Wahlen wurde ‚Wir für Gaia‘ häufig die stärkste Partei. Firmen, die allein auf Profit aus waren, bekamen die unglaubliche Macht der Verbraucher zu spüren und erlebten immense Umsatzeinbrüche. Solidarität und Gemeinschaft anstatt schneller, höher, weiter war das neue Credo. ,

Natürlich formierte sich Widerstand. Die alten verkrusteten Interessengemeinschaften aus Politik und Wirtschaft zeichneten ein düsteres Bild vom Ende der Welt. Doch die Einzigen, die bislang etwas verloren hatten, waren die Reichen und Mächtigen. Zum einen schlug sich die Veränderung auf ihren Bankkonten nieder. Viel schlimmer allerdings war, dass die breite Masse ihnen nicht mehr wie gewohnt blind hinterherlief, sie bewunderte und ihnen nacheifern wollte.

Der Wind pfiff kalt durch die Ränge des vollbesetzten Croke Parks. Heute wollten die Menschen den Tag der Liebe feiern, nicht nur in Dublin, sondern überall auf der Erde. Die Medien schätzten im Vorfeld, dass zusammen etwa 2,5 Milliarden die einzelnen Veranstaltungen besuchen würden.

Dennoch war das Konzert im Croke Park, dem größten Fußballstadion Irlands, etwas Besonderes. Hier stand im Anstoßkreis die Statue mit dem Herz, das alles ausgelöst hatte. Der Stein aus Rosenquarz, der mit seiner Kraft für einen gewaltigen Bewusstseinswandel bei den Menschen gesorgt hatte.

„Wie viele tragen denn nun wirklich ein Stück Hoban in sich?“, fragte Emma.

„Etwa 3 Prozent der Bevölkerung“, antwortete Archisha, die auf Einladung der Erben nach Irland gekommen war.

„So viele? Warum weiß niemand von ihnen?“

Archisha lächelte. „Die Menschen kennen sie unter einem anderen Namen.“

„Die Psychopathen!“, erinnerte sich Chris an das Gespräch mit Ahay.

Archisha nickte. „Die Hobaner wussten, dass über kurz

oder lang ihr Planet kollabieren würde. Also beschlossen sie, mit ihrem Erbgut bestückte Kapseln ins Weltall zu schießen, in der Hoffnung, so ihre Art erhalten zu können. Eine der Kapseln kollidierte mit dem Asteroiden, der vor 65 Millionen Jahren im Golf von Mexiko einschlug und unter anderem für das Ende der Dinosaurier sorgte."

„Und dann?", fragte Chris.

„Hobans Erbgut ließ sich Zeit, um den passenden Wirt zu finden. Irgendwann stieß es auf den Homo Sapiens, der aufgrund der genetischen Veränderungen eine rasante Entwicklung machte. Wie ihre Verwandten, die Hobaner, strebten Hobans Erben furchtlos nach der Herrschaft über den Planeten und führten das Säugetier mit dem riesigen Gehirn von Afrika aus in die ganze Welt bis hin ins ferne Australien.

Durch ihre Fähigkeit sich anzupassen und auf einem hohen Niveau zu kommunizieren, erklomm der Mensch schließlich die Spitze der Nahrungskette. So nahm das Unheil seinen Lauf, denn viele Menschen waren fortan fremdbestimmt." Archisha trank einen Schluck aus ihrem Becher. „Gaia war alarmiert und suchte nach einem Mittel, Hobans Einfluss auf den Menschen zurückzudrängen. Schließlich fand sie es."

„Du meinst das Herz?" Chris richtete sich auf.

Archisha lächelte. „Fast. Es war die Liebe! Sich mit ihr zu verbinden, obliegt uns Menschen und wird uns schließlich ins Paradies führen."

Chris und Emma schauten Archisha fragend an.

„Vor ein paar tausend Jahren begann Gaia, Menschenseelen auf die Erde zu schicken, die die bedingungslose Liebe verkünden sollten. Buddha zum Beispiel oder Jesus. Doch die Menschen verstanden nicht. Aus den entsandten Rettern entstanden häufig Religionen, die über kurz oder lang wiederum hobanische Züge trugen und zum Streit führten, wer nun Recht habe.

Also griff Gaia nach einem anderen Mittel. Sie machte sich dabei ein göttliches Gesetz zu eigen. Es ist möglich, die im Universum vorhandenen Energien zu bündeln. Dazu ist lediglich eine kritische Masse von Menschen nötig, die eine Idee verfolgen, wie etwa bei der Französischen Revolution.

Hobans Erben haben diese Möglichkeit in den Anfängen der Menschheit benutzt, um ihre Stammesangehörige hinter sich zu versammeln. Damit haben sie den Aufbruch in ein neues Zeitalter eingeläutet. Jäger und Sammler wurden zu Bauern, die nicht mehr der Nahrung hinterherzogen, sondern Felder bestellten. Dadurch begannen sie Besitz anzulegen, der bei anderen Begehrlichkeiten erweckte und verteidigt werden musste.

In dem Herz, aufgeladen mit der reinsten Liebe aller Propheten, die jemals auf der Erde gewirkt hatten, bündelte Gaia eine hochschwingende Frequenz, die sich Hoban entgegenstellen konnte. Denn Hobans Kraft wurde noch immer durch den Asteroiden gespeist. Doch sobald das Herz einen Teil davon berühren würde, wäre Hobans Kraft gebrochen. Das habt ihr, die Erben von Thoughts

Hall, geschafft!“

„Woher weißt du das alles?“, fragte Chris beeindruckt.

„Von Ahay, er steht in direkter Verbindung mit Gaia.“

„Wie macht er das?“

Archisha zuckte mit den Schultern. „Gaia sucht sich die Menschen aus, denen sie vertraut.“

„Wer ist eigentlich diese Gaia?“ Erwartungsvoll schaute Emma die junge Inderin an.

„Sie wurde vom Ewigen Rat als Hüterin der Erde eingesetzt. Jeder Planet hat seinen Schutzpatron. Unserer heißt Gaia.“

Chris lehnte sich in seinem Sitz zurück. Seit er das Herz in die Statue eingesetzt hatte, hatte sich etwas verändert. Plötzlich war es einfacher, zu vergeben, andere zu respektieren und leichter, sich gleichermaßen für sich selbst und seine Mitmenschen einzusetzen.

Ein Jubelsturm brach aus, als die Mitglieder der Gruppe Now! auf die Bühne sprangen und die ersten Takte ihres Liedes „Love rules the world“ erklangen.

„Und der Ewige Rat, was ist das?“, fragte Emma.

Doch Archishas Antwort ging im Lärm der 80.000 unter, die lautstark mitsangen, als die Band zum Refrain ansetzte.

Glücklich lächelnd schmiegten sich Chris und Emma aneinander und stimmten mit ein: „When loves rules the world, then everyone is queen and king!“

Das Lied steigerte sich zum großen Finale. Musik und Gesang schaukelten sich in die Höhe. Emma drückte Chris

Hand fester. Der Schlagzeuger hämmerte wie wild geworden auf seine Trommeln ein. Niemanden hielt es mehr auf den Sitzen. Ein Jubelsturm brach los, als bei dem Gitarrensolo ein Feuerwerk auf der Bühne gezündet wurde, das rote Herzen versprühte.

Chris Blick fiel auf Archisha. Sie sang nicht mit. Plötzlich erkannte er die tiefen Sorgenfalten auf ihrer Stirn, wie damals, als sie in seinen Albträumen verzweifelt versucht hatte, sein Leben zu retten.

Er wollte Archisha fragen, was los sei, da ließ ein riesiger Knall die Stadionmauern erzittern. Mit einem Schlag war es still im weiten Rund der Arena. Panisch blickten die Menschen sich um. Die Explosion schien vom Hafen her gekommen zu sein.

Archishas Worte verursachten eine Gänsehaut auf Chris Rücken: „Der Geist Nathan Bradys schwebt noch immer über der Insel."

Band 2 – die Trilogie der Erben geht weiter!

Achill Island, 1576 – Arthur McCloud

In wenigen Stunden würde die Nacht hereinbrechen, doch der Schwur der Erben stand auf dem Spiel. Also war er losgezogen, um Joseph Melone die benötigten Blätter des Stechapfels zu bringen.

Der Wind, der an diesem regengrauen Nachmittag über den schmalen Landstrich wehte, brachte feinen Nieselregen mit sich. Die Tage waren kurz und Arthur musste sich beeilen. Schon bald würde er aufgrund des aufziehenden Nebels seine Hand nicht mehr vor Augen sehen.

Er fröstelte und schlug den Kragen seines Umhangs noch ein wenig höher. Der Wind blies ihm unbarmherzig ins Gesicht. Dennoch dachte er nicht daran, sich von seiner wichtigen Aufgabe abbringen zu lassen. Schließlich hatte ihm Joseph unmissverständlich klargemacht, dass die Sache keinen Aufschub duldete.

Er griff nach dem gefalteten Brief in seiner Tasche und prüfte anhand der Karte auf der Rückseite, ob er sich noch auf dem richtigen Weg befand. Die geheimnisumwitterten Kräuter, von denen in den Zeilen die Rede war, mussten sich hier ganz in der Nähe befinden. Dort drüben zweigte der Trampelpfad zu der ein wenig abseits gelegenen Lichtung am Fluss ab, linker Hand erstreckte sich die Küste.

Plötzlich hielt er inne. Nahe dem Ufer trieb ein Ruderboot, in dem zwei Menschen reglos auf dem Boden lagen. Eilig rannte er den Weg zum Strand hinunter. Trotz der eisigen Temperaturen warf er Umhang und Schal in den Sand und watete ins Wasser. Es kostete ihn einige Mühen, die Schiffbrüchigen an Land zu ziehen. Die mit einem Säbel bewaffnete Frau wies tiefe Schnittwunden an ihrem Körper auf. Der Mann war ebenfalls ohne Bewusstsein, erschien aber äußerlich unverletzt. Er war klein, mit dunkler Haut und faltigem Gesicht. In seinen Armen lag, fest umklammert, eine schwarze Statue. Arthur gab der Frau zu trinken, die mit geschlossenen Augen leise stöhnte. Als das Wasser über ihre Lippen ran, schlug sie die Augen auf.

„Wo bin ich?“, fragte sie.

„Auf Clare Island, in Sicherheit.“

Die Frau hob ihren Kopf und blickte sich um.

„Ich bitte dich, bring mich nach Achill Island. Wenn du mein Leben rettest, werde ich dir das nie vergessen, so war ich Grainne Ni Mhallie heiße.“

Arthur schluckte. Vor ihm lag Clare Islands berüchtigte Piratin! Aus Angst, sich ihrem Willen zu widersetzen, ruderte er die beiden nach Achill Island. Die einzige Beute, die sie nach dem Überfall eines spanischen Schiffes, das von der Neuen Welt zurück in die Heimat segelte, retten konnten, stellte er neben Grainnes Bett. Arthur taufte die fremdländische Figur die schwarze Madonna.

Als er am nächsten Morgen zum Meer hinunterging, hatten sich die tiefhängenden Regenwolken verzogen und gaben den Blick auf Clare Island frei. Gerade als er die

Leine des Bootes löste, stockte ihm der Atem. Thoughts Hall stand in Flammen!

Danke, danke, danke!

Von Herzen möchten wir den liebevollen Menschen danken, die uns auf unserem Weg begleiten, bisher begleitet haben und in Zukunft begleiten werden. Allen voran unseren Eltern, die uns den Zugang zu dieser Welt ermöglichten und die uns lehrten, dass unser Ziel hier auf der Erde der Weg des inneren Friedens, der Liebe und der Dankbarkeit ist. Unserer gesamten Familie auf Erden und im Himmel und allen Personen, die uns mit ihrem Wirken dahingehend inspiriert haben, nie aufzugeben, für Visionen zu kämpfen und bei allem, was wir tun, ein Licht für andere zu sein!

Besonders wertvoll empfanden wir, stets auf die Menschen zu treffen, die uns mit ihrem Wissen und Können hilfreich zur Seite standen, allen voran unseren Testlesern, speziell Julia, Conny und Steffi sowie Marcus Fache für die Cover-Gestaltung und Hermann Bangert für den Trailer und den Song zum Buch.

Denn jeder Schritt des Einzelnen bewegt das große Ganze!

Melanie und Michael Schürle